国家出版基金项目
NATIONAL PUBLICATION FOUNDATION

"十三五"国家重点出版物出版规划项目

"创新报国**70**年"大型报告文学丛书

中国科学院 中国作家协会 中国科学技术协会 联合组织创作

泥沙中的石头

葛水平 著

浙江教育出版社·杭州

指导委员会、编辑委员会成员名单

今年是中华人民共和国成立70周年。70年时间，在历史的长河中如白驹过隙，但在中华民族的历史上却是浓墨重彩。中国人民在中国共产党的领导下，从苦难深重的旧中国站起来，在一穷二白的条件下富起来，在百年未遇的变局中强起来，中国特色社会主义事业取得了一个又一个巨大成就。

成立于1949年11月1日的中国科学院，始终与祖国同行、与科学共进——70年来，在党中央、国务院的坚强领导下，几代科学院人不懈努力、顽强拼搏，始终以"创新科技、服务国家、造福人民"为己任，为我国经济发展、社会进步、国家安全等诸多方面做出了重大贡献，成为党、国家、人民可以依靠和信赖的国家战略科技力量。70年峥嵘岁月，中国科学院产出了一大批创新报国的科研成果，涌现出一大批创新报国的先进代表和典型事迹，几代中国科学院人共同谱写了创新报国的华彩乐章。

"创新报国"是中国科学院的优良传统。无论是1965年在世界上首次人工合成牛胰岛素，抑或1988年北京正负电子对撞机首次对撞成功，还是2017年构建天地一体化广域量子通信网络，中国科学院人创新报国矢志不渝。以北京正负电子对撞机为例，邓小平在参观北京正负电子对撞机国家实验室时指出："任何时候，中国都必须发展自己的高科技，在世界高科技领域占有一席之地……高科技的发展和成就，反映了一个国家和民族的能力，也是一个国家兴旺发达的标志。"北京正负电子对撞机的建成，奠定了我国在粒子物理学领域的国际领先地位，是继"两弹一星"之后，我国在高科技领域的又一重大突破性成就。党的十八大以来，习近平总书记始终把创新摆在国家发展战略全局的核心位置，指出"科技是国家强盛之基，创新是民族进步之魂"。中国科学院发扬创新报国的优良传统，不辱使命，再立新功，从"中国天眼"、散裂中子源等重大科技基础设施，到"悟空"号暗物质探测器、"墨子"号量子实验卫星、"慧眼"硬X射线调制望远镜卫星等系列科学实验卫星，再到铁基高温超导、多光子纠缠、中微子振荡新模式、水稻分子育种、量子反常霍尔效应等基础前沿重大创新成果，都充分体现了国家战略科技力量的使命担当和实力水平。

"创新报国"是中国科学院人科学精神的集中体现。无论是扎根边疆、献身植物科学研究的蔡希陶先生，坚持实地调研、重视一手资料的地理学家周立三院士，还是时代楷模"天眼"巨匠南仁东先生、药理学家王逸平先生，他们都用毕生的科学实践诠释了求实、创新、奉献、爱国的科学精神。以南仁东先生为例，为了给"天眼"选址，他跋山涉水，在贵州的深山里奔波了12年；身为项目首席科学家兼总工程师，他淡泊名利，长期默默无闻工作在一线。我们要珍惜这些宝贵的精神财富，大力弘扬他们在科研工作中体现出来的科学精神和专业精神，营造良好的创新文化氛围，推动创新文化建设，增强广大科研工作者的历史使命感和责任感。

"创新报国"是中国科学院科学文化的核心理念。科学文化是影响创造性科研活动最深刻的因素，是科学家创造力最持久的内在源泉。基础研究和原始创新要求科学家具有勇于探索、敢为人先的创新精神，严谨认真、锲而不舍的治学态度，无私忘我、甘于奉献的崇高人格，不辱使命、至诚报国的伟大情怀。中华人民共和国成立之初，百废待兴、百业待举。竺可桢、吴有训等一批饱经战火洗礼的爱国科学家毅然选择留在新中国；赵忠尧、钱学森、郭永怀等一批优秀科学家纷纷放弃海外优厚的生活条件，克服重重阻挠回到祖国。在当时十分艰苦的条件下，他们以高度的爱国热忱投身于新中国的科技事业，积极参与新组建的中国科学院的建设，研制"两弹一星"，制定"十二年科技规划"等，使新中国许多空白领域得到填补，新兴学科得到发展。中国科学院70年的奋斗历程，始终依靠的就是这种文化和精神，我们必须珍视和弘扬。

　　"创新报国"对新时期我国科学文化建设具有重要意义。科学文化本质上是一套行为准则、社会规范和价值体系，包含科学知识、科学方法、科学思想、科学精神等方面。一方面，"创新报国"已经内化为我国科学文化的一部分。"服务国家、造福人民"不但是广大科技工作者的历史使命和社会责任，也是科技工作的出发点和落脚点。另一方面，科技工作者在具体的创新活动实践中，不断深化和丰富了科学文化的内涵。他们所取得的面向世界科技前沿、面向国家重大需求、面向国民经济主战场的创新成果，帮助我们进一步坚定了民族自信和文化自信，为科学文化建设提供了强有力的科技支撑。

　　五年前，出于提高全民族科学文化素养的共同责任，中国科学院、中国作家协会、中国科学技术协会前瞻性地部署了"创新报国70年"大型报告文学丛书项目，目的是聚焦"创新报国"的主题，回顾我国70年重大创新成就，展现杰出科技工作者群体风貌，倡导科学精神、奉献精神和创新精神，弘扬爱国主义、集体主义和理想主义。

　　五年时光，倏忽而逝。这期间，作家舟车劳顿、深入基层采风，审读专家埋首伏案、逐字逐句精心审读，中国科学院研究所同志翻检档案、提供支撑保障，中国作家协会、中国科学技术协会、中国科学院机关和工作团队的同志们鼎力支持、居间协调，浙江教育出版社的同志仔细审稿、严控质量。几许不眠夜，甘苦寸心知。而今，"创新报国70年"大型报告文学丛书首批作品即将付梓与读者见面，相信这批融合了科学与文化、倾注了心血与智慧的作品，这套向历史致敬、向时代献礼的报告文学，能让我们重温激情燃烧、砥砺奋进的70年岁月，进一步坚定执着前行、无悔奋斗的信念，去努力实现建成世界科技强国的美好梦想。

中国科学院院长、党组书记
白春礼
中国科学院学部主席团执行主席

2019年6月

目录

南朝梁沈约《法王寺碑》："往劫将谢，灾难孔多。"灾难不只包括自然灾难，也包括人为的灾难。两者往往互相渗透，有时很难区分开来。大部分自然带来的灾难是非人力可抗拒的，只能通过预防和抗灾来减轻损失。人类脚下的大地是一个动荡的球体，大地既有水平方向的运动，又有垂直方向的运动，只是人们平时不易察觉罢了。地壳运动不断积蓄能量，瞬间爆发，破坏人工建筑和地表形态，造成灾难性的后果。

这种由地球内部能量和物质骤然释放形成的灾害，还可以在地表造成特别严重的次生灾害。地震、火山爆发可以引发泥石流、滑坡、崩塌、风暴、洪水、海啸、瘟疫等等次生灾害，它们造成的损失往往大于地震、火山爆发本身带来的损失。由此可知，地震及其次生灾害是同一系统的互为因果的灾难，被列为世界自然灾难之首。

一些地区对泥石流的称谓不一。西北地区称之为"流泥""流石""山洪急流"，华北和东北山区称之为"龙扒""水泡""石洪""啸山"，云南山区称之为"走龙""走蛟"，西藏地区则称之为"冰川暴发"，台湾地区称之为"土石流"，香港特别行政区称之为"山泥倾泻"。

泥石流，泥石流，泥石流……

泥石流，许多人终生未曾目睹过，许多人甚至不知其为何物。

泥石流是指在山区沟谷中，由于暴雨、溃决等产生的水流携带大量泥沙以及巨大石块形成的特殊洪流。它在自身重力作用下发生运动，是广泛分布在具有陡峻地形地貌和强烈侵蚀地区的一种灾害性的地貌现象。它暴发突然、来势凶猛，它有着撼动山岳的能量，有着潮水冲击的迅猛；它能在数小时甚至短短几分钟内，排山倒海汹涌而来。它能够直接埋没车站、铁路、公路，摧毁路基、桥涵等设施，致使交通中断，甚至可以使正在运行的火车、汽车颠覆；它能够冲毁水电站、引水渠道及过沟建筑物，淤埋水电站尾水渠，并淤积水库；它能摧毁矿山及其设施，淤埋矿山坑道，致使矿山报废；它能冲进乡村、城镇，摧毁住房、工厂以及所有公共设施，淹没人畜，毁坏土地，甚至造成村毁人亡的惨剧。

在我国，有 29 个省（区、市）、771 个县（市）遭受泥石流的危害，平均每县泥石流灾害发生的频率为每年 18 次，其中甘肃、四川、云南和西藏等西部省区是受泥石流危害或威胁的重灾区。20 世纪 90 年代以前，我国每年因泥石流灾害直接造成的死亡人数达千人。1969 年 8 月，云南省大盈江流域弄璋区南拱泥石流，将新章金、老章金两村吞噬，导致 97 人在泥石流中丧生，经济损失近百万元。2010 年 8 月，甘肃省舟曲暴发特大泥石流，造成 1500 多人遇难、200 多人失踪，舟曲 5 公里长、500 米宽的区域被泥石流夷为平地……

智慧的人类在自然灾害面前，是如此渺小，如此脆弱，如此不堪一击。

本书讲述的，就是那些面对自然灾害，与泥石流生死相搏的人，以及在治理泥石流中那些令人难以忘怀的事。

这是一门枯燥的学科，也是一个需要用一生的坚持默默奉献的职业，面对日新月异的社会，他们是一群大爱于胸的人。他们有些刚过花甲，有些已至耄耋。他们有着花白、灰白或银白的头发，有着深浅不同的皱纹，或高或矮，或胖或瘦。他们有的领着孙儿在花园小径散步，有的在公园或者广场演练太极拳，有的在老年活动室或家中练习书法，有的在河边湖畔架竿垂钓。他们有的已经躺在医院的病床上，身上插满了各种导管；有的已经长眠在墓园，化作墓碑上一个再寻常不过的姓名……他们淹没在我们幅员辽阔的广大城市和乡村，与我们身边任何一个普通老年人没有什么区别。

唯一不同的是他们的内在：曾有同一种记忆让他们痛心疾首，曾有同一种经历让他们生死与共，曾有同一种事物让他们魂牵梦萦，曾有同一个梦魇让他们寝食难安，曾有同一种希冀让他们久久期待，也曾有同一个情境让他们热泪迸流。

上部：岁月的印痕

第一章　泥石流、博物馆与东川第一站

Chapter One

一、泥沙涌动中的石头

泥石流与一般洪水的根本区别是它含有大量固体碎屑物，按其体积含量最少为 15%，最多可达 80%。固体碎屑物除细小泥沙外，还有大量石块，个别巨石重达千吨以上。形成泥石流必须具备三个条件：适宜的地形地貌、充分的固体碎屑物质来源、大量而又急促的水流。泥石流活动具有显著的群发性和不规则的周期性特点：有时在一个地区或区域，因暴雨洪水导致几十条、几百条乃至上千条沟谷暴发泥石流，成灾范围达到几百平方公里以上；在一年内，泥石流活动主要伴随暴雨洪水或融雪发生在夏季和春末、秋初之时；在多年变化中，泥石流活动强弱交替，形成不同时间尺度的周期性变化。

泥石流与崩塌、滑坡既有密切联系，又有明显差异。它们的密切联系在于三者具有基本一致的形成条件，因此它们作为山地高原地区的主要地质灾害常常相伴而生，形成共生共长的灾害群。崩塌和滑坡形成的松散岩土碎屑物常常给泥石流提供了必需的固体物质条件，为泥石流活动创造了基础。有些由暴雨、洪水诱发的崩塌、滑坡发生后，即刻转化为泥石流，进一步强化灾害过程。泥石流与崩塌、滑坡的主要差别在于活动过程和活动特征。此外，主要动力来源也不同：崩塌和滑坡是以重力地质作用为主的灾害现象；山洪、泥石流是以流水侵蚀、搬运、堆积作用为主，兼有重力地质作用的灾害现象。

　　山区的主要自然灾害容易发生在地形起伏剧烈、新构造运动强烈、暴雨集中的山地高原地区。世界上有100多个国家存在泥石流的潜在威胁。由于生态环境日益遭到破坏，进入20世纪后，全球泥石流暴发频率剧增，它暴发时，山谷轰鸣，地面震动，浓稠的流体汹涌澎湃，沿着山谷或坡面顺势而下，冲向山外或坡脚。泥石流造成的重大灾难，据不完全统计有：

　　1. 1970年，秘鲁的瓦斯卡兰山暴发泥石流，500多万立方米的雪水夹带泥石，以每小时100公里的速度冲向秘鲁的容加依城，造成2.3万人死亡，灾难景象惨不忍睹。

　　2. 1985年，哥伦比亚的鲁伊斯火山泥石流，以每小时50公里的速度冲击了近3万平方公里的土地，其中包括城镇、农村，造成2.5万人死亡，15万家畜死亡，13万人无家可归，经济损失高达50亿美元，哥伦比亚的阿美罗城成为废墟。

　　3. 1998年5月6日，意大利南部那不勒斯等地突遭意大利历史上非常罕见的泥石流灾难，造成100多人死亡，2000多人无家可归。

4. 2005 年，印度尼西亚雅加达西南部一个村庄遭遇泥石流袭击，造成至少 140 人死亡。

5. 2006 年 2 月 17 日上午，一场历史罕见的泥石流突然无情地吞噬了菲律宾南莱特省圣伯纳德镇的村庄，将包括 200 多名小学生在内的几千人活埋在了泥浆之下。

6. 2008 年 9 月 24 日开始的持续不断的降雨使四川省北川县城附近多处山体产生滑坡和泥石流，正在筹建的北川"地震博物馆"老县城一半以上被泥石流掩埋。

7. 2008 年 11 月 5 日发生的云南滑坡泥石流灾害共造成 40 人死亡、43 人失踪，电力、交通、水利、通信等基础设施不同程度受损，因灾直接经济损失 5.92 亿元。

8. 2010 年 8 月 7 日，甘肃省舟曲县突降暴雨，随即，泥石流在 8 日凌晨倾泻而下。这场突如其来的灾害造成舟曲 1500 多人死亡，200 多人失踪，4.7 万人受灾，6 万多间房屋损毁。

因此，世界各国投入了大量的人力和物力加强山地灾害研究。特别是最近十几年，一些发达国家的泥石流研究机构在政府的大力支持下，实现了泥石流野外观测仪器设备的自动化和集成化，观测水平发生了质的飞跃，从而带动了泥石流学科研究水平的整体提升。

我国是一个多山国家，泥石流分布广泛、活动强烈、危害严重。要想解决在修建铁路、公路，兴建工矿企业和山区城乡建设的过程中遇到的泥石流问题，就必须掌握泥石流活动的基本规律，进而有的放矢地提出预防和治理泥石流的有效措施。研究和防治泥石流的一个重要途径，是对泥石流进行原型观测。

1961 年，为了探索泥石流运动过程和冲淤规律，找到防止泥石流堵断小江的解决方法，云南省东川矿务局联合铁道部第二设计院、中国科学院地理研究所西南地理研究室、铁道科学院西南研究所等单位，在位于金沙江一级支流小江流域的蒋家沟下游红山咀布设断面开展泥石流观测，由此揭开了蒋家沟泥石流观测与实验研究的序幕。1972 年，中国科学院兰州冰川冻土研究所在中国科学院组织的西南地区泥石流调查研究中，牵头负责云南东川泥石流的调查工作，并主持开展东川观测实验。1978 年党的十一届三中全会以后，国家全面转入以经济建设为中心的轨道上来，科学的春天也到来了。中国科学院进一步完善地学研究布局，将兰州冰川冻土研究所的部分研究人员和东川的泥石流观测任务划归中国科学院成都山地灾害与环境研究所（以下简称"成都山地所"）。1982 年，中国科学院启动了"六五"重点研究项目"云南东川泥石流的形成发展、运动规律和综合治理研究"，并责成成都山地所具体组建"东川蒋家沟泥石流半自动观测试验研究站"。

这个研究站以大自然为实验室，长期进行科学观测和定位试验研究，系统地收集和积累科学资料，逐步形成科研试验基地。

成都山地所之所以在东川建立泥石流半自动观测试验研究站，是因为小江是云南境内一条非常著名的灾害性河流，地处滇东北，由南向北注入金沙江，流域面积 3400 平方公里，小江深大断裂带就位于此。蒋家沟是小江的一级支沟，也是一条著名的灾害性河谷，属乌蒙山区。蒋家沟紧靠乌蒙山脉主峰牯牛山，牯牛山海拔 4017 米。

牯牛山重冈绝壁，高峰矗立，常有云气笼罩，每当天晴日朗，苍翠欲滴，四五百里外皆可见之。清代诗人李文瀚《福在山》诗云："去天刚尺五，蜗角有蛮屯。终岁云埋顶，经时雪压门。阴阳昏晓割，日月往来吞。不识危亡地，犹矜遗子孙。"

这首诗中说，在距天仅"五尺"的山顶上，有少数民族居住的村舍，终年云埋山顶，冬天大雪压门，严寒已极。那巍峨挺拔的福在山，好像一道凌空霸世的天然屏障，把山前山后的阴晴雨雪、黄昏拂晓，划分得清清楚楚，并且吞噬着往来不断的日和月。如果是一个未曾到过山顶的陌生人，他一定没想到，在那高耸入云的绝境上，如今仍然居住着少数民族的子子孙孙。

唯有阳光能把风烤热，唯有阳光能把水烤热，唯有阳光才能照射出牯牛山下东川小江流过的美丽。然而，东川的美丽是具有多样性、立体性、变异性的，也是诡异和邪恶的。

东川境内金沙江与小江交汇处的小河口，海拔仅为 695 米，系昆明市海拔最低点。由于东川境内为世界深大断裂带，地质侵蚀强烈，形成典型的深切割高山峡谷地貌，加之境内气流、降雨、土壤、植被等方面的差异，形成了典型的"一山分四季、十里不同天"的气候状况。东川红土地被专家认为是全世界除巴西里约热内卢外最有气势的红土地，其景象比巴西红土地更为壮美。那里阳光灿烂，彩云纷呈，极好的光线非常利于摄影，因此成为艺术家们摄之不尽、拍之不绝的创作基地。

东川的白土地，就是多发的静态泥石流。从东川小江源头到金沙江之间，分布着一百多条泥石流沟渠，差不多每公里就有一条泥石流沟渠。东川蒋家沟泥石流发生的频率最高，平均每年在二十次左右。

这和小江两岸的地质结构有很大关系。

小江岩层结构松散，河谷两岸植被稀疏，加之深切割的沟谷充分发育，极易产生规模巨大的泥石流。蒋家沟泥石流形成区的碎石处于特殊的临界稳定状态，使得这里常会出现"声喊则碎石崩流"的奇特现象。频繁多发的泥石流冲击和堆积，使得河床在半个世纪的时间里，已抬升了一百多米。人行走在河床上，犹如江石中的一颗沙粒。

1935年，中央红军长征途中曾路过蒋家沟，跨过小江直扑金沙江皎平渡，强渡金沙江北上抗日。"乌蒙磅礴走泥丸"这句诗就是对蒋家沟泥石流最好的描述。

东川小江成为泥石流自然博物馆是庆幸还是无奈？除了那几片人工桉树林和山上的些许剑麻外，几乎看不到成片的绿色植被。据东川区林业技术推广站的工作人员介绍，历史上，东川森林覆盖率高达 70%，但在遭遇长期的伐薪炼铜，以及 20 世纪五六十年代"大炼钢铁""大办食堂"等破坏后，森林覆盖率急速下降，到 1985 年仅为 13.3%，成为泥石流四处横行之地。

据有关部门统计，东川区水土流失面积高达 1309 平方公里，占全区面积的 70% 左右，比全国平均水平高 33 个百分点，比金沙江流域平均水平高 21 个百分点，是典型的泥石流极端危险区。纵横分布着 107 条泥石流沟的小江每年产生泥沙 4200 万吨，超过 1000 万吨流入了金沙江，是金沙江下游输沙强度最大的支流。东川区也因此披上了长江上游支流环境最恶劣、侵蚀最强烈、灾害最严重、输沙量最大的"外衣"。

二、自然形成的博物馆

博物馆，一个令人向往的地方。

博物馆是典藏及陈列大自然及人类文化遗产实物的场所，它首先让我们联想到的就是大自然生成的玉石、玛瑙、珊瑚、翡翠等天然瑰宝，以及人类传承下来的陶瓷、绘画、雕塑、刺绣等艺术珍品。

然而在云南东川，却有一个特殊的博物馆，就是地处小江流域的蒋家沟，它为我们展示的陈列品是——泥石流。

自 1961 年建立以来，中国科学院东川泥石流观测研究站在对泥石流观测、实验和研究的基础上，创立了泥石流"稳、拦、排"相结合的综合防治模式。如今，泥石流防治的"东川模式"已经享誉全球。该模式经济、实用、高效，特别适合发展中国家，具有很强的推广意义。

我国山区面积约占国土面积的三分之二，聚集了全国约56% 的人口。脆弱的生态环境和频发的山区灾害严重影响着山区人民的生命财产安全。我国有 7400 万人不同程度地受到山洪泥石流等灾害的威胁，而泥石流是其中最具危害性的山地灾害之一。据国土资源部统计，全国泥石流滑坡灾害年均造成约 1000 人死亡，直接经济损失 50 亿到 100 亿元。我国多地频发泥石流，为什么我们会选择东川作为泥石流博物馆？小江是怎样形成的？

小江的构造跟整个云贵高原的隆起有关，跟金沙江的下切有关。金沙江下切了，小江跟着下切。

上千万年前，古老的高原没被破坏的时候，东川小江附近就有几个湖，除了车湖以外，大小白泥沟上面有个湖，蒋家沟上面有个湖，达朵沟上面还有个湖。云贵高原形成时，它上面的湖泊星罗棋布，那是古湖泊。

垂直地带性和纬度地带性塑造了这个自然面。季节性的洪水把沉积岩里粗的沙子推到湖边，经年累月，细沙上又加了一层粗沙，粗沙上又加一层细沙。到了冰川后期，气候就慢慢转暖了，接近人类出现的时期，金沙江下切，小江也随之下切了，形成了小江峡谷。

高原都形成峡谷时，小江反倒没有峡谷了，是什么原因呢？附近几条河流都是峡谷，如牛栏江，包括贵州那些河都有峡谷，为什么东川没峡谷？不是没有峡谷，而是泥石流来了，带来的大量泥沙把峡谷淤满了，抬高了河床，显得好像没有峡谷一样。当年，有泥石流研究专家曾在小江两岸和七八十岁的老人聊天，他们看上去很老了，但是都不糊涂。

专家问他们："从前，你们知不知道在你们的爷爷、奶奶那个时代，他们怎么吃水啊？"

他们说："那水深得很哦，挑担水好费劲哦。"

专家说："怎么现在没有了啊？"

他们说："大沙坝来了，老家都被埋了。"

专家在聊天中得知，小江原来是很深的，它跟金沙江的河谷一样深。小江的河谷是慢慢往上翘起来的，那时候山坡上也有森林，森林十分茂密。但大炼钢铁时都给砍了烧炭去了。

从科学的角度讲，泥石流形成必须具备三个基本条件：一是地形条件，就是要有利于水和物质汇集以及泥石流流动的地形地貌。泥石流的地貌一般可分为形成区、流通区和堆积区三部分。上游形成区大多地形比较开阔，周围山高坡陡，山体破碎，植被生长较差，是三面环山、一面出口的瓢状或漏斗状地貌，这样有利于水和松散固体物质的集中；中游流通区的地形大多是狭窄陡深的峡谷，比降大，能够使泥石流畅通无阻；下游堆积区一般是开阔平坦的山前平原或河谷阶地，能够在泥石流冲刷下产生堆积，并形成台地。二是物源条件。泥石流强烈发育的山区，多是地质构造复杂、岩石风化破碎、新构造运动活跃、地震频发、崩塌滑坡灾害多发的区域，这样的地质条件既为泥石流准备了丰富的固体物质来源，也因地形高耸陡峻、相对高差大而积累了强大的动能优势。三是水源条件。水既是泥石流的重要组成部分，也是搬运泥石流物质的基本动力来源。泥石流的发生与短期内有突发性的大量流水紧密相关。没有大量的流水，泥石流就不可能形成。松散的固体物质叠加短时间内产生的强度较大的暴雨，或冰川和积雪的强烈消融，或高山湖泊、水库的突然溃决等，极易导致泥石流的产生。

泥石流本身是个自然现象，但人类的活动起到了加速加剧的作用。

人类的索取永远充满热情。

东川是一个曾经辉煌过的地方。这曾经的辉煌过去了之后，留给东川的"遗产"是极度的贫困和平均一年28次的泥石流。

车在半山腰处沿着间或被泥石流冲刷过的公路蜿蜒而行，干涸的泥浆在我们脚下如同河床一样无边无际。偶尔有几片农田出现在这些灰色的巨大泥海上。

东川的红土地和它的泥石流一样闻名世界。每年的收获季节，农民割去庄稼，犁开深红色的土壤，就会有世界各地的摄影爱好者带着价值不菲的装备来这里采风。东川的红土地仿佛是色彩的终点，它成了世间一切色彩的最终归宿。同样，每年的雨季，也会有更加疯狂的摄影发烧友守在东川，只为了拍摄那些随时会暴发的泥石流。那是世界上最为残酷的自然景观。

造成这一切的原因是什么？随便找一些有关东川的资料，无不让人触目惊心：随着铜矿的枯竭，1999年东川撤市划为昆明辖区，2001年员工近3万人的东川矿务局破产，东川日渐萧条……东川是全国第一座因矿产资源枯竭、经济发展停滞、城市丧失持续发展能力而撤销的地级城市。撤市 5 年后，东川依旧陷在矿产资源枯竭的泥潭里，产业结构单一、经济发展缓慢、各种矛盾突出。

从那些巨大的泥石流痕迹旁经过，制造泥石流的山峰像一头头灰色的巨象，蹲伏在地上。这里没有一棵超过百年的树木，就连房屋都生长在一个脆弱的环境里。只要一下雨，所有的居民都会忐忑得彻夜不眠，他们不知道自己脚下看似牢固的土地会不会化成凶猛的泥浆。这里不能随意建造房子，打地基之前要先向政府报告，政府派人来对地质结构进行分析之后，才能确定你住在这里所需要承担的风险。东川泥石流每年要产生一千多万吨泥沙，这些泥沙无一例外地被排入金沙江——这也是金沙江名称由来的传说之一。

自 20 世纪 60 年代起，治理泥石流的工作就已经开始了。数十年的时间里，成都山地所在东川建成了世界一流的泥石流观测研究站，为国家培养了几十名博士。位于蒋家沟的东川泥石流观测研究站为我们提供了世界最高水平的泥石流研究成果，尽管这些成果是用惨重的代价换来的。

小江流域就这样形成了独特的区位优势与特色。资源、环境、灾害三个问题非常集中的西南山区，生态环境和地质环境脆弱，生态环境保护、经济发展和公共安全矛盾非常突出，具有开展泥石流等山地灾害综合观测研究的自然条件和区位优势。这里被国内外专家誉为"泥石流天然博物馆"，是泥石流研究与防治的理想基地。而蒋家沟作为暴雨型黏性泥石流的代表，泥石流形态多样、过程完整、类型齐全，成为世界上难得的天然泥石流观测实验研究基地。

东川泥石流观测站（以下简称"东川站"）开创了系统性的泥石流科学研究，发展了适合我国国情的"东川模式"泥石流防治技术体系，在泥石流原位监测和预警技术上，以及重大工程和重大灾害事件减灾中发挥了关键作用，在动力地貌过程与区域规律、泥石流运动学与动力学、泥石流体物理力学与流变特性、泥石流发育对气候系统变化的响应、泥石流灾害预测与防治工程等方面，都取得了被国际同行认可的先进成果。蒋家沟是天然泥石流博物馆，百年前的河床被深埋在目前河床的百米之下，200 年来泥石流的积累形成巨大的泥石流冲积扇，两旁山峰陡峭，峡深谷长。置身其中，让人在感受苍凉宏壮的大自然景色的同时，反思人类对自然的破坏。而在东川城区的湿地公园和石头公园，人们却看到了另一番景象，瀑布、湖泊、流水、树木、奇石、石阶相互映衬环绕，动态与静态交相辉映，衬托出一派美丽的自然风光。

东川站是目前国际上观测历史最长、观测项目最全、观测实验设备和基础设施最完善的泥石流观测研究站，2000 年底被科技部列为国家重点野外科学观测试验站。从 1988 年蒋家沟泥石流观测站正式成为中国科学院首批 5 个野外开放站之一开始，每年夏天，世界各国研究泥石流的科学家都到这里来工作，开展泥石流发生、运动、堆积机理与过程等的基础研究，以及泥石流的预测预报、警报系统、综合防治等方面的研究。泥石流工程防治的东川模式就是在这个区域里形成的，这成了我国泥石流防治的重要模式。

东川站成立以来，最长观测数据系列达 50 余年。国际上突出的泥石流研究成果大多得到东川站长序列观测资料的支持。几乎世界范围内从事泥石流研究的知名学者，都有过对小江流域和东川站的泥石流考察或观测实验研究的经历。

三、铜都

东川是一座历史悠久的名城，素有"铜都"之称。

"一切都从一个铜铣开始。"

两千年前，西汉朝廷的皇帝和大臣们，在云南进贡的贡品里，看到了一个精工细作的铜铣，一时间，这个小小的铜铣震动了朝野。原来远在云南这个当时人们眼中的蛮夷之地，竟然还有国家急需的铜资源。于是，东川的铜矿开采被纳入中原经济发展的轨道中。

铜作为一种金属，有非常广泛的用途。更加重要的是，它是历朝历代铸造钱币的标准材料。有关资料显示，至清代雍正时期，东川的铜矿开采都处于极为重要的地位，全国有百分之七十的钱币是用东川的铜铸造的。每年运往京城的铜，从金沙江一路漂流而下，到镇江再经运河船运到京城。

历史上，东川年产铜在 6000 吨到 8000 吨之间，这些铜被用作国家铸造钱币的标准材料。铜矿在国家战略上的重要地位，直接带来了会泽（历史上辖东川）的兴旺。会泽紧临东川，现属曲靖——它逐渐发展为铜交易的大市场，从汉朝开始便是东川的府衙。在最鼎盛的时期，会泽聚集了全国各地的商人，被称作"铜都"。这样的盛况从西汉开始，持续了近两千年。古老的炼铜方法对木炭的需求量极大，据记载，清朝中叶时，每炼1000斤铜，要燃耗10000斤木炭；要烧出10000斤木炭，则要砍伐100000斤林木。据专家推算，在清朝乾隆年间，每年要砍伐约10平方公里的森林，才能满足当时炼铜的需要。在两千年的岁月里，这种成倍的付出在不断累积着。

清朝末年，因为洋铜的进口，东川的铜矿开采一度减缓下来。对于东川那连绵不绝的大山来说，那应该算是它两千年里唯一得以喘息的机会。1949年以后，东川又一次成为国家战略发展的重心，号称拥有"万人大铜矿"的东川，成为全国规模最大的铜矿。从新中国成立初期到现在，东川累计为国家提供了50亿元的铜产值。

铜成了重要战略物资，为此国家专门成立了东川矿务局，那是中华人民共和国第一个五年计划的156个大项目之一，由苏联人援建。

1959年，全国冶金系统的精兵强将集中到东川，开始万人探矿。东川也因矿建市，与昆明一样是云南的省辖市。陈循谦就是那个年代来到东川的，他是学水利的，跟矿业没关系，但很快就有关系了。20世纪70年代后，东川地区泥石流年年暴发，越来越严重，不是冲毁铁路就是冲毁公路，一到雨季，东川与昆明和外界的联系就全部中断了，这种状况常常要持续半年，连煤都运不进来。

小江桥就是那时报废的，从建成到报废不到 20 年。为了对付越来越肆虐的泥石流，迫于生存，东川政府开始整治泥石流。1975 年，陈循谦被调到了小江整治办公室，即现在的东川区泥石流防治研究所前身。他记得，那时的泥防所像消防队，电话一来立刻就得走。死人的事经常发生，1984 年 5 月，因民铜矿遭遇泥石流，一个晚上就死了 117 人。那个时代东川常被灾难的阴影笼罩着，人心惶惶，报纸上还出现过这样的标题：

东川，泥石流包围的城市

两千年的时间里，采矿的方式没有变化，炼铜的方式也一直停滞在原始的状态里。两千年的时间里，东川的树逐渐被砍光。被砍光之后就挖草，终于连最后一点植被也被剥光。

现在东川的铜矿基本已经停止开采，如果要对矿脉继续开采，将面临更大的困难——它们隐藏在地下的更深处。两千年的时间，东川已经基本被榨干了。蒋家沟第一次有记录的泥石流，是在 1855 年。近年来已探明发育成熟的泥石流沟有 113 条，泥石流暴发频度大约为每年 15 ～ 28 次。在观看一次泥石流的现场录像时，我们看到了这种惊心动魄的自然奇观。东川每年投入泥石流治理的资金占到全区财政收入的四分之一。这钱看上去很多，但是和两千年的时间相比，它还是让我们汗颜。

东川最后一点维持尊严的植被被剥光后，水土流失越来越严重，干旱风蚀不断加剧，土地疏松，泥石流也就接踵而来了。此外，蒋家沟上游不断进行的矿石开采所产生的大量废渣，也堆积在那里，等待着迅猛的山洪暴发。

1999年，对于东川来说是值得永远铭记的一年。在这一年，东川的铜矿资源终于濒临枯竭，这个因铜而生又无铜而衰的古老名城，最终被取消地级市的资格，划为昆明市的一个区。

我们也许可以这样认为，两千年来人类对东川自然资源的无情索取，终于画上了一个并不圆满的句号，在历史的长廊里，留下了一声无奈的叹息。

然而，人类的无情索取结束了，人类的灾难却远没有结束。

科学家认为，如果没有人类活动的介入，小江泥石流照样会发生，没有人类之前，泥石流就存在了。泥石流是构造运动和地貌塑造的自然结果，与地震、风、水、河流的涨退一样，都是地球生命的一部分。人类活动不过是加剧了它的破坏程度，扩大了破坏规模。东川有很多古老的泥石流堆积，东川城区就是建在五条古老的泥石流堆积层上的。泥石流能在这里发育，是因为东川处在一个很大的地质构造带上，小江河谷之下就是一个大断裂——小江断裂带。

小江断裂带北起四川康定—泸定一带，从巧家进入云南，经东川、嵩明、宜良、通海向南延伸，这个新构造时期以来十分活跃的活动断裂带，塑造着青藏高原东南边缘高山深谷的构造地貌，也诱发了频繁的地震活动。小江断裂带的主断裂就在东川的小江这一段。泥石流与小江断裂带关系非常紧密。在青藏高原第一级阶梯到云贵高原的第二级阶梯之间，大的断裂都在这个活动带上。青藏高原不断抬升，而云贵高原上升得没那么快，中间就有一个断层。活跃的地质活动，使得岩层都破碎了。泥石流形成有三个条件：地形条件、物源条件和水源条件。在小江这个地方，正好三个条件都具备了。

从东川站的观测数据中我们可以看出，蒋家沟的输沙量 20 世纪 70 年代为 360 万立方米，但到了八九十年代，它的输沙量已增加至 600 万立方米。这令人震惊的数据告诉我们，每年约有 3000 万吨的泥沙由小江直排金沙江，对长江中下游生态造成的危害难以想象。东川境内拥有小江断裂带，形成典型的深切割高山峡谷地貌，参与泥石流活动的松散固体源在那里构成并堆积，当雨水量充沛时，松散固体源与水混合后便形成泥石流。这里是中国乃至世界近代史上泥石流最频发的地区，拥有几乎所有种类的泥石流，拥有全世界最大的泥石流冲积扇。

科学家的考察结果证实，一百多年前，小江河谷在现今的河床以下 70 ～ 100 米深处。由于小江两岸年年暴发大量的泥石流，年年淤积大量的泥石，致使河床不断抬高。直到今天，小江的河床还在以每年 20 ～ 60 厘米的速度淤高，近 20 年就淤高了 5 ～ 10 米。东川站 1 号观测楼建于 1981 年，当年距离沟底有 10 余米高，因沟道中泥石流的淤积与冲刷，目前已倾斜歪在沟底，其楼脚原址已经和沟面泥沙齐平。

　　由此我们应该得出一个结论，我们没有理由，也没有颜面把生态环境的破坏完全归责于古人。

　　我在一篇《泥石流工程地质研究》的文章中看到这样一段文字：

　　蒋家沟是小江流域内最具代表性的一条泥石流沟，流域面积48.6平方公里，主沟长13.9公里，海拔1042～3269米。植被稀少，崩塌、滑坡发育，可移动固体物质储量极丰，地形陡峻，降雨充沛（年降雨量为700～1200毫米），并集中于雨季，导致泥石流频发，屡屡成灾，仅1919～1968年的50年间，就曾7次堵断小江（最长的一次达6个月之久）。据观测，这里平均每年发生泥石流15场左右，最多的一年达28场。泥石流大多为阵流，一场泥石流有几十阵至几百阵，历时3～4小时，甚至数十小时；最大流量每秒2820立方米，相当于小江洪峰流量的5倍；最大流速每秒15米，最大泥深5.5米，最高容重每立方米2.37吨，最大输沙率为每秒6079吨，最多一次固体径流总量约200万立方米……

　　我还在一篇《蒋家沟——最残酷的预言》的文章中读到这样一段感性的文字：

　　泥石流最具破坏性的一种是黏稠型的，它类似于半凝固状态的混凝土，可速度却可以达到每秒15米。数吨重的石头在它面前，就仿佛被煮开的汤圆一样……

四、那些年的那些故事

如果不考虑危害性，泥石流不失为一种大地上的奇特景观，尤其是这泼墨画般美丽的东川泥石流。

曾任东川泥石流观测站站长的康志成数年前在一篇文章《东川建站50年回顾》中，记录下了他50年中在蒋家沟东川站工作的情景。其中四次前往东川站工作都处在中国社会发展的特殊时间点上，因此也显得格外珍贵。他第一次进入蒋家沟的时间是1967年初夏，他要参加全国组织的泥石流大会战。那时康志成还是一位英姿勃发、朝气蓬勃的青年。

他第一次看见这些泥沙。千百年来，它们和去往京城的运铜船一起顺江而下。泥沙淤塞了航道，不断抬高河床。在那些经常产生泥石流的山上，他看见一些房屋的痕迹。看着那些脆弱的山脉，看着那些被暂时凝固的洪水，他想：整个东川就是一个建造在泥石流上的城市。

他走过了中国西南无数的山脉和河流，从川西南进入云南

的乌蒙山和拱王山脉，走过的地方算不得险峻，两山之间那条
138 公里长的小江也无法与那些大江大河相比。蒋家沟只是小江
的一条支流，河床却足有 300 米宽，河谷里死一般寂静，灰白
色的河床像一条陡直的大马路，挟带泥沙和砾石，从乌蒙山中
浩浩而来，两岸的山峦光溜溜的，裸露着岩石和崩塌的崖壁，
就像流干了血液的庞然大物，苍白、枯槁、了无生气。

风吹不见波，嚯嚯的响声是河水流动的声音，秋阳漠漠，
眼前的河床与河床上的乱石一起露着狡黠的笑容，这笑容一直
延伸到浩如烟海的天边。当地的原住民，原先在蒋家沟里，现
在都已移居沟外了。一到雨季便翻滚着泥汤的这条巨大的河道，
凛然阻止着人类前行的脚步。

他望着这大面积冲积扇，又仰头望着天空中的小鸟。这里
的人们多么羡慕长有一双翅膀的小鸟，可以凌空掠过这宽广的
空间。可人类毕竟不是鸟，只能屈服。家是搬了，可地搬不走，
沟外无地可种，因此，人们还得回到老地盘去伺候那几亩瘦土
薄地。去一趟地，单程就要五六公里，产量虽然不高，但人均 3
亩的山地还是每个家庭最基本的依靠。

后面那座荒凉得吓人的大山，居然有个绿色的名字，叫大
松山。最早的先民选择定居在这里，此地一定有它生命的颜色
和光彩。资料上说，蒋家沟是一个大箐沟，沟里流淌着清澈的
箐水，山上有粗大的柏树，观测站背后的山梁子就叫柏枝坪，"山
猫狸"（狼）多得很。

它的今天，没有韵致，没有呼吸，可有人看见它蓬勃过、兴旺过、喧哗过，但是，一切都回不到从前了。雨季过后，河水拉出深槽，人们就在河床较高的地方开田种地，二、三月份种下去，七、八月份收上来。改出来的地由村里按人口统一划分，放水也按人口放，放水时间精确到分。栽秧季节水很紧张，因为种晚了就收不到了。三、四月里，一到夜间整个沙坝里都是手电筒的光柱，都是挨着蚊子咬、守着放水的人们。如果雨季来得早，收获之前涨泥浆，粮食就全完了。与灾难共处，已经成了当地人生活的常态。

然而，所有的工作还没有铺开，一场浩大的运动开始了。人的精神面貌焕发出了另外一种亢奋的色彩，这是康志成不喜欢的，也是他无力阻止的。国家刚刚在百废待兴的土地上站稳脚跟，他们正处于用科研成果报效祖国的好时候。他当时也许像我们今天所想象的那样，在那个偏僻的治学严谨、科研风气浓郁的观测站里，认真向老师和学长们学习，在科研第一线锻炼成长。可是，一切都因为 1966 年的到来而无法正常进行了。

"文化大革命"的影响迅速波及观测和研究泥石流的小山沟，一向平静的东川站好像一锅煮开的沸水，来自全国各研究所的 60 余人的考察队，全部放下了手头的工作，再也顾不上观测和研究什么泥石流了。

东川站在那个特殊的时间段，一切工作陷于停滞。后来，东川站选择撤离。康志成的严肃不是没有理由的，他有无法释怀的难过。撤离意味着战士离开了战场，意味着放弃一切，疼痛的敏感神经牵动了心脏，他看不到未来，但是留下来又不可能。

研究人员当初进入东川时是怀揣抱负上路的，而此时，他们每个人都带着说不出的心情，带着吉凶未卜的未来离开。1967 年这场轰轰烈烈的东川泥石流大会战就这样胎死腹中，蒋家沟泥石流观测工作也被迫中断。

然而，泥石流是没有思想也没有立场的。

旷野是死去的寂静，撤离时回头，他们看到当地一个农民站在远处望着他们。看得出来，他对他们的行迹有些怀疑。

康志成想：东川站的撤离，不知道能够给他们留下什么样的记忆？

离开东川站，康志成一路无话，对任何热闹的事情都不感兴趣，他只关心泥石流。他的心情无法平静，眼前总是浮动着那些他不舍离开的荒凉、寂寞，心里涌动着难以言说的酸楚。

让时间定格下来，假如窗外没有那些喧嚣，只有河流和村庄呢？

1972 年，蒋家沟修建于 20 世纪 60 年代的人工导流堤被泥石流冲垮了。迅猛异常的泥石流汹涌而来，咆哮而下，冲毁了堤坝，卷裹着大量泥沙石块一泻千里，进入小江并堵断河水，迫使小江河水向上游回流 10 余公里，破坏了东川的交通，摧毁了东川的铜矿，淹没了两岸的农田村庄，给东川造成了重大的经济损失。

于是，这年的初夏，受东川矿务局的邀请和委托，中科院再次派科研人员前往蒋家沟。这是一则让人欣喜的消息，虽然和灾难衔接得很近。

出发前，他们开了一个有关前往东川观测和研究泥石流的人员的小会，康志成提出："我们的任务就是在蒋家沟开展基本观测，为导流堤的开挖和蒋家沟的治理提供依据。因为东川站建立的目的，就是以泥石流观测和实验为基础，开展泥石流基础理论和泥石流减灾技术的研究。它的观测内容一是对泥石流的形成进行观测，具体有降水、土壤含水量、土壤水势、土壤孔隙水压力等方面的观测和摄像监测；二是对泥石流运动进行观测，具体为泥石流常规运动、泥石流表面流场、泥石流过程和泛滥范围的观测；三是对泥石流堆积、侵蚀和沟道演变进行观测；四是泥石流静力学观测和实验，包括泥石流取样观测和泥石流样品分析实验；五是泥石流冲击力观测和实验；六是径流场观测；七是小江水文观测。它的研究方向是：研究泥石流源区土体物理、力学特征以及在水分作用下的变化过程；研究泥石流动力学和静力学特征；研究泥石流堆积过程和沉积规律；研究干旱河谷生态环境退化机理及恢复、重建理论与技术；研究植被固土稳坡机理，等等。"

1972 年 5 月，河道湿漉漉的，露珠弄湿了行人的鞋。连着赶了几天的路，他们走进了蒋家沟。天空中好大一个月亮，像舞台上的布景或者道具。木刻般的山影，在四周的月光下绰约可见。

久违了，蒋家沟！

也许正是那样一种惊心动魄，令康志成一直以来严肃的脸上出现了难得的笑容。

天亮后，他们发现这个所谓的观测研究站只有几间土墙瓦房，既没有电，也没有水，更谈不上进出的公路。他们一切生活和工作用品都得靠人背肩挑从山外的绿茂塘镇运过来，跋涉一趟需整整两个小时。

五、被污染了的水源

野外工作，首先遇到的麻烦是饮水问题。为了找水源，他们走遍了周边所有的村庄，看到当地农民的生活比他们想象的还要艰苦。有的农民家庭甚至无法好好躺着睡觉，冬天，大部分时间是围着火塘吃饭喝水聊天，瞌睡了就坐在椅子上守着那一方暖睡觉。

水不通，别说地下水，就是天降之水也浑浊不堪无法饮用，大家只好每天早上轮流值班下沟去找泉水，但搬运回来的泉水却因含盐量（SO_4^{2-} 离子）极高，常常喝了肠胃不消化。

经过几天的考察，他们在山上离观测站最近的村庄旁边建了蓄水池，把清澈的水从山上引下来。对观测站来说，解决了水的问题，其他就好解决了。山上的一些村民在自然灾害和人为灾害的双重折磨下，变得有些警惕。一些村民认为，从城市里来的人都是强盗，一些人由看不惯到心生怨恨，动员心地不善之人把人畜粪便扔进蓄水池。这些污染物顺着管道流入观测站。工作人员再健壮的身体，也经不住一天闹四五次肚子，几天下来人就有气无力。一开始他们找不到原因，康志成怀疑是泥石流水里含有硝，也许是硝让他们拉肚子。也有人觉得是水土不服，想到山上的原住民也喝这样的水，觉得可能肠胃适应一段时间就好了。

有一天，做饭的大师傅发现有一坨杂质从水管里流入锅里，用勺子舀起来，发现是人的干粪便，这才明白是村庄里有人作怪。康志成派副站长张军去山上协调。山上的老百姓不承认是他们往蓄水池里扔粪便，只说："你们平白无故住在山下，还平白无故用我们的水，你们吃供应粮、拿工资的人不能就这样白吃白住。"

这明摆着是想讹钱。吵架在所难免，科研人员哪里会吵架，只是据理力争，说如果他们再往水里扔不卫生的东西，万一出了人命，村庄里的人都会被牵连。交涉后，蓄水池里不再有人畜粪便了。但是，村民们把洗锅水和杂物倒入蓄水池，杂物堵塞了水管，人喝了不干净的水照样拉肚子。这样下去不成。康志成召集大家商量，总得有个解决办法，大家决定去找县政府。

观测站派业务副站长张军和行政副站长张连秋，带着司机去会泽县城找县长。公对公，讲理摆在桌面上。

会泽县离东川 200 多公里，他们一早走时，天上的星星还没有完全隐去，路途颠簸，走进县城时已经是午后。他们顾不得饥饿，几个人直接走进县政府，县长不在，找了分管农业的副县长。

礼节性的问候，落座，单刀直入开始交涉。

张军说：“你是共产党干部，我们是共产党队伍，队伍来找干部解决问题不为过吧？”

副县长说：“你们来肯定是有事说，只要是我管辖范围内的事，你们都可以讲出来。”

张军说：“中国有句话，家里再没有吃的，上门了总得喝杯水吧？”

副县长要工作人员倒水。

张军端着水杯感慨地说：“这水是我来东川搞科研喝到的最好的水，并且尝出了水是甜的，可惜我们东川观测站的同志都喝不到这样一口甜水。”

副县长觉得张军话里有话。

张军干脆挑明了说：“我们的责任是搞科研，我们不是做生意。借用贵县一块宝地，连口干净水都喝不上。中国还有句古话是上门不欺客，你可知道？”

副县长说：“历年遭受泥石流灾难的东川，你说是风水宝地。我是管农业的，知道东川的苦，既然是风水宝地，你们就拿国家的钱支持一下，也让东川老百姓享受一下国家支持的甜头。”

副县长开口说要 25 万元。

观测站一年的经费是 20 万元，全都给地方，还不够数，显然不成。

　　张军从泥石流的危害讲到泥石流的治理，再讲到治理泥石流是为了当地老百姓的长久利益，这既是服务当地，也是国家的基本建设。

　　谈判谈到傍晚时分，最后谈妥给地方4000元，总算大功告成。他们来不及吃饭就开车往回赶。走出会泽县城已是深夜时分，身后是万家灯火，每一扇窗户都亮着灯，灯光里的温暖诱人心动。车从寂静的街道上开过，开进苍茫夜色里。颠簸不平的泥土路，让劳累了一天的车里人说不出话。偶尔有月光照进车里，他们彼此对视一眼，想笑却只能发出一声无奈的叹息。

　　走入东川地界，道路两旁的树枯着，没有一片叶子，河道两边的鹅卵石发出浅白色的暗光，不见芳草，大山在夜幕中一片墨黑。车灯照着被泥石流冲刷的河道，他们想象这里曾掩去了多少人的踪迹。人类的先民不会寻一片荒芜之地来安家，他们必定要找一块土壤肥沃、气候温润、有河流和树林的地方建筑永久的居住地。可见，这里曾经必然是一个绿荫覆盖的富庶之地，每一缕月光仿佛都记录着曾经的故事，那飘逸在深蓝色夜空中的篝火，以及农人们丰厚的收获。

　　车上不知是谁突然剧烈地咳嗽了一下，他们才发现居然一天都没有拉肚子。水，干净的水，要命的水。

　　远处有手电筒照着这边，先是一道微弱的光，接着，那道光越来越强，一明一灭，在接近凌晨时分的深夜，包含着千言万语的等待。

是站长康志成，他拿着手电筒喃喃自语："辛苦了，辛苦了！"

满天星斗，又是满天星斗。

蒋家沟的荒凉和寂寞是有目共睹的。每餐饭的碗中看不见油星星，一块猪膘，炒菜时在锅底擦一圈就当油了，基本就是白水加盐煮菜。

观测站买一次菜吃好几天，有些时候遇见泥石流，吃不上菜只能挖野菜。出去买菜是一件幸福的事，因为可以见到观测站之外的人。有一次行政副站长出去买菜迷路了，一早走时雾大，半个上午雾不见散，雨又来了。雨一来泥石流就要狂欢了，他并没有意识到雨来的后果，当看到雾中涌动着的泥石流时，他来不及躲避，人在泥石流中连滚带爬往山上走，所走的路线离买菜的地方越来越远。如果顺着泥石流走，人永远都跑不过泥石流，生命瞬间消失是常有之事。一直到夜里，他才回到观测站。看着他伤痕累累的样子，同志们开玩笑说："看菜吃饭，大伙都陪着你一起饿着肚子呢。"

东川的寂静让人听得到百米之外的声音。

7 天赶一次集，才能看见老百姓卖菜。年轻人张望着，努力想留住什么，那些人的脚步声，不断淹没他们的空间和孤独。几个月下来，老同志们真怕这些年轻人得抑郁症。他们决定一周给年轻人放一次假，让他们白天的时候进城去听听汽车声，在城里转转，但是，有一点，不能犯错误。

搞科研的年轻人大多思想古板，找机会进城大多是去看电影，有些时候半年里只重复放一部电影，年轻人反复看，每次看完了回来给老同志讲，讲的次数多了，老同志就笑话他们只会看电影。老同志跟着听电影，听多了如同自己也去看了电影，每一次都能指出年轻人少讲了哪些细节。年轻人不服气，就又开始讲电影院的故事，讲大街上的故事。有人听出来汽车鸣喇叭的声音都不一样，就像每个人的声音都不同一样。大街上的汽车声很刺耳，尤其是刹车那一瞬间，牵扯得人心里更难过。

有一年夏天，观测站有人回成都，张军妻子给张军捎来6个松花蛋，一路火车过来，路途颠簸，回到观测站时，松花蛋外面的石灰包裹层被压碎了，而且因为高温，松花蛋都有点馊了。张军觉得这松花蛋已经没有办法入口了，就往草丛中扔了过去，结果被另一位队友看见了。他问张军扔了什么，张军说扔了从成都带回来的松花蛋。队员一听说扔的是松花蛋，就问张军扔哪里了，并要求张军重新演绎一遍。张军想着刚才的地方，重新走过去比画了几下。队友就照着草丛开始找。找了半天，找到了石灰和蛋壳，发现前边有一条野狗看着他，狗嘴上还粘着星星点点白石灰。队友很沮丧，看着张军的眼神中，充满了难过和怨气。

多少年后，在面对饭桌上的松花蛋时，那位队友的眼神总会浮现在张军眼前。他会停顿一下，记忆瞬间又回到了那个年代的东川观测站。

有一次康志成见当地老百姓吃一种蜂蛹，便告诉观测站同志们，希望他们野外作业时也想办法找蜂蛹吃。可是蜂蛹还没有找上，观测站的一位女同志柳素清就被马蜂蛰了。尽管她有野外经验，面对马蜂站着不动，但还是被马蜂蛰了，眼睛被蜇得啥都看不见，摸索着走路。好长时间大家茶余饭后还拿她的样子说事，她也愿意让大家取乐。因为寂寞和孤独，互相取乐成为观测站的同志们研究泥石流之余打发时间的乐趣。

029

六、蒋家沟泥石流研究赢得了世界盛誉

　　蒋家沟的生活十分艰苦，工作条件也十分简陋，除了测量和样品分析使用仪器外，同志们的大部分观测工作都是靠人工操作，如果是在夜间，他们只能靠汽灯和手电筒照明观测。从1972年到1976年，康志成他们就是靠这种简易的观测方法从蒋家沟取得了第一手资料，从而制定了《蒋家沟十年治理规划》。如今的蒋家沟已经进入了三十年规划，而第一个十年是治理泥石流起步最艰难的时期。

　　到了小江两岸，就会看见，逢沟必有泥石流。远远望去，山上的小路像一些巨大的 Z 字贴在光秃秃的陡坡上。偶尔有一辆拖拉机陷进去了，无奈地在阔大的泥石流滩上挣扎，旁边走过背着背篓、赶着羊群和小毛驴的人们，他们丝毫不敢嘲笑旁边的拖拉机，他们的羊群和毛驴也会随时遭遇泥石流袭击。泥石流早已是当地居民日常生活中的一部分，旱季是这样，雨季也这样，只是人们在雨季会更加谨慎，要人多结伴才敢过沟，

他们知道哪个地方的泥浆薄，选择恰当的过沟路线事关生死。如果遇到泥石流暴发，他们就会在沟边耐心地等。先是一阵箐沟水，紧接着泥浆和石头就来了，像波浪一样一阵一阵的。急是急不得的，你想心存侥幸？第一阵泥浪才过脚踝，第二阵就到膝盖，第三阵就过腰了。

沿小江而下，你会看到像蒋家沟这样的泥石流沟不止一条。几十公里的路途就像一趟泥石流的旅程，从两岸山中出来的支流沟壑几乎全都是泥石流沟。每一条沟口都有一个巨大的冲积扇，在小江河谷中肆无忌惮地铺展开来。有些地段泥石流冲积扇已经毗连成片，一个冲积扇的边缘连着另一个冲积扇的边缘。小江从它的发源地到汇入金沙江短短 138 公里的流域里，就有 172 条泥石流沟，这还不包括那些正在坍塌形成泥石流沟壑的地方。石头和水的力量年年都在改变着河谷的地形，小江流淌的不仅仅是水，而是整个山谷。蒋家沟泥石流形成区的碎石处于特殊的临界稳定状态，常有"声喊则碎石崩流"的奇特现象。

康志成第三次到东川站是在 1980 年，几年未到东川、未到蒋家沟，这里的一切都发生了巨大变化。1980 年，同样是中国社会进程中一个特殊的时间段，因为国家改革开放了，科学的春天到来了。康志成欣喜地看到，东川站已由当年的人工操作变成了使用先进的观测设施和仪器，观测项目从原来的几项扩大到十几项。这里通了水、电，修建了出山的简易公路，修建了观测实验楼，甚至还有专家接待楼和住房。

　　1998 年，康志成到了退休年龄，他携带着简单的行李，一步三回头，恋恋不舍地离开了他奋斗了近 20 年的蒋家沟。这第三次在东川站工作的近 20 年，他倾注了全部的心血和情感。他不会忘记在雨季观测期全国各地的参观访问者络绎不绝地来蒋家沟的情景，更不会忘记在许多项目上与各大院校和部门，以及来自日本、美国、新西兰等国的专家学者共同合作的情景。

　　康志成第四次赴蒋家沟，已经是退休后十几年的事了。这一次他是去东川站开会，他回到了自己当年曾经工作过的地方。尽管他已有所预料，但今非昔比的东川站还是给了他耳目一新的感觉。原来的观测仪器几乎都更换成了更先进的新仪器，还增加了新的观测设备，特别是进行数据采集和管理的计算机，以及新的现场模型实验室。楼房翻修了，简易公路硬化了，他居住的房间有热水可洗澡，有电视看，甚至可以用电脑上网。

　　康志成的四赴蒋家沟，不仅是他毕生奋斗的科研事业进程的写照，也是中国泥石流治理工作进程的见证，更是中国社会进步发展的一个侧影。

　　我在采访成都山地所的学者和专家时，他们每个人都不约而同地讲到康志成，讲到20世纪70年代末和80年代初的蒋家沟。

　　那时的蒋家沟是路不通、电不通、水不通，电话更不通，办一切事情都要靠两个肩膀和两条腿。路不通，无论进站出站，无论运送行李还是物资，他们只能沿着崎岖的山路前行，有时上下陡坡甚至要手脚并用。他们烧饭用的柴火也要到外面集中买了背进来，因为柴火和蔬菜都不容易背进来，他们的伙食质量也可想而知。

夏天是观测泥石流的最佳时机，白天他们承受着高温酷暑的煎熬，夜间还要观测泥石流的暴发，黑白颠倒的日子令人疲惫不堪，他们很想洗一个热水澡解乏。可是，路之难、水之难、烧柴之难叠加在一起，洗澡的代价实在是高，这便成了他们一个奢侈的愿望。尽管条件十分艰苦，大家对泥石流的观测研究工作依然非常兢兢业业，具有高度的责任心和使命感。

1983 年以后，路虽然修通了，但那是陡坡上开辟的简易土路，崩塌、滑坡或者陡坡滚石阻断道路成了家常便饭。泥石流观测资料的同步性和整体性，要求泥石流各要素的观测必须在时间上和空间上同步进行。工作人员需要在同一个时刻内进行不同沟段的水深、断面积、流速等要素的观测，并且同步进行泥石流浓度和样品的流变特征、颗粒组成的采样分析，还要同步获得泥石流形成的降雨强度、降雨过程、泥石流形成源地汇流过程乃至泥石流出山口的堆积过程等的观测资料。若上游乌云翻滚，观测泥石流降雨强度、降雨过程的预报组就必须处于待命状态。一旦泥石流暴发，观测运动组、动力组、采样组等各路观察人马都会马上从梦中惊醒，带上竹帽子，打着手电筒，冒着暴风雨，沿着陡峭的山路小跑步前往现场。

工作人员们夜晚观测，白天绘制泥石流运动、堆积的基础图件，探讨蒋家沟泥石流源地崩塌、滑坡、散流坡分布特点，为深入研究泥石流形成机理做了许多基础工作。东川泥石流站观测人员的青春年华，尽管在人类历史长河中只是一朵小小的浪花，但每年3个月野外工作的日日夜夜，他们都踏踏实实坚持下来了。他们忍受着季节变换带来的狂风暴雨，以及穷山恶水的寂寞、孤独。每一个观测数据的获得、每一台新仪器的研制、每一次降雨过程的记录、每一次冲淤变化的测量、每一棵小树的成长、每一篇倾注了汗水的论文，都影响着社会的进步和发展。

对于研究泥石流的专家来说，对知识分子最大的褒奖不是给钱，而是发挥他的才华。

20世纪80年代，外国专家来考察东川站泥石流研究，他们不会说汉语，也没有翻译，当时康志成很坚定地说："汉语是世界上的通用语言。"

苏联专家面面相觑。好在观测站业务副站长张军会说俄语，并主动充当翻译直接用俄语与他们交谈，打通了语言环节。这下他们交谈得很深入。张军说："苏联是一个伟大的国家，列宁对中国人民有深远的影响。泥石流研究，苏联从20世纪40年代开始，我们从20世纪60年代才开始，你们是老大哥。"

苏联专家说："也许20世纪40年代是这样，但现在变了，你们的研究很深入，舍得投放人力和物力。目前，你们所有的数据和成果已经远远超出了我们。"

旁边的日本科学家说："你们的泥石流研究是一流的人才，一流的学术，一流的成果。"

张军说:"那些年,我们每周都有一次业务会,几个人坐在一起红脸,互相批评找问题,对技术上的失误,一定要接受批评、不再犯错。"

那些年,大家很团结。没有上下级之分,全站人一条心,攻克一个难关再攻克一个难关,唯一的庆功就是集体进城看街道上的行人走过。

康志成 1937 年出生,2014 年去世,享年 77 岁。他的一生如一头老黄牛,为了事业,为了泥石流奉献了自己的一生。可以说,到现在为止,他在泥石流研究方面的实地勘察报告和研究论文,依然很少有人能够超越。

现在世界范围内使用的泥石流治理方法,很多来自东川。

七、中国最坚韧的生存者

这是一片壮观的土地，被专家认为是全世界除巴西里约热内卢外最有气势的红土地。去了东川，你会感叹天地间还有如此浓烈的色彩。艳丽而斑斓，似乎美得不太真实……

当地老百姓说："雷在头上打，雨在四周下。"大部分时间里，我们沿着通往拖布卡镇的公路，在河谷里行进，路边的陡坡上生长着耐干旱的剑麻和银合欢树，这是多年来生态防治的成果。东川泥石流正处在它的旺盛期，什么时候才会进入它的衰退期？科学家说，等到地壳不再上升，等到高山被侵蚀成丘陵，小江泥石流才会渐渐地偃旗息鼓。这将是一个漫长的地质年代，也许没有人能够看到那一天。

我们回过来从卫星图像上再看蒋家沟一带，它呈环状构造，它的左岸和分水岭地区，多半为左旋压扭性断裂。扇面两旁山高坡陡，峡谷纵深悠远。置身其中，放眼望去，山川和原野呈现出一片片暗红、紫红、砖红等不同的红色。如果是夏天，方圆数百里大大小小的山上，油菜花与洋芋花热烈地绽放着，金色的麦浪在清凉的山风下如碧浪般翻滚，一层绿、一层白，又一层红、一层金。鲜艳浓烈的色块一直铺向天边，看似漫不经心，却又形成如仙境般五彩缤纷的图案。远远望去，仿佛上天涂抹的色块，色彩斑斓炫目、艳丽饱满，有着优美的线条，又勾画得如此浓墨重彩。

美丽的风景下可能掩盖着恐怖。小江流域是干热河谷，干热河谷是指高温、低湿的河谷地带。在这个区域内，天气炎热少雨，水土流失严重，生态十分脆弱，自然灾害特别突出。我国的干热河谷主要分布于金沙江、元江、怒江、南盘江沿江的四川、云南和贵州等地。东川区新村镇，就是典型的干热河谷，年平均气温 25℃以上，极端气温高达 42℃。东川受东南季风和西南季风的共同影响，干湿季分明，降水主要集中在 6～8 月。小江河谷地区年降雨量只有 500 多毫米，但是随着海拔增加，降水也在增加。到了海拔 3000 米处，降水达到了 1200 毫米以上，而泥石流形成刚好是在上游。山下可能不下雨，但山上的雨却下得很大。破碎的岩体在雨季很容易崩塌，于是大量可移动物质借暴雨之力顺势而下，沿途剥蚀着山体，裹挟着巨石泥沙以雷霆万钧之势向下游席卷而去。见过泥石流暴发的人都不会忘记这样的情景：房子般巨大的石头像帆船一样缓缓从河床上滚过，轰隆隆的巨响中，巨石与巨石相撞在黎明前的暗夜里，迸出惊心动魄的火花。在宽阔的河滩上，小江恣意漫流的河水涌到与金沙江的交汇处，终于被约束到了窄窄的河道里，江水顿时变得湍急起来。拖布卡镇的格勒是两江汇流的地方，也是滇川交界处。金沙江对岸是四川的会理县和会东县，江这边，东川与巧家以小江为界。

小江发源于昆明市寻甸回族彝族自治县的清水海，流经寻甸、东川新村，全长138公里，蜿蜒曲折，注入金沙江。小江河谷有多条泥石流，如蒋家沟、达德沟、大白泥沟、老干沟、黑水河、落戈沟、里里落沟、拖踏沟等，都是泥石流高发区。

每年有多少泥沙进入金沙江，有过不同的数据，成都山地所提供的比较准确的数字应该是：小江每年的产沙量是4000多万吨，向金沙江里输沙约1200万吨。由于小江流域面积不大，只有3000多平方公里，挟沙能力不足，因此多数泥沙都滞留在小江及其支流的河床上。

没有到过小江的人，对这些数字不会有什么感觉。1200万吨泥沙是什么概念？相当于一辆载重10吨的大卡车，每年向金沙江倾倒120万车泥沙。留在小江及其支流上的近3000万吨泥沙又是什么概念？就是那些河床每年都会上涨几十厘米，多沙年份可到一米左右，淤埋农田和道路。

如此，蒋家沟从2003年到现在，至少已经升高了8米。

下游的金沙江还在下切，形成深切割河谷。按河流的演化过程，小江也应该是下切的V形深谷，但是下切速度赶不上泥石流和滑坡的淤积速度，小江成了一个阔大的U形宽谷，而且越来越高，越来越宽，村庄也被泥石流逼着不断往高处搬。

小江河谷的泥石流，就数蒋家沟泥石流暴发最为频繁。蒋家沟泥石流发源于会泽县大海梁子蚂蚁坪一带，最高海拔 3269 米，最低海拔 1042 米，汇水面积 48.6 平方公里，沟长 13.9 公里，平均纵坡 15%，大小支沟 178 条，清水流量一般为每秒 0.1 ～ 0.5 立方米。蒋家沟流域内植被稀少，水土流失严重，其发育期、活跃期已有两三百年历史，每年泥石流暴发 10 次左右，最多达 28 次，将 400 万立方米泥沙、石块、树木冲到小江河道中，在小江东岸地带形成巨大的扇形"石海"。洪水季节，淤泥挟带石头、沙砾、树木的残枝断根，形成巨大的泥石"河流"，汹涌奔腾，一泻而下。

这是生态失衡的恶果，同时也造就了一大自然景观。

从 1965 年到 1986 年的 21 年中，东川完成的泥石流治理工程主要有：导流堤总长 2500 米、高 40 米，内侧为浆砌块石顺坝和肋坝；停淤场 2 个，土坝长 400 米、高 20 米；溢流坝 3 座，谷坊群 60 座，截洪沟 3500 米，植树造林 1127 亩，总投资费用 900 多万元。

昆明市东川区的东北方向，是昆明海拔最低的地方，每年都有很多国外的专家和学者到访。当地农业部门利用河谷独特气候，在泥石流荒滩上筑坝造田，打造干热河谷农业园区。

小江河谷里的农民可能是中国最坚韧的农民，他们是这样生存的：首先要把泥石流冲刷下来的大小砾石搬走，再运来细沙铺上，制造出农田后才可以耕种，并且得赶在雨季泥石流到来之前收获农作物，如果雨季提前到来，那一年的辛苦就白费了。第二年又得继续制造农田，生命不息，造田不止，周而复始，生生不息。

由于泥石流的冲刷每年都不一样，时而偏左、时而偏右，所以这里的农田是移动的，当地也就有了"流淌的山谷、漂移的农田"的说法。一方面是大自然的无情，一方面是农民的坚韧。古有愚公移山，今有东川在农民泥石流砾石上造田，他们是当之无愧的"中国好农民"。农田是壁挂式的，道路是垂直的，物流方式是人背马驮，时至今日，依然如此。

东川小江流域的人们除了发展红土地风光旅游之外，还充分利用泥石流资源开展泥石流汽车越野运动。东川越野车赛受到中国汽车运动联合会的高度重视，2005年中国汽车运动联合会授予东川"中国泥石流汽车越野赛道"称号。

2007年东川泥石流汽车越野赛申报成为中国汽车越野系列赛的分站赛，跨进国内顶级车赛的行列。作为世界上唯一利用泥石流作为赛道的汽车越野赛，这项赛事有着丰富的比赛内容、国际化的赛车安排、科学化的组织管理模式，曾获中国赛车风云榜"最具成长赛事奖""卓越组织奖""赛事经济成就奖"等殊荣。它不仅推动了我国越野赛车事业的发展，也推进了东川城市转型，促进了当地民生、经济和旅游业的发展。

东川有着"世界泥石流博物馆"的美誉，更有着天南铜都的盛誉。这里不仅文化历史悠久，各色旅游景点更能够带你体会另一种美丽风光。东川的牯牛森林公园、大厂冷杉原始森林等是地球上低纬度地带唯一的原始森林。

雪岭是云贵高原最高峰，惊涛裂岸的金沙江是离昆明最近的峡谷景观，牯牛山是乌蒙山脉最高峰，绵延的河滩蕴藏着丰富的优质建材资源。观赛观景，享受美好时光。"采石东川"见证奇石之美：东川达朵石上有山水花草等神奇图案；彩云石上如有片片彩云飘浮于天际，是七彩云南之"石王"。

当然，和这么多年来所付出的巨大代价相比，东川人现在所能得到的安慰是极其有限的。因为多年的水土流失，东川的地表已经很难生长任何作物了。可是在我接触的东川人里面，没有人表现出悲观的态度，他们一直坚信，只要有愚公移山的精神，总有一天东川会彻底摆脱泥石流的威胁。我想那一天，一定是东川人的节日。

第二章　西昌　黑沙河

Chapter Two

一、成昆铁路重大事故

在 20 世纪 80 年代以前，铁路事故一般是不作公开报道的。三十多年来，社会公众对灾难从懵然无知到即时知情，从政府到媒体再到公众，都经历了巨大变化。

成昆铁路自四川省成都市至云南省昆明市，全长 1100 公里，原为国防三线建设的重点工程，1958 年 7 月开工，1970 年 7 月 1 日全线贯通并通车。线路穿越大小凉山，有深二三百米的一线天峡谷。从金口河到埃岱 58 公里线路上有隧道 44 座。从甘洛到喜德 120 公里地段 4 次盘山绕行 50 公里，13 次跨牛日河，其间有 66 公里隧道和 10 公里桥梁。过喜德后 8 次跨安宁河，在三堆子过金沙江。金沙江河谷是著名的断裂带地震区，线路在河谷 3 次盘山，49 次跨龙川江，然后南下至昆明。沿途地形极为复杂，线路处于崇山峻岭之中，谷深坡陡，河流峡谷两岸分布着数百米高的陡岩峭壁。成昆铁路有隧道 427 个，桥梁 91 座，桥隧总长占线路长度的 41%。全线 130 多个车站中有 41 个因地形限制就设在桥梁上或隧道内。人们常说，"成昆铁路是在大山肚子里掏出来的"，这一点也不夸张。

中央电视台播出的电视剧《铁色高原》就是以成昆铁路的修建为背景拍摄的。成昆铁路的列车上，列车播音员自豪地说，虽然成昆铁路是作为国防三线建设的重点工程而诞生的，但实际上，它所起到的作用远不止备战，它和攀钢建设至少影响和改变了西南地区 2000 万人的命运，使西南荒塞地区整整进步了 50 年。成昆铁路与贵昆、川黔、成渝铁路相连，构成了西南环状铁路网，并有宝成、湘黔、黔桂三条通往西北、中南、华南的通道。

成昆铁路的建设者们创造出功垂千秋万代的业绩，谱写出中华人民共和国筑路史上的壮丽诗篇。成昆铁路建设工程转战在高山深谷之间，沿线环境艰苦、后勤保障物资供应不足，但建设者们士气高昂。在同隧道塌方等险情斗争的过程中，许多铁道兵指战员、铁路员工冒着危险，排除险情，不少光荣负伤，有的付出了宝贵的生命。修建成昆线时牺牲的铁道兵指战员、铁路工人和民兵的总人数，迄今未见权威的统计数字，各种资料说法不一，从 1000 多人到 3000 多人不等。一般的说法，铁道兵牺牲 1000 多人，根据《人民铁道》的介绍，铁道部第一工程局的一个单位因公牺牲的就有 600 多人，另一个单位在两次洪水泥石流中就有 130 人殉职。总之，为修建成昆铁路，平均每一公里铁轨就有两三名建设者为之牺牲，这一说法并不为过。

成昆铁路建设是场战争，牺牲的同志们永远值得我们缅怀。当时修建成昆铁路时，一些外国专家惊叹："中国人简直是疯了。"还有些专家预言："即使铁路建成了，狂暴的大自然也必使它在十年内变成一堆废铁。"毋庸讳言，他们的预言并非无中生有，成昆铁路在建成十年后便遭遇了严峻的考验。

1981 年 7 月 9 日凌晨 1 时 30 分许，大渡河支流利子依达沟暴发泥石流，流速高达每秒 13.2 米，容重达每立方米 2.32 吨，且其中包含了大量的巨砾，直径 8 米以上者达数十块之多，把沟口 17 米高、100 多米长的利子依达大桥冲毁。

7 月 8 日由格里坪开往成都的 442 次直快旅客列车，在 7 月 9 日凌晨 1 时 27 分，正点到达距成都 236 公里的甘洛站，1 时 35 分车站发出发车信号，但列车尚未出站突然停电，此事曾引起司机注意，但最终司机决定仍按常规运行列车。

1 时 41 分，442 次列车在尼日站与成都开往金江站 (今攀枝花站) 的 211 次快车交会之后，由尼日站开出。一分钟后，尼日站向前方乌斯河站 (今汉源站) 为 442 次列车报点期间发现电话中断，线路不通，无法联络。

1 时 45 分，列车沿大渡河右岸，以每小时 40 公里的速度驶进奶奶包隧道。在转过隧道曲线之后，列车司机王明儒忽然发现隧道出口的山沟旁的护路房倒塌，并且看不到前方利子依达大桥铁轨的反光，立即施行紧急制动。由于从隧道通往大桥的路段是下坡段，坡度达 14‰，列车未能在桥面中断位置前停下。

1 时 46 分，两台东风型内燃机车、13 号行李车、12 号邮政车及 3 节客车车厢（9～11 号）从桥上坠下，其中机车及 11～13 号车厢坠入大渡河中，9 号和 10 号车厢则掉在岸边，8 号硬座车厢在桥头的隧道内被强大的冲击力撞出钢轨，翻覆在隧道口外。

事故共造成 275 人死亡或失踪，成昆铁路运营中断 15 天。

尽管如此，成昆铁路依然是世界铁路建筑史上的一个壮举。它从海拔 500 米左右的川西平原出发，溯大渡河、牛日河而上，穿越海拔 2280 米的沙木拉达隧道后，沿孙水河、安宁河、雅砻江，下至海拔 1000 米左右的金沙江河谷，再溯龙川江上行至海拔 1900 米左右的滇中高原。全线有 700 多公里穿过川西南和滇北山地，地形极为复杂，谷深坡陡，河流峡谷两岸分布着数百米高的陡岩峭壁。它采用了 7 处盘山展线，13 次跨过牛日河，8 次跨过安宁河，49 次跨过龙川江，只为了克服巨大的地形落差并绕避重大不良地质的地段。它与美国的阿波罗带回的月球岩石、苏联的第一颗人造地球卫星一起，被联合国并称为"象征 20 世纪人类征服自然的三大奇迹"。

二、西昌黑沙河

成昆铁路是中国铁路建设的一座重要里程碑，更是我国西南地区重要的经济命脉。它的建设是难中有难，而维护它的畅通更是难上加难。

不论成昆铁路如何在山岭河谷间神奇地绕避，都无法完全绕开泥石流灾害，黑沙河就是一个无法避开的涌动着泥石流的不祥所在。

黑沙河是四川省凉山彝族自治州境内成昆铁路沿线一条知名的灾害性泥石流沟，源自喜德县鲁基后山，经西昌市礼州汇入安宁河，流域面积22.7平方公里。流域内地形陡峻、岩性破碎、滑坡棋布、冲沟丛生，共计有崩塌、滑坡180处，泥石流支沟135条，可供泥石流形成的松散固体物质2600万立方米。

因此，一遇暴雨，被当地群众称为"母猪龙"的强劲泥石流便破山而出，先后使5个村寨沦为废墟，3000多亩良田成为荒滩，形成了宽达3公里的泥石流冲积扇，泥石流与沟水分七汉流入安宁河。尤其是 1964 年，仅一次泥石流就冲毁或淤埋良田 1100 亩、房屋 74 间、渠道 13 处、川滇公路 1.5 公里。

当时正值成昆铁路勘测和设计阶段，相关工作人员把黑沙河视为对该铁路安全威胁最大的一条泥石流沟，并确定逢沟设桥，以 5 米高的路堤、7 座桥梁（其中四、七号为大桥）通过黑沙河，成为铁路史上罕有的泥石流处置方案。然而冲积扇上的泥石流主流往往摆动不定，故在 1970 年 7 月 1 日成昆铁路正式通车后不到一年，一次规模不算很大的泥石流和一次洪水，都不走主汊与大桥，却流向五、六号桥之间，结果冲毁五号桥桥基锤状护坡 10 米，并沿五、六号桥之间的路堤坡脚冲出一条最深处达 2.1 米的沟槽，导致部分路堤下陷，严重危及线路安全。

1967 年，根据冶金、铁路和交通部门的要求或建议，中国科学院将黑沙河作为重点研究的 3 条灾害性泥石流沟之一，组成了以成都山地所为主、5 个研究所 30 余人参加的中国科学院泥石流二队，对其进行全面的调查和研究，提出了治理规划。铁道部西南铁道研究所通过考察和模型试验，也制订了治理工程规划。1970 年初，黑沙河泥石流队重新组建，先后有 24 名科研人员加入。通过进一步的调查、观测和剖析，新建的泥石流队制定了《西昌黑沙河泥石流综合治理方案》，包括上游修建库容为 64 万立方米的调洪水库 1 座，营造水源涵养林 1.2 万亩，以调节洪水，削减洪峰，控制形成黑沙河稀性泥石流的水动力；中游兴建拦沙坝 7 座、谷坊 5 道、护岸或顺水坝 7 处，营造水土保持林 0.6 万亩和部分梯地,以控制或减少形成泥石流的松散固体物质;下游修建导流堤南北两条,共长 5.8 公里,开挖排洪沟 1 条,栽植防护林带 39 条,以稳定沟床,控制流势,顺利排泄洪水或泥石流,消除其危害。

1970 年底,当时的四川省革委会副主任徐驰主持召开办公会议,听取成都山地所汇报后,同意由吴积善带队前往黑沙河制订综合治理黑沙河方案。

张信宝,第一批随老所长吴积善进入黑沙河的研究者。

20 世纪 60 年代末,当时成都山地所里大部分老同志深陷于"抓革命,促生产"的任务。前往边远山区研究泥石流的任务,就落到了一批刚分配来的大学生身上。当时承担西昌黑沙河泥石流的研究任务,能够摆脱"革命"斗争,干业务工作,对这批年轻人来说可谓是天大的好事。吴积善是党员,研究生毕业,理所当然担任队长。

1970 年初,这批大学生在吴积善的带领下开赴西昌黑沙河。

泥石流占领的乱石滩上不见人影,远处传来几声狗吠,在空旷的山沟里回荡,接着又传来几声驴叫,叫声在山谷间来回碰撞,放大,像是一群驴在嘶叫。叫声远去之后,山沟里死寂如坟墓,静得能听见自己的心跳。他们好像看到了但丁《神曲》地狱篇里的某幅插图,视觉受到强烈的冲击,内心的某处似乎被什么撕扯着。

黑沙河泥石流冲积扇上到处是洪流过后沉积下来的碎石泥

沙。这是一条著名的泥石流沟，历史上发生过多次泥石流，严重威胁成昆铁路的安全。

走进黑沙河第一天，吴积善队长就交给南京大学毕业的张信宝一项任务：填绘黑沙河流域地质图。张信宝学的是区域地质专业，南京大学强调抓"三基"，填地质图是基本功，他自认为学得不错，完成任务应该没问题。

然而跑了十几天野外后，虽然基本查明了黑沙河流域的地层分布情况，但不能合理解释前山的地质构造。组成前山山体的是一套产状平缓的地层，下伏是产状陡立的地层，两者之间为产状几乎水平的断层。

根据大学里学到的知识，此类平缓断层应为逆掩断层，但黑沙河西临的安宁河大断裂为高角度断层，前山产状平缓的地层不可能从西侧的安宁河逆掩而来。百思不得其解的张信宝只好向吴积善队长说，我无法解释这一现象，不能交地质图。

吴积善没有说什么，但从他的眼神看得出，他对"南大地质系毕业生"连个地质图都填不出来，很不满意。同时他又觉得"文化大革命"影响了一批大学生，让他们很难从书本上走到现实中。不知道不怕，就怕不迎难而上。吴积善给了张信宝一个鼓励的眼神，并告诉他，世上无难事，只怕有心人。

黑沙河的"逆掩断层"一直是张信宝未能解开的谜，队里其他人也知道这是他的一块心病。

张信宝大学里未学过工程地质，对滑坡了解不多，工作后参加了一些现代滑坡的考察，才对滑坡有所了解，并逐步认识了古滑坡。西南山区在山地隆升、河流下切的长期地貌演化过程中，发生过大量的滑坡，许多坡地现仍残留有地质历史时期形成的滑坡（古滑坡），西南山区的现代滑坡大部分是古滑坡的复活。

张信宝的"古滑坡"观点当时没有得到所里搞滑坡同志的认可，反而被讥笑为"张信宝认为到处都是古滑坡"。

吴积善反而给了张信宝肯定。吴积善认为，黑沙河前山的"逆掩断层"有可能是古滑坡的滑动面。按地层层序，前山的地层完全可以贴在后山西坡的地层之上。前山的平缓地层是从东面的后山滑来，盖到安宁河断裂带的产状陡立的破碎地层之上，"逆掩断层"是古滑坡的滑动面。古滑坡发生后，后山和前山之间发生断陷，形成了现今的鲁基盆地。

古滑坡被错认为逆掩断层的现象，绝不止黑沙河一处。吴积善让张信宝在 1∶20 万的冕宁县幅地质图上查找泸沽铁矿附近的燕山期流纹岩。但西南地区从未发现过燕山期流纹岩，绘图只能打个问号。用古滑坡就可以很好地解释，所谓的"燕山期流纹岩"是震旦系的流纹岩滑到中生代地层之上的古滑坡残留体。再如川西著名的"龙门山飞来峰"，石炭—二叠纪的古生代老地层覆盖于侏罗—白垩纪中生代新地层之上，也是古滑坡的产物。

治理西昌黑沙河泥石流时，这批大学生热情很高，什么都干，搞测量，收石方，修拦沙坝、水库，种树等。吴积善在离开成都时对他们说，不是学习一门泥石流学科就能够研究出治理泥石流的方法，需要钻研多门学科。因此，离开成都时大家都各自带了水文、土壤、气象、水工等方面的大学教科书。此外，他们还向当地的工程技术人员、农民和干部请教，长了不少知识。

吴积善说，这批刚出校门、对泥石流几乎一无所知的年轻人，能征服当时被视为对成昆铁路安全威胁最大的泥石流，并在泥石流基础理论和综合治理技术方面取得明显进展，关键在于他们有一颗报效祖国、服务人民的心，有一种不畏艰辛、勤奋学习、勇于拼搏、敢于攀登的精神。

刚踏入黑沙河的几年间是工程起步阶段，成昆铁路路过西昌，不确定到底是走上游，还是走下游。当时成昆铁路要求成都山地所给出方案。走上游吧，路面要抬得很高；走下游吧，要经过许多农田。他们采取走中游的方式。治理泥石流的基本模式出来了，上游修水库，把形成泥石流的水断了，截断水源，中游修拦挡坝，下游修排导槽坝。上游水土分离，中游拦挡，下游排导。

张军说："我是 1976 年去的黑沙河，当时条件很差。特别是我们的吴积善老所长，他是上海人，不能吃辣椒……当时我们没有油吃，我们都不敢炒菜，一炒菜就没有油了。"

为了工作方便，队员们借住在紧靠黑沙河的礼州灌区，在附近的林场搭伙吃饭。大家用箱子当书桌，用木板做凳子，条件十分简陋。白天带着几个馒头上山考察或测量，晚上经常断电，他们就在煤油灯下看书或整理资料到深夜。不少队员一年中有半年以上甚至超过 10 个月在黑沙河工作、过着这样的生活，但谁都没有怨言。

在工程施工期间，因施工人员全部是普通农民，没有施工经验，队员们既当技术员，又当施工员。为了保证施工质量，他们一直坚持守在现场，与民工一起，住简陋的工棚，吃见不到油的蔬菜，没有一个队员打退堂鼓，有的连春节都没有回家。为了获得各种性质的泥石流形成、运动和冲淤的第一手资料，队员们在主沟沟口上侧设置了稀性泥石流观测断面，当泥石流或大洪水暴发时，他们在沟岸边用浮标和秒表测流速，用特制的竹竿测泥深，用铁皮桶在滚滚的泥石流中取样。若灾情发生在晚上，他们就穿着雨衣，打着手电筒进行观测或取样，汹涌的泥石流或大洪水在身旁咆哮而下，他们面临着被卷入的危险，但没有队员因此退缩。

泥石流的运动观测，设在中游右岸支沟马颈沟，此沟比较偏僻，而且地形险恶，人只能住在附近一块高地上支起的帐篷内。这里沟床宽窄和深浅不一，两岸均为滑坡，经常有石块和泥团滚落，他们只能站在泥石流与岸边接壤处进行近距离观测，相当危险。但是该沟泥石流种类齐全，发生频率很高，有时晴天都会发生泥石流。

而且，在 180 米的距离内，有形成区、流通区和冲积扇，可以进行不同性质泥石流的形成、运动和堆积观测。因此一场观测下来，虽然都成了"泥人"，"挂了小彩"（受了小伤），但可以取得大量的数据。

为了掌握泥石流或大洪水的沿程冲淤变化和沟床演变的规律，他们在主沟（从水库坝址到安宁河边），以及典型的泥石流支沟上，共布设了71个固定测量断面。数量之多，对一条泥石流沟来说可能是前所未有的。通常系统测量一次需10天左右。每次泥石流或大洪水暴发过后，在安排观测的年份都要测量一次。

参加测量的队员往往早晨踩着露水，中午顶着烈日，下午迎着大风进行操作，10天测量下来，经常要脱一层皮。刚到黑沙河时，除了一些常用的地学仪器外，几乎没有专门用于泥石流测试的仪器和设备，加之当时经费有限，不可能购买或定做精贵的仪器。队员们通过调查和摸索，购买或加工了一些投入不多、用处较大的简易仪器和设备开展测试，并注意尽量提高精度。

比如他们先用比重计、沉降筒、漏斗黏度计、测黏度用的各种钢球、可调角度的平板、天平和烘箱，后来又增添了静切力仪、体视显微镜等，开展了对泥石流及其浆体的组成、结构和流变等方面的测试和实验。为了使实验结果尽可能完善，并达到较高的精确度，他们往往用不同方法，进行同类数值的测定。比如测定黏度(有效黏度)，他们同时用漏斗黏度计和钢球下沉进行多次实验，直到测定数据比较接近为止。

测量静切力时，他们提取同一种浆体，分别用静切力仪和倾斜平板进行对比测定，以求获得比较精确的数值。他们还用木板和铁皮加工了两个宽度不同的简易试验槽，安放在马颈沟沟口，直接用该沟不同容重的泥石流体作物料，调整试验槽的宽度或比降，进行不同性质泥石流的起动、运动、流态和堆积试验，多次试验的结果与马颈沟原型观测相对比，尽量提高数据精度。

队员们在黑沙河沟口附近坡向和坡度基本一致的山坡上，分别在林地、灌草地和裸露地上布设了 3 个简易径流场，开展径流和坡面侵蚀的观测，以便为揭示黑沙河森林（松树林）、草灌在水土保持方面的作用提供数据。尽管上述方法均很简单，但他们结合了不同方法进行了多次测试，还将模型试验与原型观测随时进行对比，得出了较为精确的数据。

用吴积善的话说，这是一次长达 8 年的从调查研究、勘测设计、施工指导到效益观测等的泥石流综合研究与治理历程。这支先后有 24 人参加的黑沙河泥石流研究队伍，大部分是刚出校门的年轻人，不仅没有接触过泥石流治理，甚至连泥石流这个名字都很陌生。但他们不畏艰辛，勤奋探索，勇于拼搏，敢于攀登，终于征服了这条当时被视为对成昆铁路危害最严重的泥石流沟，保证了流域范围内成昆铁路、川滇公路、3 条灌渠、1 座电厂、12 个村寨、6000 多亩良田的安全，并新增耕地 1500 亩、灌溉面积 1000 亩，在昔日的泥石流乱石滩上，建立起了当时四川省最大的优质蚕种基地，成为国内首个大型稀性泥石流综合治理的成功典型，为泥石流学科的发展做出了贡献。

8年的生活中基本没有油星子。这期间吴积善还跑过一回，他跑的理由是不想当官，他认为自己是搞业务的，不是当官的。如果不当队长只搞研究，他可以，不考虑过多的事情，专心研究。

研究所领导找他谈心，明确告诉他："哪里有共产党员当逃兵的道理？假如安排一个不懂业务的人来领导你们，你愿意在他的领导下搞研究？"

吴积善说："我愿意。"

研究所领导说："那也得问一问群众愿意不。咱们来个民主投票，如果大家投你当队长，你就不能辜负大家的期望。"

民主投票决定了他的去留，他继续当队长。

大家很佩服吴积善，都愿意他挂帅。"黑沙河泥石流及其综合治理"这个项目获得了1978年全国科学大会重大科技成果奖。

虽然40年后的今天，这些年轻人均步入夕阳之年，但提起吴积善，他们个个都竖大拇指。用他们的心血和汗水铸成的松涛和桑叶，将长久点缀着黑沙河的山山水水。

三、修好的拦沙坝垮了

1971 年，黑沙河暴发稀性泥石流，把修好的一个拦沙坝冲毁了。

吴积善队长要张信宝和杨庆溪两位同志调查原因。根据教科书设计的这个拦沙坝，坝高 2 米，坝顶宽 1 米，背水坡是斜坡，背水坡边坡 1∶1，迎水坡 1∶0.5。坝的主体是干砌石，背水坡和迎水坡坝面为浆砌块石。

实地调查发现，洪水挟带的泥沙石块砸坏背水坡浆砌块石坝面，导致了干砌石主坝体的毁坏。

吴积善在图书馆找到的 20 世纪 50 年代的杂志上，看到一篇匈牙利的有关拦沙坝背水坡的译文。该文的大意是，拦沙坝坝顶流过的洪水含泥沙石块，泥沙石块过坝后向下坠落到坝面上，往往引起坝面损坏，因此拦沙坝的背水坡应该垂直，以避免过坝的泥沙石块砸坏坝面。

根据教科书设计拦沙坝时，主要考虑的是坝体的力学稳定性，背水坡有一定坡度，虽然有利于坝体的稳定，但没有考虑到过坝的泥沙石块砸坏坝面的问题。这篇文章很有道理，而且在 1974 年，四川汉源调查滑坡泥石流时，他们就发现汉源公路沿线的泥石流沟修建了许多拦沙坝（当地俗称"马坎"），用以稳定沟床和治理滑坡，这些拦沙坝的背水坡都是接近垂直的。

养路段的蒲继环工程师向他们解释了拦沙坝背水坡要垂直的道理，和匈牙利的那篇文章意思完全一样。他说，早期修拦沙坝时，也是从坝体力学稳定性考虑，背水坡不垂直，但都被过坝的石块砸坏了，不得不修成垂直的。

考察队内部对拦沙坝背水坡垂直问题有过一些争论，后来慢慢统一了，设计的拦沙坝的背水坡都接近垂直，包括后来张信宝负责的云南盈江县浑水沟、梁河县三家村、永安寨等泥石流和滑坡治理工程都是这样操作的。

近百年来，西昌安宁河流域的黑沙河暴发过多次灾害性泥石流，平常年份也时有中小型泥石流发生，是一条著名的高频率泥石流沟。黑沙河附近的煤炭沟、大塘沟和蒋家沟等也是高频率泥石流沟。这些泥石流沟的共同特点是：沟内山体破碎，滑坡崩塌活动强烈，沟床上涨明显；沟口冲积扇多近期泥石流堆积，植被稀疏，冲积扇沟道游荡，不稳定，经常改道。

张信宝和杨庆溪对低频率泥石流的成因一直不解，在调查喜德县红莫镇红马沟 1958 年特大泥石流时，当地一位老者讲了一个故事给他们听。

老者说他家原来住在沟边，泥石流发生的前几年，他发现由于沟床上涨，沟快要被填平了，知道要出"母猪龙"（泥石流在当地的俗称）了，他要搬家。尽管村里人都笑话他，他还是搬了。第二年就暴发了泥石流，导致全村遭殃，而他家却躲过了一劫。他说的故事给了张信宝和杨庆溪启发。

结合 1971 年冕宁新铁村沟泥石流固体物质来源的调查，他们对低频率泥石流的形成机理有了初步的认识：受特大暴雨或其他原因激发，上游发生一些坡面泥石流或中小型滑坡崩塌，进入沟道形成沟道型泥石流，沟道型泥石流向下流动的过程中，铲刮沿途的沟床冲积物，泥石流规模越来越大。低频率泥石流中砾石和巨砾含量高，粒度粗，泥石流运动需要较大的厚度，流域内滑坡崩坍活动不强烈，固体物质补给速率有限，需要较长的时间才能累积到泥石流运动需要的厚度，因此发生频率低。

1972 年，他们又跟随成都山地所泥石流研究室的唐邦兴主任考察了安宁河流域的泥石流，也发现一些泥石流沟几十年甚至上百年才发生一次泥石流，多由特大暴雨激发，规模往往很大，如热水河内的红马沟和邛海以东的大兴沟。这些泥石流沟山口一带的沟道往往深切于老洪积扇内，沟内山体并不破碎，泥石流发生前往往是山清水秀，少见活动性滑坡崩塌。

后来，他们陆续考察了四川汉源流沙河流域、云南小江流域、大盈江流域和甘肃白龙江流域等不少地区的泥石流，验证了他们在安宁河考察时形成的看法。经过科学勘察和实地考察，他们决定重新改变思路修建拦沙坝，打破原来的模式，吴积善提出泥石流综合治理的方法是"工程措施与生物措施相结合，上、中、下游全面考虑，山、水、林、田统一治理"，并归纳了泥石流综合治理的五项基本原则，设计了适合泥石流防治的调洪水库，并解决了易于启闭便于排沙的放水设备和既能调洪又能迅速排洪的溢洪道两项关键技术。

为防止拦沙坝失事，他们设计了拱基、钢筋混凝土梁基和钢筋混凝土板基三种新型坝基，尤其是拱基，目前在国内应用较广。黑沙河谷坊大多建在滑坡发育、堆积层很厚和边坡不稳定的泥石流支沟段，为此，他们设计了主副基础连成一体的箱形坝。

根据稀性泥石流出山口后在冲积扇摆动和冲淤的状况，他们采用了西南铁道研究所提出的漏斗形排导槽，并作了适当改进，槽宽由沟口下方的401米逐渐分段收缩到汇入安宁河处的20米。这样的布设适用于稀性泥石流或洪水顺利排泄。他们提出了在泥石流活动强烈区示范成功的封山育草、因地制宜选择树种、采用适宜营林三项关键技术，还充分拓展治理工程的功效，除了治理泥石流外，尽量发挥这些设施的经济效益。如调洪水库除控制或削弱形成泥石流的水动力外，还可灌溉农田1000亩；拦沙坝除拦沙稳坡外，通过过滤装置和坝基廊道，截出沟床堆积物中的潜流可用于人畜饮水或灌溉等。

1978年，黑沙河泥石流治理工程终于竣工了。

8 年的时间就这样过去了。黑沙河泥石流队，以及为黑沙河治理奋战的所有工程人员，向山河、向人民递交了一份优秀的答卷。这时的黑沙河流域，山区森林覆盖率由 2.7% 增加到了 62%。而综合治理后的黑沙河主沟没有暴发过泥石流，并经受了 50 年一遇的暴雨考验。它每年输出山口的泥沙还不足治理前的四分之一，十年一遇的暴雨洪水峰值流量仅为治理前的五分之一。

8 年的黑沙河泥石流治理工程，成为国内大型稀性泥石流综合治理的首个成功案例。

8 年里，黑沙河泥石流队除了完成工程的勘测设计和施工技术的指导外，还对黑沙河主沟稀性泥石流和支沟黏性泥石流进行了实地观测、简易模型实验和大量的实验分析；对黑沙河泥石流的结构、性质、流变、流态、运动和冲淤等提出了新的见解，发展了泥石流的基础理论；对泥石流综合治理进行了工程实施和效益观测；对治理工程的布局、结构、关键技术进行了全面的探索，提出了新的理念。

黑沙河的 8 年，一段值得铭记的历史。

四、成昆铁路灾难后的西昌

1981 年 7 月 9 日，成昆铁路利子依达沟暴发特大泥石流灾害后，中科院要求成都山地所开展横断山泥石流研究，实地调查其成因和发展趋势。

吴积善带领他的队员带着干粮立刻出发。他们从沟口沿沟而上，走到泥石流形成区，天就漆黑得伸手不见五指。无法原路返回，几个人只好摸着山坡和小道往上爬，直到晚上 10 点过后才到山上的彝族村，走进一户老乡家。此时大家已经筋疲力尽，又冷又饿。老乡很热情，马上给他们生火烧土豆，煮饭，烧菜。

一位大娘到地里去扯了一大抱新鲜青菜，在水桶里捞了几下就放进锅里煮。高山上的土豆青菜，没有用化肥和农药，是地道的绿色食品。大家狼吞虎咽地用土豆拌青菜填饱肚皮，肚饱身暖之后，到一个库房过夜。半夜里外面传来嘈杂的人声，夹杂着猪的嚎声，狗叫声也不断。大家不知发生了什么事，因为累，也因为人生地不熟，没有人起床往外走。

天刚亮,他们就背着行李向老乡告别要下山,可老乡不让走。和老乡一番对话后,他们才知道,老乡不让他们走是要请他们吃坨坨肉。

彝族老乡这种朴实的情感,让他们深受感动。

黑沙河假如排除了泥石流灾难,高山美景可说是奇异百态。除了走路,野外考察时骑马是件快乐的事。骑马最大的乐趣是可以"看风景",尤其是骑马深入泥石流滑坡灾害的形成区考察,眼前的山水风景会令你特别的兴奋和满足。泥石流滑坡的灾害结果在下游,但灾害发生的根源在上游。不了解上游的环境,难以对灾害成因得出全面认识。许多灾害的形成区既不通公路,路程又较远,人徒步进行考察费时费力,难以当天到达目的地或者返回住地,骑马上山考察就成了最好的选择。

谭万沛、王成华在凉山州锦屏山考察期间,就租用当地老乡的马作为交通工具。到了泥石流灾害形成区,骑马站在高处,视野开阔。山高人为峰,远眺山涧流淌的白花花的溪流,近看山坡发育大小不一、千姿百态的泥石流沟,观察沟坡两岸堆积的形态各异的崩塌滑坡体,俯视山脚下奔泻滔滔的雅砻江,放眼漫山遍野五颜六色的山花绿草,偶见沟岸灌木树枝上飞来飞去嬉戏的画眉鸟,高山的奇异景观尽在眼前,任你观赏和拍照。

通过实地考察,他们对该山区灾害概况和形成原因认识得更深刻了,分析也就更有把握。

然而,山区骑马,时常会让你心惊胆战,总是觉得不太安全。

人骑在马背上，上坡时人的身体要向前俯，下坡时身躯又往后仰，前俯后仰，难以控制平衡。特别是山区农户野外放养的马，走在山坡羊肠小道上，不走路的内侧或中间，而多靠路的外侧或悬崖边行走，更加深了骑马人的不安全感。这可能是马的一种习性，路外侧边一般都长有青草，马不时可以顺便吃一口。20 世纪 80 年代走进大凉山彝族老乡家里，有的人家连睡觉的床都没有，盖的穿的十分破烂，住的是草房，吃的主食只有土豆、玉米和青菜。他们在凉山州锦屏山考察时见到一位老大爷身上穿的衣裤，补丁大小达数十个。

这些风景美丽又易发生灾害的山区，优美的自然环境与不和谐的贫困景象，至今还不时浮现在成都山地所泥石流研究者的眼前。

西昌市是凉山彝族自治州的首府，也是全州政治、经济、文化和交通中心，北面有重要的卫星发射基地。

远离西昌市的安宁河上游流域，人烟稀少，交通极为不便并且无重要经济实体，泥石流滑坡造成的直接经济损失，远不是昂贵的工程治理费用所能抵消的。从建立良好的流域生态环境出发，并与经济开发相结合，研究人员不考虑采用工程防治措施，而应从长远利益出发——植树造林，护好山坡，建立良好的生态环境系统。

对于接近西昌市的安宁河下游，应以工程措施为主，以此保护西昌城区的安全。研究人员对东河进行实地调查后，发现有两座泥石流拦沙坝被冲毁。一座在入山口不远处，采用钢结构，这座坝曾连续两次被冲毁，分析它被冲毁的原因主要有：对泥石流的性质判断不准确或者说对泥石流定性失误；对泥石流的规模、冲击力、流量没有做好合适的估计和计算，坝本身的结构、强度没有达到要求；坝未与两岸的基岩完全啮合。另一座坝建在西昌市区附近，坝的两端是用浆砌片石护面的土坝，中间用铁丝石笼坝。这座坝也严重被冲毁，一端的土坝已完全被冲走，中间的铁丝石笼也大部分被冲坏。分析这座坝失败的原因主要有：这种坝不宜建在下游，一般应该建在河流上游泥石流冲击不大的地方；另外，这种坝的安全性较差，建在市区附近，在暴发泥石流时，泥石流携带的石块很容易将土坝的浆砌片石护面撞破，一旦有水渗入土坝，土坝的安全性就得不到保证，进而威胁到整个城区的安全。

同时他们又考察了西昌市的地质环境。西昌市地质构造与发育历史极为复杂，具有演化多样、地层出露齐全的特点，除奥陶系有所缺失外，从下元古界至新生界各系均有不同的岩层分布，岩浆活动主要是前震旦纪、早震旦世、二叠纪、晚三叠纪四个时期，由于安宁河断裂的多期岩浆活动，在以上四个时期分别导致酸性或基性岩浆的侵入与喷发。

西昌位于杨子准地台西缘、川滇地轴中段。整个市区的基底系前震旦纪变质岩系—会理群组成。构造线近东西向，面盖层构造线呈南北向，经"晋宁运动"，使地槽回返，形成了褶皱基底。随后的"四川运动"又使盖层发生剧烈而全面的褶皱。下古生代以来，几度强烈而明显的不均衡升降运动，导致市辖区内一些地区的断裂及岩浆的频繁活动。

可以说，至今，西昌的地壳仍然处在局部抬升、翘起或陷落，河流改道，地震随时可能发生的新构造运动中。

物探资料表明，贯穿了南北数公里宽的安宁河谷中，隐伏着两条很陡的主要断裂带。两侧的螺髻山与磨盘山长期抬升和隆起，使安宁河谷地形成相对的沉降"地堑"。这条断裂带产生于前震旦纪晚期，其后又出现多期活动。它南起普格县以南，顺则木河，越过泸山东麓邛海湖滨的则木河压扭性断裂带，沿西昌城西部与安宁河隐伏断裂带交接，其走势为东南—西北向，绵延 75 公里以上。此断裂带活动频繁，最易引发地震。

除以上几大断裂带外，他们还考察了全长 25 公里、向北倾斜于摆摆顶附近、轴部在螺髻山以南的螺髻山背斜。其东翼由上震旦统、寒武统和下奥陶统组成，倾斜角为东 40°～70°。受以上几大断裂带的影响，除安宁河谷平原和邛海湖盆外，其他地区均有间歇性抬升运动，主要表现为阶地和夷平面发育，河谷深切，沟壑较多，古河道变分水岭。

在西昌城区及大箐梁子都分布有第四纪沼泽泥炭层和胶结砾石层。安宁河断陷带，有深达 200～1000 米、南薄北厚的第三系、第四系的沉积物。南部的德昌、礼州至泸沽上升隆起，西昌至太和、泸沽至石龙桥下降沉陷。西昌—邛海这片深达

200～1000 米的第三系、第四系沉陷区近期还在沉陷。大箐梁子与新村附近高差达 200～1000 米，而西侧平距仅 5～10 公里。则木河西侧第四系比东侧发育，安宁河东侧第四系比西侧发育。这两点说明螺髻山、大箐梁子还在翘起。由于则木河、安宁河两大断裂带的深刻影响，使第三系、第四系地层发生小型褶曲与断裂，这些褶曲与断裂处多有温泉分布，也使城区附近成为历史上的地震中心。

西昌市全境海拔在 1500 米以上。地形以中山为主，占全市总面积的 78.9%，高山、低山分别占 1.1% 和 3.4%，河谷平坝面积占 16.4%，是四川省第二大河谷平原。山地分布在安宁河东西两侧：西部牦牛山是全市境内山地的主体，占全市总面积的一半，自北向南纵贯全境，构成安宁河与雅砻江的分水岭。其北段许多山峰海拔超过 3500 米，向南逐渐降低。整个山体，大部分介于 2000～3000 米之间；安宁河东侧属螺髻山山脉，其北段主脊线在喜德县境内，南段主脊线在西昌与普格的分界线上。这里有数座超过海拔 4000 米的高峰，其中摆摆顶高达 4182 米。

安宁河是全市境内最主要的河流，过境长度约 82 公里。虽属中、上游河段，却是河谷最开阔、河床最宽坦的地段。谷地最宽处超过 10 公里，平均宽度也在 6～7 公里，河床最宽处将近 2 公里，其中布满沙洲，将水流分成若干辫状支流。来自东西侧山地的数十条支流与干流共同汇成市内农田用水的主要来源，但它们的特点是流量季节变化较大，最大达每秒 1340 立方米，最小只有每秒 1.55 立方米，相差 864 倍。支流流量更不稳定，雨季山洪暴发，河水泛滥；干季则河床暴露，甚至断流。另一条大河是流经市域西部边界的雅砻江，过境长度约 90 公里，穿行于高山峡谷之中。牦牛山西坡的大小支流都汇入雅砻江中。其下游及河口段多为深切割峡谷，而中上游分布着许多较为开阔的谷地与汇水盆地，成为西部山地中的居民点。

行走在考察途中的专家们，经过多次观测和反复的简易模型实验，发现了黏性阵性流龙头并不呈整体运动，其内部具有不典型的纵向和横向环流，与沟床存在着物质交换，这一发现可揭示黏性阵性流高速运动的机理。在黑沙河上游为专门治理泥石流而修建调洪水库，这在国内实属首次，国外也没有公开报道过这样的案例。然而黑沙河主沟属水力类泥石流，如能控制上游的洪水，就能有效地制止泥石流形成。在解决了为治理泥石流而修建调洪水库的两项关键技术后，黑沙河上游的水库建成了，主沟至今没有发生过泥石流，效果十分显著。

第三章　大盈江山崖崩裂走蛟龙

Chapter Three

一、办法是从实践中得出来的

大盈江位于云南省德宏傣族景颇族自治州盈江县，是云南省西南部的一条国际河流，上游右支为槟榔江，左支为南底河，在旧城镇下拉相村交汇后称大盈江。

公元前 4 世纪，"蜀身独道"形成，今天的盈江即为主要通道。

随着这条通道的打开，中原政权开始开发关隘之地。

盈江地区西汉属滇越乘象国。东汉明帝永平十二年（公元 69 年），哀牢王柳貌率部归汉，汉王朝于今盈江辖今德宏地区建哀牢县，这是德宏地区正式由中央政府设置县治的开始。此后，唐属南诏节度押西城，宋为腾越府乞兰部，元设镇西路军民总管府；明洪武十五年（1382 年），镇西路改设镇西府，为云南五十二土府之一；永乐元年（1403 年）始设干崖长官司，正统九年（1444 年）长官司升为宣抚司；天顺二年（1458 年），刀思忠为干崖副使管盏达地；清顺治十六年（1659 年），置盏达副宣抚司；1932 年，干崖改称盈江，盏达改称莲山。

1949年12月上旬，莲山设治局起义。1950年5月，盈江、莲山解放。1951年12月，盈江开始设县；1952年1月，莲山开始设县。1955年秋，曾先后直属于保山专区和德宏州管辖的盏西划归盈江县。1958年10月，盈江、莲山两县合并为盈江县。

清道光二十二年（1842年），腾冲大地震导致盈江浑水沟内古滑坡复活，现代泥石流开始活动。此后，泥石流活动日趋强烈，在泥石流活动高峰期，浑水沟年输沙量约为大盈江年输沙量的三分之一，南底河输沙能力小于浑水沟泥石流输入的输沙量，大量泥沙在主河落淤，致使南底河河床以每年5～10厘米的速度上涨，河槽逐渐淤积，到光绪二十七年（1901年），原有河槽已基本消失。由于地形条件的限制，主河上游和下游逐渐演变为两种不同的河型。南底河从梁河县链子桥下游流经葫芦口峡谷到丙汗桥，该河段每年都发生三十余次大型泥石流，当大型泥石流发生时，泥石流冲过主河直达对岸山脚，将南底河完全堵断，堵江时间可达半小时以上，水深超过6米、回水约2公里的堵塞体溃决后，又形成异常洪水。由于浑水沟泥石流持续发生，冲积扇不断扩展，并逐步向对岸推进，河床主流线被冲积扇挤压逐渐向对岸移动，河床持续横向变形，最后形成冲积扇。浑水沟泥石流带来的细颗粒泥沙被水流带走，粗颗粒泥沙则在峡谷内大量落淤，造成河床快速上涨，出现各种心滩和边滩，该河段河床的变形主要发生在洪水期。

1974年6月18日，浑水沟暴发特大规模黏性泥石流，将主河堵断，堵塞体溃决后形成异常洪水，下游丙汗大桥和多处河堤被毁，导致距浑水沟下游的河段改道，水流破堤。泥沙冲入下游的缅甸，缅甸政府还提出了抗议。

密支那是克钦邦首府，缅甸北方重镇，现有人口4万，既是缅北重镇，又是克钦山区和缅甸本部的贸易中心，位于尹洛瓦底江上游西岸，是仰光通往缅北的铁路终点。它北通孙布拉蚌到印度的雷多，东与我国云南盈江县相通，距盈江那邦口岸仅90公里。

应云南省水利勘测设计院的邀请，1975年5月，成都山地所唐邦兴主任带队，开始考察云南大盈江流域的泥石流，重点考察浑水沟。

浑水沟，流域面积4.5平方公里，每年发生泥石流50次以上，其中流量大于100立方米每秒的大型泥石流5次左右，平均每年向大盈江输送泥沙110万立方米，每年流域侵蚀模数高达50万吨每平方公里，浑水沟泥石流活动已有100余年的历史。近50年来，河床每年抬高5～10厘米，大盈江已变成地上河，河道摆动，频繁决堤，淤埋农田，毁坏村寨。

浑水沟泥石流在1974年阻塞大盈江后决开，致使下游大盈江改道，冲毁丙汉公路大桥、良田7000余亩、村寨6个，淹没农田2万余亩。1951年云南省农林厅大盈江勘查报告指出：大盈江的灾害不在于洪水流量大和所谓虎跳石阻水，主要原因在于含沙量太大，治河的重点在防沙流。大盈江洪涝灾害严重制约盈江县国民经济的发展，直接威胁大盈江两岸 10 余万各族人民的生命财产安全，是当地各族群众和历届盈江县政府的心头之患。即使在"文化大革命"期间，盈江人民也没有忘记浑水沟治理，盈江县革命委员会成立后的第一号文件就是关于治理浑水沟的。

当时浑水沟工程指挥部除了简单的卷扬机和搅拌机外，没有任何现代的施工机械，如用浆砌块石做基础，财力和人力都无法解决。

成都山地所的张军对我说，修泥石流坝和修水坝是截然不同的。根据泥石流的运动特征，我们初期修坝是有争论的，关于地理模式、水文专业、地质上的争论。修泥石流坝有两个难点，一是冲淤规律，二是冲刷。我们当时最大的优势是在一个桌子上吃饭，发现成都山地所参与泥石流治理的同志学科背景很多元，围着桌子坐着的 8 个人，来自 8 个省份、8 个不同的专业，五湖四海。为了泥石流，我们不搞帮派，既然是为了一个共同的目标走到一起来，就一定要齐心协力。因为在这之前修过的泥石流坝，修一座大雨一来垮一座，就像看见自己的孩子夭折了一样，没有一个人面对被冲毁的坝不大哭。

浑水沟 1974 年泥石流堵河决口毁坏了丙汗大桥，这座大桥采用桩基基础，是用大口径冲击钻打孔，然而，泥石流的冲击还是毁坏了它。受丙汗大桥桩基基础启发，野外勘察队研究决定使用门槛坝，门槛坝采用桩基基础。泥石流冲积扇沙砾多，不能用冲击钻打孔，可以采用深井法挖孔，与浆砌块石基础相比，工程量可以大大减少。

成都山地所罗家骥同志负责门槛坝工程的设计，工程包括 6 根直径 1 米、长 12 米的桩基和 8 米高的浆砌块石坝体。

门槛坝解决了梯级坝群体的基础后，又该考虑梯级坝的坝型问题了。

治理浑水沟的劳力主要来自下游盈江坝子受危害的傣族村寨，由于民族习惯，民工在工地不能超过半个月。1970 ～ 1974 年治理浑水沟大会战修建争光坝、总口坝的沟口坝（1 号坝）期间，3000 人在工地，3000 人在路上，3000 人在寨子里做准备，把盈江县折腾够了。按照设计要求，修建梯级坝每年要完成的坝体工程量，不亚于 1970 ～ 1974 年大会战期间，如仍采用浆砌块石坝型，又要麻烦盈江坝子里的傣族群众，而且建筑材料也是问题，浑水沟沟内没有那么多块石，怎么办？

当时的业务副队长张信宝想到 1954 年长江发大水，镇江防洪堵缺口用的是填土麻袋和草包。他考虑到浑水沟有的是沙石，可以先浇筑混凝土箱格并运到现场装配后，再用沙石填充，组装成大坝。

箱格坝和浆砌块石坝一样，同样可以按重力坝计算坝体的稳定性，理论上没有问题。1979 年，野外勘察队和浑水沟指挥部的同志讨论梯级坝的坝型时，张信宝提出了箱格坝的思路。大家展开了热烈的讨论，认为与其把箱格运到坝上，不如现场就地浇筑，把箱格搞大一些，四边均为 3 米比较恰当，最后德宏州农委副主任张鹏举说："就地浇筑大箱格吧！"

1989 年，张信宝带领成都山地所的王世革等同志赴浑水沟。他们总结前期工程的成效和存在的问题，设计出了治理工程方案。4 号坝和 5 号坝由王世革负责设计。大箱格坝的箱格就地浇筑完成后，用皮带运输机将坝库内的泥石流沉积沙石输入箱格内，冲水自然压实。

此种坝型充分利用取之不尽的泥石流沙石资源，与浆砌块石坝相比，可节省投资 30%。大箱格浇筑法节省了大量劳力，每年 10 月至次年 5 月的旱季，只需要二十几个民工、一台卷扬机、一台搅拌机，不紧不慢地施工就可以完成任务。

不再搞大会战，不再需要动员全县劳力上浑水沟，这个方法可以说为盈江县的领导卸下了千斤重担。

二、否定定向爆破筑坝

1976 年，成都山地所滑坡室主任张益龙带了几位同志到浑水沟考察滑坡，他们一致认为浑水沟的"滑坡"不是滑坡。

为什么山上那么多裂缝，滑坡室的同志竟然说"浑水沟的'滑坡'不是滑坡"？

滑坡室主任张益龙不是搞专业的，没有表态。科技处处长屠清瑛和泥石流室副主任吴积善也没有表态。

稳定滑坡是治理浑水沟泥石流的科学基础，如果不是滑坡，整个治理方案就不能成立。滑坡室的同志考察几天后丢下了"浑水沟的'滑坡'不是滑坡"的意见就回成都了。

怎么办？

张信宝的"滑坡理论"是野外勘察研究人尽皆知的，他坚持是滑坡，那就必须给出完整的结论。

科学家要自律，要考虑到你发表的意见带来的社会影响，不应该对自己不熟悉的领域发表一些冲动的、有感情色彩的看法。这是张信宝说过的话。

在必须给出滑坡的科学证据前，他沿着滑坡体上，沿滑坡主轴线方向布设观测断面，沿断面设置观测桩，用钢卷尺加弹簧秤定期测量地面位移，用水准仪测量垂直位移。

1976 年 10 月，张信宝回成都向滑坡室和所领导展示了滑坡位移观测的资料，证据确凿，滑坡室的同志终于承认了浑水沟的滑坡是滑坡。

1977 年，野外勘察队又在三凹布设了位移观测断面。既然确定了是滑坡，那么稳定浑水沟流域内的滑坡，需在猴子岩峡谷段修建 80 米或 120 米的高坝。

考察云南东川和易门铜矿泥石流时，考察队看过尾矿坝。这两座矿山选矿厂的尾矿泥浆通过管道排入尾矿库，在尾矿库内逐渐疏干。尾矿坝是在尾矿库的出口处利用尾矿渣筑高仅数米的拦泥埂，用于拦蓄尾矿泥浆，坝库淤满后，再利用沉积的尾矿泥修筑新的拦泥埂，以便拦蓄之后排出的尾矿泥浆。尾矿坝是利用尾矿修建的一个土坝，尾矿坝边坡的稳定性是按照土坝边坡来计算的。

浑水沟泥石流源地土体为风化花岗岩，粒度粗，以沙砾为主，黏粒含量低，泥石流堆积物的土力学性质远好于尾矿，可以参照尾矿坝，将拦沙坝修建成梯级坝群。

张信宝的意见得到了浑水沟泥石流工程指挥部的赞同。他们 1975 年在浑水沟考察后提出的治理方案，其主体工程就是梯级坝群。

坝群由 8～12 个 10 米坝高的浆砌块石拦沙坝组成，相邻坝的间距为 30 米，以控制坝群的总体坡度，便于泥石流消能。坝群实际上是利用泥石流堆积物构建的边坡 1∶3 的土坝，每个拦沙坝相当于尾矿坝的拦泥埂。10 米坝高的确定，主要考虑到地基的承载力。

浑水沟泥石流堆积物以沙砾为主，黏粒含量低，沉积后非常密实，地基强度根据经验判断应该不会低于 4 公斤每平方厘米，修建 10 米高的坝没有问题。

成都山地所在 1976 年正式组建了大盈江泥石流队，主要开展浑水沟泥石流的观测、研究和治理工作，吴积善任队长，张信宝和刘江任副队长。

他们根据滑坡、泥石流的调查观测结果，对 1975 年提出的治理方案进行了完善，上报到云南省科委和水利厅等部门。

地方一些领导认为，若采用"梯级坝"方案，浑水沟需要几十年才能治好，太慢了。

地方政府经过研究，提出采用定向爆破技术，把浑水沟治好。这可能是受大寨定向爆破修梯田的影响，云南省当时也正在推广定向爆破筑坝技术。

云南省科委和成都山地所革委会的几位领导极力劝说野外观测站接受定向爆破筑坝的方式。

当时的勘察队何尝不想一炮治好浑水沟泥石流，但治理泥石流要从科学出发。

野外勘察队对定向爆破筑坝心里没底。

浑水沟泥石流许多科学与技术问题都没有解决，提醒勘察队不能贸然行事的理由起码有四点：

一些定向爆破要求岩土体完整，以便药室密封，确保爆破成功，而猴子岩山体破碎，裂缝很多，难以保证药室密封，爆破成功；定向爆破的坝体为风化花岗岩碎屑，和浑水沟泥石流源地土体的组成差不多，爆破后的风化花岗石破碎山体稳定性很差，暴雨时很可能形成泥石流，弄不好不是治理泥石流，反而是制造泥石流了；溢洪道难以布设；大量的爆破可能加剧浑水沟滑坡泥石流的活动。

野外观测站现在的方案虽然治理时间长，但效果显著。一旦实施，两到三年后，大部分泥石流将拦蓄于坝内，入江泥沙大大减少，浑水沟的泥石流危害可基本消除。而且每年需要的治理经费和劳力不多，适合治理经费困难和边疆劳力紧张的实际情况。

说老实话，张信宝对当时他们的方案能不能治好浑水沟也没有十分的把握，但有一点可以肯定，方案即使失败，也不会造成破坏性的后果。而定向爆破筑坝一旦失败，浑水沟唯一的建坝坝址将不复存在，他们就成了盈江人民的千古罪人。

因此，野外勘察队顶住了来自各方面的压力。

1976年12月，全国岩土工程学会在昆明翠湖宾馆召开会议。

有人提出用定向爆破的方法筑高坝，开发金沙江水电资源。

这次会议张信宝参加了，云南省科委为了说服张信宝同意在浑水沟搞定向爆破，把云南省参会的两个名额给了张信宝一个，希望能借此会议"洗洗"张信宝的脑。张信宝参加了会议，通过会议报告和会下的交流，他更加坚信金沙江不能搞定向爆破筑坝，当然也更加坚定了"浑水沟不能搞定向爆破筑坝"的决心。

会后，云南省科委把中科院力学研究所参与大寨定向爆破修梯田的专家请到大盈江，希望能够说服张信宝在浑水沟搞定向爆破筑坝。张信宝在现场和对方谈了对定向爆破筑坝的忧虑，结果对方完全同意张信宝的意见。在浑水沟现场考察后的会议上，专家直接表态："浑水沟地形条件中等，据地质专家的意见，地质条件不理想，定向爆破筑坝成功的把握性不大。"

浑水沟定向爆破筑坝的方案就这样被否定了，从此以后，再也没有人提浑水沟定向爆破筑坝了。

三、石灰稳坡的失败

观测研究的人员住在浑水沟的上站，暴雨一来，就得跑到二凹观测泥石流形成。经过多次观测，他们发现二凹右支沟比左支沟容易发生泥石流，但这两条支沟的地形、地质条件差不多。为什么会出现这样的差别？

他们注意到左支沟沟头的原上站有水泥仓库遗址，残存着一些石灰渣，怀疑左支沟不易发生泥石流可能和二价钙离子的絮凝作用有关。

结合《水利水电译文》上的文章《分散性黏土坝的管涌》，他们发现文中提到代换性阳离子 Na^+ 的黏土分散性高，修建的黏土坝容易发生管涌；代换性阳离子 Ca^{2+} 的黏土分散性低，不容易发生管涌。

受此文启发，张信宝又从图书馆查找借阅了不少相关书籍，如傅鹰的《胶体化学》、于天任的《土壤电化学性质及其研究法》、罗戴的《土壤水》和《钻井泥浆》《黏土矿物学》《土质学》《物理化学》等。

当时研究泥石流的所有人都有种知识饥饿感，恨不得自己有五个脑袋。读了这些书后，他们大大拓宽了知识面，掌握了这些学科的一些基本知识，如泥浆体的网格结构，土壤水可分为紧束缚水、松束缚水和重力自由水，土壤电化学中的代换性阳离子，渗透膜和范得华力等。

1977 年，张信宝和王裕宜到北京大学请教了我国胶体化学的泰斗傅鹰先生，又到中科院南京土壤研究所请教了我国土壤电化学的鼻祖于天任先生。

这两位老先生都对他们将胶体化学的知识用到泥石流研究中给予了极大的鼓励。1978 年是科学的春天，除星期六外，每天晚上是勘察队的业务学习时间，他们在会上讲有关胶体化学的课程，将学到的知识传授给大家并进行讨论。

通过引入胶体化学，他们对影响泥石流细粒浆体流变特性的原因有了比较深刻的认识。组成泥石流体的固体物质，90%以上是沙砾，粗颗粒物质对泥石流的流变特性有何影响？

1978 年，他们用漏斗黏度计开展了粗粒浆体的有效黏度试验。用相同的细粒浆体作为基质，开展不同粒度的加沙试验，测定浆体有效黏度的变化。

自 1976 年以来，通过 5 年的连续观测，他们查明了浑水沟的年均输沙量，但还无法确定年均输沙量对大盈江泥沙的贡献率，难以定量阐明浑水沟泥石流治理的科学性和重要性。

他们采集了盈江县城以上大盈江主河和包括浑水沟在内的支沟的十余个断面的河床泥沙，分成 8 个粒径组分别计算产沙贡献率，粒径大于 2 毫米的砾石采用岩性统计法，小于 2 毫米的细粒泥沙采用碳酸盐含量和硅铝比统计法，再根据浑水沟各粒径组的年输沙量，算大盈江各取样断面的年输沙量。

浑水沟年输沙量约 225 万吨，算出的下游大盈江丙汗大桥断面的年输沙量约 593 万吨，浑水沟的产沙贡献率为 38%，而浑水沟的流域面积仅占丙汗大桥以上大盈江流域面积的 0.3%，这显示出浑水沟产沙量对大盈江泥沙的重大贡献率，也为浑水沟的泥石流治理提供了可靠的科学依据。

二凹左支沟不易发生泥石流有可能与水泥仓库的残留石灰有关，他们想，不如在滑坡裂缝中施放石灰，石灰中的 Ca^{2+} 有可能渗入滑动面，交换部分黏土矿物吸附的 Na^+ 能起到絮凝作用，可以稳定滑坡。

于是张信宝首先提出了在二凹开展撒石灰稳滑坡试验的想法，浑水沟工程指挥部的同志研究后，觉得这样做可行，也非常支持他的想法。

1978 年雨季之前，他们在二凹撒了 20 吨石灰。

石灰是请当地彝族同胞的马帮运上去的，马帮驮着石灰在山道上走，所有人目送马帮上山，同时把希望寄托在了用石灰治理泥石流上。

张信宝为了证明自己的理论，一个人坚持住在上站一个多月，指挥民工将石灰填到滑坡裂缝里。工作是艰苦的，但是，工作的艰苦挡不住他对稳住滑坡的美好希望。

雨季的头几场小雨，二凹下来的沟水变清了，沟床表层沙砾钙质胶结，形成硬壳，效果非常好。

指挥部的同志们都很高兴，看来试验有成功的苗头了。

没有想到，头一场暴雨泥石流发生后，沟床的钙质胶结硬壳就不见了踪影，沟水又变浑了，滑坡活动和泥石流依旧发生，石灰稳滑坡的方法宣告失败。

石灰稳滑坡方法失败后，唐邦兴没有批评张信宝，但同志们的闲言碎语不少。

张信宝想：不就是一次失败吗，有什么了不起？失败是成功之母。

石灰固坡失败了，总得研究出一个办法。办法不是空想出来的，是从实践中得出来的。

1974 年汉源县养路段的蒲继环工程师在喇嘛溪沟向观测站的同志们介绍了拦沙坝稳定公路滑坡的实例。拦沙坝修建前，坝上游 20 米处有一个滑坡，公路路基年年下滑，8 米高的拦沙坝建成后，泥沙淤埋了滑坡的坡脚，稳定了滑坡，效果很好。

观测站的同志们都感到很有道理，利用淤积泥沙的被动土压力抵挡滑坡的下滑力。

几天考察后，根据流域内的滑坡裂缝、滑坡洼地和沟道内出露的滑动带（胶泥层），他们作出了判断：大规模强烈活动的深层滑坡是浑水沟泥石流形成的根本原因。

浑水沟水土保持站自 1966 年成立以来，采用的是一般水土保持措施，不能起到稳定滑坡的作用。根治浑水沟泥石流，必须治理流域内活动强烈的滑坡。

浑水沟流域内古滑坡面积 3.4 平方公里，占流域总面积的 75.5%，总方量 6.8 亿立方米。现代连续活动滑坡面积 0.51 平方公里，总方量 0.2 亿立方米，间歇活动滑坡面积 0.35 平方公里，总方量 0.3 亿立方米。

唐邦兴同意了张信宝的判断。

张信宝将四川汉源的"马坎"稳滑坡的基本原理，运用于浑水沟泥石流的治理，提出了"筑坝拦沙，抬高沟床，稳定滑坡，植树造林"的治理方案。

在中游猴子岩峡谷段修建高坝拦蓄泥沙，利用淤积的泥沙埋压滑坡滑动面，稳定流域内的滑坡。根据滑动面的出露高度和淤积泥沙的回淤坡度及距离，确定梯级拦沙坝群的坝高。当时制定了集中治理和集中加分凹治理两个方案。

回到开始，阶梯坝的修建。

四、走远的故事

王裕宜，一位出生在上海的大都市女性，进入大盈江浑水沟那一年，是改革开放之初。

1976 年，百废待兴。为了解决山区在修建铁路、公路和城乡建设的过程中遇到的泥石流灾害问题，掌握泥石流活动的基本规律，有的放矢地提出治理和预防泥石流的有效措施，研究和防治泥石流的一个重要途径，就是对泥石流进行原型观测。成都山地所泥石流室决定成立大盈江浑水沟泥石流观测站（后合并到东川泥石流观测研究站）。大盈江浑水沟泥石流观测站建在深山里，路不通、电不通、水不通，更谈不上电话了。只能靠体力，靠自身的两个肩膀、两条腿。进浑水沟泥石流观测站时，要经过在一个大滑坡体上开出的一条小路，上下陡坡走起来十分艰难。建站时大家都是自己将所需要的生活用品如桌子、椅子以及行李背着走进去。因为在一个大滑坡体上开出的是只能走一个人的一条小路，小路很窄，两侧都是陡坡，人走在小路上，身体必须紧贴上面的滑体陡坡，下侧陡坡就是汹涌的大盈江，肩上扛桌子或者椅子十分危险，队里的女同志第一次自己扛椅子走在小路上时都害怕得哭了。

对于浑水沟的科研人员来说，在深山荒坡的泥石流沟里，生活已经十分艰苦，但更艰苦的是观测工作。

20世纪70年代刚开始观测工作时，由于观测泥石流的设备十分简陋，泥石流样品采集完全是靠手工操作。浑水沟泥石流观测的采样工作，就是靠站在河边的女同志拉着另一个女同志，拿着桶迎着泥石流流向采集。

在1978年的一场泥石流采样过程中，由于流速、流量突然加大，迎着泥石流流向采集的王裕宜和她的助手卫霞一时无法站稳，一起被巨大的冲击力卷到泥石流里去了。当时泥石流流速高达10米每秒，冲卷到泥石流里的人，哪怕被一块石头打在腰上都会失去生命。幸好那场泥石流的容重是2.3吨每立方米，而且因为浓度高，泥石流流态为层流，人的体重又比泥石流轻，所以她们漂在了泥石流上。漂在高速流动的泥石流中间的卫霞着急地向王裕宜高喊道："王姨，怎么办？"那时王裕宜清楚地知道，其他的男同事都在各自的岗位观测，无法救她们，她们只有靠自己。

因此，她向卫霞高喊道："赶快往边上滚！"往边上滚了两圈后，她突然看到旁边的河岸，马上用尽力气一个翻滚，人直立起来。她用手抓着岸边新鲜的泥石流堆积体，而汹涌的泥石流不断地冲打着她的脚，几乎就要再一次将她冲卷下去。她死死地抓住河岸的新鲜泥石流堆积体，用尽自己的力气与脚下的泥石流搏斗着。

随着泥石流的流量慢慢变小，王裕宜爬上了岸。她马上脱掉外衣，迅速离开岸边。不一会儿，后面的泥石流流量又变大了，新的泥石流堆积体很快就将她刚刚脱掉外衣的地方埋掉了。卫霞也在离王裕宜七八十米处泥石流变薄的开阔地爬了起来。

闻讯赶来的人激动得连话都说不出来了，也忘记了如何去安慰她们。只差 20 秒，她们就会被冲进大盈江。有多少被泥石流卷走的人，生没有去过缅甸，死却去了缅甸。这个时候，任何安慰的话都太苍白了。当时她们就很明白，自己要是没有及时爬起来，很快就会被冲到 30 米以外，再有一小段就要被冲到大盈江里了。

王裕宜说，她们两个人真是太幸运了，很少有人能从泥石流中活着爬上来。她们俩回到住地，擦洗着冲进眼睛里的泥沙、留在手上的小沙石和全身的泥沙，抬头看到床上织了一半的孩子的小毛衣时，忍不住哭了。王裕宜后来讲起此事时，忍不住流下了眼泪。她说，当时两个儿子还很小，他们差点就没有妈妈了。

作为女同志，因为泥石流观测工作的需要，她被要求去野外考察，当时野外工作一天还可以领到 2 毛钱的生活补贴。对于那时普遍收入微薄的家庭来讲，也是十分珍贵了。因为她的母亲当时没有工作，小孩就放在上海由母亲带着，她必须给孩子提供足够的经济保障。

那时候很苦，长年在野外工作，她无法陪伴儿子们成长，以至于他们成年后对她很陌生。她曾经难过、愧疚过。但是，一代人有一代人的追求，一代人有一代人的人生，谁又能改变自己走过的人生呢！

1978 年，中国科学院进行学科调整，将兰州冰川所的泥石流室合并到成都山地所。第二年，浑水沟泥石流观测站结束运行，观测人员都撤了回来，并与原兰州冰川所泥石流室的同志一起，合并到蒋家沟泥石流观测站。一部分浑水沟、黑沙河的观测仪器和人员也同时撤到蒋家沟。

泥石流的样本采集工作危险性很大。采集人把采集样品的桶拴在一根长绳上，一个人用力将样品桶抛向汹涌奔腾的泥石流，长绳另一端的几个人马上迅速用力拉绳，将样品桶拉上来，只有这样才能采集到珍贵的泥石流原样。但这项工作十分危险，既需要相互间的默契配合，又需要以顽强的体力和意志与奔腾的泥石流进行"拔河"比赛。取样时因为冲击力很大，绳子抛出去时，人如果控制不好，很容易拉伤。有时，足以托起数吨巨石的惊人冲击力会突然将他们拖倒在地。若不及时松手，甚至会被卷入泥石流。那个年代获取的泥石流样品，真是来之不易！

蒋家沟的泥石流采样和日本的泥石流采样还不一样。日本科学家采样是把桶埋在泥石流流过的地方，泥石流暴发过后取样出来，但一场泥石流只能取到一个样本。1983 年，康志成等研究出采用水文观测的过水揽绳的方法，可以针对每一个龙头取样，一场泥石流可以取到十几二十个不同流量、不同容重、不同静力学指标的样本，为进行泥石流形成、运动机理分析提供了极大的便利。但有时也因为泥石流龙头冲击力太大或者电力不足，导致重达 50～70 公斤的采样桶掉下去了。这样的话，就只能等泥石流过后，找 7～8 个人，抬的抬、挖的挖，将样品桶从泥石流堆积中拉出来。

野外作业磕磕碰碰的事很多。在大盈江浑水沟时，有时滑坡体塌方路断了，只能全体人员出动上山采蘑菇、挖竹笋解决吃的问题；有时汽车将蔬菜运到塌方处，大家只能挑的挑、抬的抬，走 40 多分钟才能将蔬菜运进来。雨季大家都忙着执行观测任务，根本无力组织开路，只能平均 3～5 天出去挑一次菜。

20 世纪 70 年代的大盈江浑水沟，能够有点文化生活出现，大家就会很兴奋。有一次，傣族寨子里的电影放映队来浑水沟泥石流观测站慰问。由于当时通信手段落后，为了让在山上进行野外观测的同志也能一同看电影，就派人上山去通知。下山返回时，大家赶近路，穿越山高沟深的密林，一不小心走迷了路。后来，好不容易走到沟边，又遇上滑坡体，大家只好手拉手贴着滑坡体壁慢慢挪动，因为一旦滑下去就是万丈深渊。去送信的人是当天下午 1 点半左右出发的，直到晚上 11 点才安全回到基地。山下的人也很着急，一是着急看电影，二是担心山上的人下山是否安全。但是再晚也得等，直到半夜，大家才看上久违的电影。

夏天是观测泥石流的最佳时机，而泥石流又往往在夜间暴发。为了观测到泥石流，大家只能习惯黑白颠倒。繁忙的观测工作，加上生物钟的改变，使大家更感疲劳，很想洗一个热水澡，解困又放松。但因为水要从外面挑进来，柴火也要从外面背进来，洗一次热水澡的代价实在是太高了，他们只能忍受着高温炎热的煎熬。在大盈江浑水沟里边，泥石流不来时河水还比较清，河边有树林，甚至能找着差不多两人高的大石块，有时候大家就可以躲在隐蔽处洗个澡。但到蒋家沟后条件就艰苦多了，不仅河水浑，河边也没有树林，在没有遮挡的情况下，根本无法去河边洗澡，只能忍着。

野外勘察都是在泥石流活动地带，新开辟出的简易土路经常会被崩塌、滑坡或者陡坡滚石堵断。有一次正当他们撤队时，赶上一场雨，路突然被一个塌方堵断。看来要在短时间内把路打通是不可能了，野外勘察队一边组织民工扒土石通路，一边组织大家打包准备背行李走出去。这时，一群老乡抬了一头不死不活的老母猪拦住他们，说："这母猪是被你们扒路的滚石打着的。"因为这一路段沟深坡陡，根本看不见下面的沟底，老母猪究竟是被坡上的自然滚石打着了，还是被通路扒土方的滚石打着的，谁也说不清。最后他们只好拿钱赔给老乡，才算平息了这件事。

王裕宜说，20 世纪 70 年代在静力学实验室进行观测分析工作时，前后有 4 个科研助手，到 1980 年以后在蒋家沟观测时只留下了 1 个科研助手。野外泥石流观测枯燥，加上泥石流采样十分危险，静力学实验室的科研助手中最后坚持下来的，就只有一个叫刁惠芳的年轻女同志。

王裕宜笑着说："当时年轻，没有觉得很苦，一心只为了有研究成果。现在想起来，感觉那些年活得真实，内心不纠结，还是很怀念的。"

东川蒋家沟泥石流观测研究站的观测研究人员，在极其艰苦的条件下经过自己的努力，前后用了不到 10 年的时间，建立和健全了 7 个观测系统。观测工作也由过去的手工操作和机械化操作提高到半自动化和自动化观测水平，丰富了观测内容，提高了观测精度，一些观测研究项目也进入世界先进行列。

1984 年，东川泥石流观测研究站迎来了第一批来站参观考察的日本科学考察团。日本科学考察团在来东川站的路上，正好遇到小江的一条泥石流沟暴发泥石流，实在无法通过。当年从昆明到东川小江的公路都是简易公路，经过河流时汽车都是从河床上过，一旦下雨就会遇到泥石流或者洪水。东川就发生了好几次在公路上突然遇见泥石流导致车毁人亡的事件。因此，日本科学考察团不得不返回昆明。第二天，因为他们在华日程有限，只能开车强渡还在涨水的泥石流沟。那位年轻的司机到站上吃饭时，不知道怎么突然想起强渡时的危险，拿在手里的筷子都掉在了地上。

通过参观、考察和交流，日本客人感慨万分，盛赞东川站是"一流的站、一流的水平、一流的人才"。这一切都标志着一个初具规模的、现代化的、观测项目和观测系列较齐全的泥石流野外定位观测站已基本建成。1988年，东川泥石流观测研究站成为中国科学院首批五个野外开放台站之一。

改革开放以后，国家逐年加大对基础科学研究的投入。国家自然科学基金委先后在1987年、1993年、1996年、2001年、2007年给王裕宜率领的泥石流静力学研究团队部署了以泥石流应力应变为主的5项观测试验研究项目，不仅保证了泥石流流变学基础理论研究的持续开展，也为泥石流流变学研究搭建了国内外合作交流的平台，使泥石流流变学研究从蹒跚起步、披荆跋涉直到有所收获。

泥石流是一种高浓度输沙过程所造成的水土流失现象，其破坏力是十分严重的。根据云南东川蒋家沟泥石流的多年观测资料，泥石流的年均径流量高达347万立方米，输沙量为241万立方米，一场泥石流的最高含沙量有时达到每立方米2180公斤。这样高浓度的固液相流体能在坡度不大的沟道中高速运动，在国内外十分罕见。因而，蒋家沟泥石流为我国开展泥石流流变学的研究提供了得天独厚的优越条件，也搭建了国内外的合作交流平台。

新西兰的戴维斯（T.R.Davis）博士1990年来蒋家沟考察，

来了一周也没有暴发泥石流，令他很遗憾。离开的那天傍晚，在准备欢送晚宴时，突然泥石流暴发了，他立即拿上科研设备，顾不得吃饭也要去看泥石流，兴奋得就像是中了头彩一样。

2004 年，王裕宜和我国台湾地区的泥石流专家詹钱登教授、工程地质专家严壁玉教授等，合写了《泥石流体结构和流变特征性》这部专著。2014 年在成都山地所领导的支持下，她又将几十年的科研成果总结成 80 万字的专著《泥石流体的流变特性和运移特征》出版，使我国泥石流流变学基础理论的观测研究进入了系统分析研究阶段，也渐渐得到国内外同行的认可和重视，并初步构筑了独具特色的中国泥石流流变学。

作为一位长期从事泥石流野外工作的女性，她深深地感到，在自己工作的最好时段，能沐浴在国家改革开放的阳光里，真的是很幸运、很幸福。

她在给我的短信中说：请别写或者少写我的一些事情，我退休了，能够做到的都是我分内的工作，我只想平平淡淡地生活。

平平淡淡，我想不出太多的解释，于当下热闹的自我宣传相比较，我们的女科学家是多么的安静。

五、一头死牛引来的麻烦

20 世纪 70 年代，为了保证科学家有肉吃，他们一次有 15 株肉票，但是，他们跑遍了盈江县、德宏州，就是买不到肉。那是一个凭票供应的年代，地方上的人不认识科学家的"株"是什么。

凭票供应是计划经济时期物资严重匮乏时的一种消费方式，有它的源头。

20 世纪 50 年代初，国家生产力水平还比较低，物资奇缺，商品流通无序。一些投机商把持着商品流通市场，欺行霸市，囤积居奇，购进则压级压价，销出则哄抬物价，老百姓买难卖难。1953 年，国家进入经济建设时期，并对工业、农业、手工业、私营资本主义工商业进行社会主义改造。工业以钢为纲，农业以粮为纲，工农业生产开始恢复发展，农村按土地改革、查田定产的常产为依据，对农民各户依率计征公粮。

集体化后，农户个体生产单位转为集体生产核算单位。农业生产集体经营，产品集体保管，收益统一核算，按劳分配。农民参加集体生产劳动，评记工分记入劳动手册，按劳动工分参加分粮分钱。对农民来说，"手册就是吃饭碗，工分就是粮和钱"。国家每年向核算单位征集公粮，定购粮、油任务。年初层层下达落实计划任务，分夏、秋两季入仓。农村逢春荒、麦后荒、冬荒、灾荒的"四荒"时期，国家下达返销粮指标，评定缺粮户，发证供应。

粮、油双统后，粮票进入流通领域，国家印制全国通用粮票，各省印制地方粮票，有的地方还印制过县用粮票。粮、油由国营粮食部门独家经营，关闭粮油市场，不准上市自由交易，不准同国家抢购、套购粮、油，不准黑市交易。完成国家统购任务后，方可允许少量上市调剂余缺。对军、工、城市非农业人口用粮、副食加工、酿造、特需用粮，实行统销计划定量，就地凭票证供应和按指令指标批供、拨供。货币附加无价票证的交换形式，先从粮、油流通领域实行。

民以食为天，粮食是备受政府和百姓关注的大问题。那些年到处看见的标语是"增加生产，历行节约，手中有粮，心里不慌，脚踏实地，喜气洋洋""家中有南瓜，省粮石七八""菜当三分粮，有菜心不慌"，等等。非农业人口每月定量发票，肉票当月有效。商品凭票证供应始于商品供不应求，止于供求平衡和产大于供。

埋头搞科研的人对这样的大环境了解不够多，他们不知道不同地方要求不一样。有一天他们开着吉普车去盈江县城买肉，转了一天，没有一个地方卖肉。后来他们才知道盈江县有地方肉票，地方的肉票和他们的"株"不一样，他们的"株"在这里等于废纸一张。何况那时候普通老百姓一年都很少吃肉，一般只有过年时才买肉。有一顿肉吃那真是天大的好事。

有一天野外作业的同志刚出发不久就折返回来，对还没有出发的人小声说，他看到盈江河中有一头牛淹死了。

山上是傣族同胞的居住地。既然死了的牛落在大盈江，隔山隔水，又不是他们主动弄死了牛，也就不管那么多了。他们用了九牛二虎之力把牛拖上来，在河边大刀阔斧开膛剖肚。大家高兴坏了，终于能吃上肉了。

勘察队另一位女同志叫柳素清，搞植物研究的，她非常能干，手脚麻利地肢解了牛，三下五除二在灶房开锅煮肉。男同志一边给她打气一边接受她吆五喝六的使唤。一头牛他们一下子哪里能够吃完，三天不到肉就会坏，因此三天里他们不吃粮食只吃肉。剥下来的牛皮晒在草坪上，怕牛皮被太阳晒缩了就用木棒撑开晒，他们还想着拿牛皮去县城皮革厂做几双皮鞋穿。

这时候麻烦来了。

山上的傣族老百姓发现勘察队的人把牛吃了，这可不得了了，一头牛对当地老百姓来说是一等一的好劳力。

山上的傣族老百姓找到了勘察队，当时勘察队的党支部书记杨玉垓看到傣族老百姓来要牛，很热情地要他们坐下来说。

傣族老百姓觉得队员们把牛吃了应该还钱，坐下了怎么好说话，就站着说："你们吃了我们的牛，你们得赔我们的牛。"

杨书记说："你们的牛都是放养在高山上，我们的队员不是从你们的牛群里把牛拉下来的对不对？"

傣族老百姓说："对。"

杨书记说："你们的牛你们没有看好，自己掉下来摔死了，摔死了又落进了大盈江，对不对？"

傣族老百姓说："对。"

杨书记说："落进大盈江，没有等漂到缅甸就形成了污染，大盈江两岸可是有寨子在喝大盈江的水呐。"

傣族老百姓说："对。"

杨书记说："我们从大盈江把牛拽上来，等于是消除了对大盈江的污染，你们应该感谢我们，不应该问我们要钱，对不对？"

傣族老百姓互相看了看，认为杨书记说的都对，便没有再说什么，拿起草坪上的牛皮走了。

张军给我讲这段故事时说，浑水沟的傣族老百姓多么纯朴！

盈江的傣族老百姓给了他一生朴素的怀念。

六、植物包裹了的浑水沟

浑水沟自 1979 年治理以来，汇口以下大盈江河床真是变化巨大。40 年来，河水归槽，河槽稳定，河床下切，汇口处切深达 7 米。汇口至丙汗大桥河段的河槽内巨砾累累，两侧沙田连片。

浑水沟泥石流治理分别获得云南省重大科技成果一等奖（1997 年）和德宏州科技进步特等奖（2003 年）。

截至 2002 年，浑水沟共建成由 6 座坝组成的总高 90 米的梯级坝群，坝高亚洲第一，拦蓄泥沙 725 万立方米。

1981 年以来，泥石流规模大为缩小，1989 年以后已无泥石流出沟口，年输沙量由原 150 万吨降低到 1989 年的 9.5 万吨，1995 年以后不足 4 万吨。浑水沟已变为现在的"清水沟"。

除二凹外，流域内的滑坡已基本稳定，二凹的滑坡活动也明显减弱，形成的少量泥石流全部拦蓄于坝内。

20 世纪 90 年代以来，浑水沟沟口以下的 15 公里大盈江南底河段，由于浑水沟入河泥沙大量减少，河床下切，游荡型河道逐渐归槽,沿岸已开垦农田 3000 亩。南底河以下的大盈江主河,河床不再上升,为后来实施大盈江防洪工程奠定了基础。

2007 年,云南省水利厅厅长在向全国水土流失科学考察专家组汇报云南省水土保持工作时,特别介绍了浑水沟泥石流的治理。

盈江县城附近的大盈江拉户链大桥,河床上的砾石似有变粗,5 年前是蚕豆大小,现在是乒乓球大小。原盈江县水利局的王利君同志说过,20 世纪 60 年代拉户链大桥附近的大盈江为沙质河床,由于浑水沟泥石流下泄,20 世纪 70 年代逐渐出现小砾石;得益于浑水沟泥石流治理,20 世纪 90 年代后又恢复为原沙质河床。

21 世纪以来,该段河床又出现粗化现象,可能是切到老河床的缘故。大盈江是难得的"泥石流治理对主河河床演化影响"的案例。

浑水沟泥石流的治理和研究者每一次回去探亲,都会受到亲人般的接待。每一次,浑水沟工程管理所的全体同志都会陪同他们实地考察。他们看了沟内泥石流治理工程和汇口以下的大盈江河床变化后,确认治理工程安然无恙。通过植树造林,现在已看不出浑水沟是泥石流沟了。

水利部的领导同志实地考察浑水沟时说:"想不到在这么边远的地方,还有这么好的工程。"

40 年了,为治理浑水沟,成都山地所的一些科学家付出了毕生的精力，他们中有的人已经去了另一个世界，但他们培养的年轻人都成了业务骨干，这也是还健在的老科学家们非常欣慰的事情。

第四章　面对泥石流中的小舟

Chapter Four

一、舟曲，因水而得名

　　舟曲县，甘肃省甘南藏族自治州的下辖县，地处南秦岭山地的甘肃南部，甘南藏族自治州的东南部，总面积3010平方公里，下辖19个乡镇，208个行政村，403个自然村，总人口14.2万人，其中藏族同胞5万余人。

　　舟曲是一个美丽的地方，境内有国家级森林公园——沙滩森林公园，还有翠峰山、拉尕山等自然景观，以及一江两河——白龙江、拱坝河、博峪河及其40多条支流。这里冬无严寒，夏无酷暑，有"山下桃花盛开，山上白雪皑皑""泉水叮咚，大江穿城"的美景，更被人们称作"陇上桃花源"。正所谓山因水而雄奇，水因山而灵秀。

　　其实"舟曲"这个名称，与舟船没什么关系，只是缘于流淌在它怀抱的白龙江，藏语发音为"舟曲"。

　　虽然舟曲的西南紧邻四川的九寨沟，虽然舟曲素有"陇上桃花源"的美誉，但在2010年之前，它远不如现在闻名。它就像一个养在深闺人未识的少女，在秦岭这座郁郁葱葱的大山里，享受着日月更迭、四季轮回的那份恬静与悠然。

灾难来了！

2010年8月7日晚11时左右，舟曲县城东北部山区突降特大暴雨，降雨持续40多分钟后停歇。而舟曲县城的人们，以为这不过是一场普普通通的降雨罢了。他们大都安然地进入了梦乡。然而，他们万万没想到，就在这个时候，也就是8月8日的凌晨，县城北面的罗家峪、三眼峪突然泥石流下泄，由北向南冲向县城，这条泥石流仿佛一条凶猛的巨龙，以平均厚度5米、总体积750万立方米的巨大容量倾泻而下，将县城由北向南5公里长、500米宽的区域夷为平地，一时间，被惊醒的人们惨叫着在泥石流中挣扎，沿河房屋被冲毁。泥石流阻断了白龙江，形成堰塞湖，县城一半被淹。至8月8日11时，舟曲县特大洪灾造成约2万人受灾，致使电力、交通、通信全部中断……

形成堰塞湖的泥石流掩埋了一个有300余户人家的村庄。

由于舟曲泥石流涌进县城，导致省道313线部分路段交通中断，省道210线多处路段交通阻断。

8月11日夜晚，舟曲境内再一次普降大雨，再一次引发山洪泥石流，约4.5万立方米泥石流致使舟曲灾区"生命线"——两河口至舟曲公路南峪大滑坡段交通完全中断。

大雨持续了一个晚上，直到8月12日早上7点10分，还没有停。两舟公路是舟曲线通往省会兰州最近的通道，也是通往临近城市陇南的唯一通道，这条公路如果发生泥石流阻断交通，将会给舟曲灾区救灾物资运输造成很大的困难。

灾情延续到 8 月 28 日，舟曲特大山洪泥石流灾害造成 1463 人遇难，302 人失踪，受伤住院人数 72 人。

9 月 7 日，泥石流遇难人数增至 1481 人……

舟曲县城南面的高山上，高高耸立着"藏乡江南，泉城舟曲"八个大字，而此刻它的下面，却是茫茫无际的泥石。

二、时间永远抚不平一切

突降的灾难牵动着成都山地所领导与专家们的神经，由泥石流室主任胡凯衡研究员带队的第一批考察队，于8月9日连夜从成都出发。

舟曲，断壁残垣，满目疮痍，考察队员们顾不上旅途疲惫，一进入舟曲就投入工作。由于灾区电力和供水中断，物资紧缺，尤其是生活用品极度缺乏，考察队成员只能自己背着干粮，艰难地行进在泥泞的沟道中。到了夜里，他们只能睡在潮湿的地上，过着天当被地当炕的日子。

考察队员们从泥石流入江口沿冲积扇一路向上游行进，进行测量调查。他们一直步行至三眼峪支流大眼峪中游，继而又折返泥石流入汇口。他们详细考察了泥石流的形成机制、运动过程、成灾方式以及堵江情况等。迅速分析出了造成灾害发生的5个主要原因：

1. 地质地貌原因。舟曲是全国滑坡、泥石流、地震三大地质灾害多发区。舟曲一带是秦岭西部的褶皱带，山体风化、破碎严重，大部分属于炭灰夹杂的土质，非常容易形成地质灾害。

2. 汶川地震震松了山体。舟曲是汶川地震的重灾区之一，地震导致舟曲的山体松动，极易垮塌，而山体要恢复到震前的水平至少需要 35 年时间。

3. 气象原因。部分地方遭遇严重干旱，这使岩体、土体收缩，裂缝暴露出来，遇到强降雨，雨水容易进入岩土缝隙，形成地质灾害。

4. 瞬时的暴雨和强降雨。由于岩体产生裂缝，瞬时的暴雨和强降雨深入岩体深部，导致岩体崩塌、滑坡，形成泥石流。

5. 地质灾害自有的特征。地质灾害隐蔽性、突发性、破坏性强，难以排查出来。

这就为泥石流灾害应急调查提供了第一手的资料和数据。

8 月 12 日，由山洪室主任陈宁生研究员带队的第二批考察队员们也出发了。他们从成都赶往舟曲，开展新一轮的科学调查工作。

8 月 15 日上午，北京天安门、新华门和全国人大常委会、国务院、全国政协、中央军事委员会、最高人民法院、最高人民检察院所在地，全国和驻外使领馆，都下半旗志哀，全国停止公共娱乐活动，以表达对甘肃舟曲特大山洪泥石流遇难同胞的深切哀悼。

8 月 15 日 0 时至 8 月 16 日 0 时，全国所有电视台的台标变为黑白色。

8月17日，成都山地所崔鹏随甘肃省林业厅组织的专家组到舟曲考察泥石流及其灾害，专家组中还有北京林业大学和西北农林科技大学的专家，林业厅总工程师王俊杰一路同行。在专家组基本完成考察任务回到兰州写报告之际，崔鹏接到中国科学院的通知，要求他随同国家领导人去舟曲。

8月21日中午，时任国务院总理温家宝再次率国务院有关部门负责人前往甘肃舟曲。经过3个小时的飞行，飞机降落在甘肃临洮机场。随后，温家宝和时任国务院副总理回良玉一起驱车4个多小时，行程260多公里，于20时30分许抵达舟曲县城关镇。中国科学院副院长丁仲礼带领崔鹏、葛全胜等组成中科院专家组，随同车队一同抵达舟曲。

夜幕降临。温家宝总理一进县城，就直奔设在舟曲县第一中学的受灾群众安置点，看望受灾群众。这次特大山洪泥石流灾害使舟曲2万多人受灾，其中1.5万余人投亲靠友，5100多人临时安置在帐篷里，舟曲一中安置点共安置了700多名受灾群众。温家宝凝重的声音清晰有力："我这次和回良玉同志来，就是要同省里、国家有关部委和部队的领导同志，还有科学家们一起研究论证舟曲的重建工作。我们要建设一个美好的舟曲，必须首先保障人民群众的安全，同时还要使各项公用设施能够满足人民群众的需要。明天，我们将再一次到受灾现场实地察看，研究重建的措施和政策，成立舟曲恢复重建指导协调小组以及专家咨询组，从组织上保障舟曲的恢复重建工作有一个科学的规划和合理的布局。"

"舟曲不会屈服！舟曲人民不会屈服！"温家宝略微停顿后接着说，"虽然我们在重建工作中还会遇到各种困难，但只要有党和政府的坚强领导，军民团结，干群一心，就一定能克服艰难险阻，建设一个新的家园，建设一个更加美好的舟曲！"

温家宝在舟曲一中慰问过受灾群众后，一回到宾馆，就把中科院专家叫到房间，让他们介绍对舟曲泥石流的看法。他最关心两个问题，一是灾害成因，二是原地重建还是搬迁移民。当时，对舟曲泥石流灾害的成因，不同方面的人有不同的解释，绝大多数舆论认为这个地方不适合人居住，强烈要求异地搬迁，但搬迁移民是非常困难的事情。多年的研究积累和此前舟曲多次实地考察的认识及翔实的数据，使得中科院专家组的汇报有理有据。他们提出的 5 个成因的解释得到了总理的认可。崔鹏报告总理，虽然不是所有泥石流都适合工程治理，但是根据地质地貌条件和舟曲泥石流发育特征，舟曲泥石流是可以治理的，舟曲可以重建。丁仲礼列举泥石流治理成功的实例，说刘东生就多次去过四川省金川县，金川县城八步里沟的泥石流治理效果很好。接着，丁仲礼把《舟曲特大山洪泥石流灾后重建与全国城镇泥石流减灾的建议》交给温家宝。

22 日上午 9 时 30 分许，温家宝在舟曲主持召开了专题会议，对下一阶段的抢险救灾和灾后重建工作做出部署，并成立了舟曲灾后重建领导协调小组和专家咨询组，指派丁仲礼为专家组组长，崔鹏和葛全胜为专家组成员，成都山地所和研究泥石流防治工程的游勇研究员也加入了专家组。专家组承担了研究撰写《舟曲特大山洪泥石流灾后重建规划资源环境承载能力评价》的任务，其中崔鹏、游勇、陈晓清、胡凯衡等成都山地所的泥石流科研人员负责研究撰写《舟曲山洪泥石流危险性评估和防治规划》部分。

这次会上，温总理还特别强调："今年全国自然灾害频发，我们要认真总结经验教训，尽快研究制定地质灾害防治、重点中小河流治理和小水库除险加固、灾区生态环境综合治理三项规划，加大工作力度，切实抓出成效。"紧接着，在国务院常务会议上，部署了全国地质灾害防治、重点中小河流治理和小水库除险加固等工作。

为了负责任、高质量地完成国家下达的评估任务，支撑灾后重建，崔鹏他们又向舟曲进发了。

8月下旬，成都山地所泥石流研究室主任胡凯衡研究员和中国科学院山地灾害与地表过程重点实验室（以下简称"山地灾害重点实验室"）学术秘书陈晓清研究员再次分两批前往舟曲进行危险分析和防治对策调查。

考察队员胡桂胜跟随导师陈宁生研究员赶到了舟曲泥石流现场。

他们就泥石流发生后对灾区人民心理援助的策略和规划，

向当地政府提出了建议，对经历了泥石流灾害的受害者，要"不谈心理做心理，润心无声似春雨"地开展灾区心理健康促进工作。

灾难中的民众注重家庭家族关系，看重人际交往，忌讳谈心理问题。在开展心理援助时，要积极开展各项社会工作，利用内外资源，淡化心理病理色彩，让民众"自然""自如"地走出泥石流灾害带来的心理阴影。

实施重点救助非常必要，一方面要针对相对严重的特殊创伤人群，如丧亲人员、伤残人员、孤寡人员、老人儿童等；另一方面，要密切关注基层干部、教师和医护人员等"灾区枢纽人群"的灾后心理疏导。

同时要保持信息畅通，避免人为恐慌，这一点很重要。对于灾区泥石流的发生发展规律、影响因素、影响效果、再次发生泥石流的可能性等，在给予科学论证后，需要通过各类媒体，及时准确地传达给当地民众，避免坊间传闻，稳定灾区人民的心态。

这些都是泥石流野外作业获取的多种经验。

考察队对舟曲泥石流灾害的特征和成因进行了分析和总结：这次泥石流为特大级泥石流，具有流速快、破坏力强等特点，其最大流量为每秒 1394 立方米，出山口处泥石流流速达到每秒 9.6 米。三眼峪泥石流堆积物总量约 65 万立方米，其中冲积扇区 40 万立方米，主河汇口及下游河段约 25 万立方米，实测沟内运动的最大颗粒直径 12.9 米，体积 799 立方米，重达 2118 吨。

沟口冲积扇区堆积的最大颗粒直径 7.5 米，体积 290 立方米，重量 770 吨。

看到了吧，随舟曲泥石流奔腾而下的，有直径 12.9 米、体积 799 立方米、重达 2118 吨的巨石！

舟曲泥石流威力之巨大、流势之凶猛，由此可见！

考察队完成了《舟曲特大山洪泥石流灾后重建规划资源环境承载能力评价》报告中的《舟曲山洪泥石流危险性评估和防治规划》部分，详细阐述了"8·8"舟曲泥石流的灾害成因、危险分析和防治对策。为确保报告的有效性，山地灾害重点实验室主任崔鹏和每一个普通成员，都在通宵达旦、夜以继日地工作；为确保报告的准确性，成都山地所和山地灾害重点实验室共组织了 4 次现场调查，历时将近一个月。

2010 年 9 月，中科院向国家发展改革委员会提交了有关舟曲灾后重建环境资源承载力综合评价的报告，得到了高度评价，为舟曲的灾后重建提供了科学的依据。

舟曲这场灾难的发生，超出了此前人们对泥石流灾害危险性的认识，更使科研人员感到研究特大泥石流灾害成因的巨大责任。为了进一步深入研究舟曲泥石流灾害的成因，提高风险防范能力，成都山地所及山地灾害重点实验室联合清华大学、四川大学共同申请了国家重点基础研究发展计划（"973"计划）项目"中国西部特大山洪泥石流灾害形成机理与风险控制"，崔鹏为项目首席科学家。

在那些悲痛难眠的夜晚，考察队员们与媒体记者一同住宿，经常听他们讲这次泥石流灾难中悲怆感人的故事。

新华社一位刘姓记者告诉胡桂胜和队员们：在灾情最重的三眼峪地区，一位勇敢的父亲，在看到汹涌的泥石流涌来时并没有逃离，而要保护自己的两个女儿和一个儿子。出于父亲的本能，他毅然挡在门口，想用自己的血肉之躯阻挡无情而强大的泥石流……当救灾人员看见泥潭下父亲与孩子们的尸体时，联想到灾难发生时的情景，无不潸然泪下。

他们也听到了诸如"先救妈妈"的坚强儿子与"再为你编一次辫子"的温情父亲的故事。舟曲泥石流灾难中闪烁着人性光彩与人间大爱的故事，更加激励着考察队员们排除一切困难、一往无前的坚定信念。

但是，舟曲泥石流隐患的机理过程是什么？中国到底有多少地方存在像舟曲这样的泥石流隐患？

三、三眼峪沟，悬在舟曲背后的一颗炸弹

舟曲之所以成为泥石流灾害频发地，首先是因为人口密度特别高。舟曲人上一次关于三眼峪沟的惨痛记忆还停留在 1992 年。公开资料显示，在那一次泥石流灾害中，倒塌房屋 344 间，死伤 87 人。政府吸取教训，开始了拦沙坝工程规划。

1996 年，中科院兰州冰川冻土研究所研究人员曾获邀参与调研，他们在后来的调查报告中提出了治理建议：在大峪沟和小峪沟共修建拦沙坝 13 座，停淤场 1 个，排导沟 1.2 公里，防冲槛 24 个，整个工程总投资 929.59 万元，计划 3 年时间完成。1999 年一期工程完工时，只修建了 10 座拦沙坝，大峪沟和小峪沟一边 7 座，一边 3 座，而排导工程一直未能实施，这埋下了第一颗隐患的种子。

当时设计方案中写明，其中 3 座堤坝最初设计是钢筋混凝土结构，但因为经费不足，只好改成石块混凝土。每座坝以 10 万元的价格承包出去，加上跑项目的开支，总共就花了 100 多

万元。作为国家级贫困县的舟曲掏不出太多的钱。

泥石流发生后，在三眼峪沟入口处，右侧峪沟的拦沙坝虽然尚未被冲毁，但泥石流已经没过它的顶端，左侧的拦沙坝已不见踪影。当时设计的拦沙坝一般最高 10 米，底部最宽 10 米，越往上越窄，顶端 3 米。逐年的拦挡任务使得 3 座拦沙坝接近被淹没。就在泥石流发生那年的 7 月底，在舟曲磨沟就曾发生过一次小的泥石流，县城到磨沟的公路全部中断。

2008 年汶川大地震后，成都山地所曾来舟曲勘测过，他们发现舟曲 1 平方公里内，泥石流滑坡密度达到 0.37，需要投入 2.6 亿元才能完全治理好。而 2009 年舟曲县一年的财政收入不过才 1800 万元。

舟曲的土地曾孕育过举世闻名的原始森林。在舟曲老一辈人的印象中，森林茂密的舟曲常被冠以"不二扬州""甘肃江南"的美誉。20 世纪 50 年代，舟曲以丰富的森林资源支持国家建设，由此，一场长达半个世纪的林业开发拉开了帷幕。在 20 世纪 70 年代公路未通之前，水路白龙江上几百个木筏载着木材漂流而下。

在"大干快上"的计划经济时代，没有人意识到这么做会有什么严重后果。每年的砍伐量最多的时候有 25 万立方米。到后来，大树都砍没了，就砍防风林，而这些用于保护新苗生长的防风林原本是禁止砍伐的。舟曲的森林覆盖率一路从最初的 67%，下降到现在的 20%。由于常年干旱，土层又不厚，加上许多防风林被砍光，至今二十多年的造林工程收效甚微。树木成活率很低，几乎清一色的都是"小老头树"，无法长成的树根本就起不到固土的作用。

查阅 2010 年上半年《全国地质灾害通报》后发现，21 起特大和大型地质灾害中，仅 5 处发生在城市，其余均在农村。全国 2010 年上半年共发生地质灾害 19552 起，造成人员伤亡的地质灾害 147 起，共造成 326 人死亡、138 人失踪，经济损失 18.61 亿元。地质灾害发生的数量竟是 2009 年同期的 10 倍，由此造成的死亡失踪人数和直接经济损失也大幅增加。

正如国土资源部通报 2009 年地质灾害时说的："……自然条件变化和不科学的人类工程活动是引发地质灾害的主要因素。"舟曲泥石流灾害也不会是最后一起悲剧。

成都山地所的人告诉我，地质灾害分级别，最严重的即为特大级（型）。舟曲"8·8"泥石流显然属于特大级。

泥石流发生时，200 多万立方米的泥石流，沿着舟曲县北山的三眼峪沟和罗家峪沟直冲而下，越过十几道拦沙坝后，一路在黑夜里咆哮了 40 分钟，最终于瓦厂村附近的白龙江戛然而止。绵延 5 公里长的泥石流一眼看不到尽头，沿着淤泥缓慢而上，如果不是矗立其间的几块巨石，很难想象脚下曾存在过许多村庄。

资料显示，中国至少还有 1.6 万个与舟曲类似等级的地质灾害隐患威胁着 700 万人的人身和财产安全。这种隐患点重点分布于云南、贵州、四川、重庆、甘肃、陕西、湖南、湖北等山多坡陡的省（区）。而对于正在孕育的地质灾害，以及其可能起动的危险体大小、动向、滑动距离等还没摸清楚。贵州关岭就是因为事发预兆不明显，老百姓发现山上落石但未引起足够重视，最终酿成大祸。

很多时候，地质灾害的不可控性，仍令科学家们束手无策。鉴于识别充满难度，他们至今仍没有完全摸清整个灾害的脾性，所以，也就不可能把所有山都划为危险点。而那些没有划入隐患点的所谓安全之地却成了重灾区，这不能不让专业人员为之伤心。

舟曲县城被泥石流摧毁后的第三天。暴雨停歇后连续两天的暴晒，使淤泥开始散发出一股刺鼻的气味。听不到挖掘机的轰鸣声，解放军官兵人手一把铁锹，在数米深的淤泥上拼命挖掘，淤泥下，是上千名失踪者。

四、舟曲，泥石流考察的又一典型范例

泥石流暴发是有先兆的。

2010 年 6 月，舟曲县城里好多人见面都说一件事——闹肚子。肚子闹得厉害的人顶不住去医院检查身体，化验出了大肠杆菌。舟曲的水库恰好就修在泥石流多发区的下方，有人怀疑是水库里混入了泥石流。可泥石流的知识对大多数人来说还很生疏。

2011 年 3 月，成都山地所项目组再次派出由成都山地所、四川大学和武汉大学人员组成的调查组，对三眼峪和罗家峪进行了更为详细的调查。为了按时完成任务，调查组的成员们冒着暴风雪，不顾刺骨严寒，在陡峭的坡壁上测量采样，从而得到了较为系统和全面的数据。

对舟曲来说，重建必须是一次科学规划的重建，灾害治理和预防成为各项建设考虑的重点。

历经多次灾难的舟曲人，生活观念、生活方式和对生命的理解悄然发生了变化，尊重自然、珍视生命的理念深入人心。如何避免"毁了建、建了毁"，成为灾后重建的首要考量。

在重建中能否有效治理与预防地质灾害，既关系到重建成果，更关乎百姓的生命财产安全。因此，灾害治理和预防成为舟曲重建投资和建设的重点。灾后重建中，地质灾害治理、生态修复和白龙江舟曲段治理等灾害治理与预防的投资，占到总投资额的四分之一。

对地质灾害既要有效防治，又要科学避让。舟曲灾后重建采取了减载人口、分流安置、三地重建的模式。总计4100户重建户将分别集中安置在舟曲县老城区、峰迭新区和兰州新区。老城区人口承载量将减少2.3万人，三眼峪、罗家峪重新留出了排洪、泄流的地理空间。

成都山地所通过考察三眼峪沟泥石流流通区拦挡坝、堆积区排导沟及其两侧建筑物的破坏情况，研究了泥石流流量与排导沟断面的关系、泥石流冲击力与拦挡坝强度的关系、泥石流物源级配与柔性防护栏的关系等防治工程的三个关键问题。

当泥石流流量较大，而排导沟断面较小时，泥石流将淤埋冲毁排导沟，造成灾害的发生。前人在泥石流流量、冲击力计算和防治工程方面已经开展了一些相关的研究工作，但对于舟曲这样百年一遇的特大山洪泥石流，针对治理工程中的关键问题开展专题研究，可以揭示一些未知的科学规律，具有重要的科学意义和应用价值。他们提出了几点治理方案：

水源涵养林：舟曲泥石流灾害多发地区为三眼峪沟和罗家峪沟，气候属于亚热带气候，山体高大，土壤类型多样，适合栽种一些山杉类树木。在三眼峪沟主沟的中上游地区，根据土壤类型和地形，栽种云杉、冷杉、圆桦、柳树等树种；在罗家峪沟中上游地区，栽种栎类树种，使之形成针阔混交林或乔灌混交林。

水流调节林：三眼峪沟和罗家峪沟是舟曲泥石流灾害发生的最主要的区域，在中游地区营建水流调节林，是防治泥石流灾害的最主要手段。根据地形土壤条件，在三眼峪沟和罗家峪沟切沟上方种植云杉、油松、圆桦等树种，形成针阔混交林带；在面蚀轻度地带按 2～4 米为一林带，在面积较大、立地条件较好的地方种植柿子和沙棘等果树和经济林木，形成有利于经济发展的经济林；在坡面较陡、立地条件不好的坡面上要恢复草和灌木；在坡面较为平缓的沟道栽种果树等林木。在三眼峪沟和罗家峪沟切沟下端，要密植树木，选择根系发达的纹党进行栽种，并栽种柿子树与油松，形成针阔灌混交的林带，达到调节地表径流、削减泥石流洪峰的作用。沟头防护林有多种配置：在侵蚀比较严重的沟头与工程措施相结合，在三眼峪沟头和罗家峪沟头的坡面上与水源涵养林相结合，在水源涵养林间栽种纹党、沙棘等灌木，在中游地段相间栽种核桃树和灌木。上述措施将最大限度地保持水土。沟底防冲林主要是防止洪水对沟底的冲刷，减轻洪水对沟底以上沟岸的冲刷。根据三眼峪和罗家峪的土壤情况，种植沙棘、柿子树和纹党，株距要较为密集，采用穴播栽种的方法。在沟底栽种花椒树，形成灌木与草地相间林带。

薪炭林：舟曲是少数民族与汉族杂居区，牧民较多，能源资源少，人们对森林的依赖程度高，要大力发展沼气、太阳能、以电代薪工程。在造林上栽种速生薪炭林。在博峪等地方栽种杨树、柳树、洋槐等速生树种，达到保持水土、提高植被覆盖率的作用。

舟曲草地的治理：制定严格的政策保护现有草地，维持现有草原面积，利用生物技术治理未完全退化草地，建立草地动态监测数据网络，对破坏草地和乱垦荒现象要依法处理，绝不姑息。扎实推进退耕还草政策，加大人工种草面积，因地制宜地种植成活率较高的草类，并大量种植牲畜所需的饲草。调整产业结构，改变不合理的耕作方式。做好牧民的转型工作，让漫山遍野的放牧改为圈养牲畜，大力处罚过度放牧及使草地退化的行为。对三眼峪和罗家峪草地的治理应与林业相结合，在两沟的上游种植耐寒的草类，与水源涵养林相间种植，形成草甸与针阔混交林带。中游地段，在果林、灌木林间种植牧草，使坡地全面绿化。

舟曲"8·8"泥石流是中华人民共和国成立以来最为严重的泥石流灾害，对其进行的考察研究，是中科院泥石流灾害研究的又一典型范例。在这世界关注、举国沉痛的灾难面前，成都山地所和山地灾害重点实验室的成员们积极调查成因，努力研究对策。他们不惧山水险阻，不畏艰难困苦，风餐露宿、呕心沥血的山地人精神，也成为科研工作者世代传承的精神财富。

第五章　灾难之后的灾难

Chapter Five

一、汶川大地震引发的思考

这是一个彩色图标，它以"彩虹""伞""人"为基本构图元素。其中，雨过天晴后的彩虹蕴含着美好的未来和希望；伞的弧形代表着保护、呵护之意；两个人代表着一男一女、一老一少……或者是我们整个人类携起手来，共同防灾减灾。让人类多一分和谐与安康，少一分灾难和不幸。

这是一个美丽的图标，一个给人以温情和美好向往的图标。这是中国"防灾减灾日"的图标。

2009 年 3 月 2 日，经国务院批准，由国家减灾委、民政部正式发布，自 2009 年起，每年 5 月 12 日为"防灾减灾日"。

中国是世界上自然灾害最为严重的国家之一，灾害种类多、分布地域广、发生频率高、造成损失重。在全球气候变化和中国经济社会快速发展的背景下，中国面临的自然灾害形势严峻复杂，灾害风险进一步加剧，灾害损失日趋严重。"防灾减灾日"的设立，其目的在于唤起社会各界对防灾减灾工作的高度关注，增强全社会的防灾减灾意识，推动全民防灾减灾知识和避灾自救技能的普及推广，普遍提高各级综合减灾能力，最大限度地减少自然灾害造成的损失。

二、故事里的人并未留下更多记载

汶川县，位于青藏高原东部边缘、四川省中北部，居川西北高原和阿坝藏族羌族自治州东南部，东西宽 84 公里，南北长 105 公里，总面积 4084 平方公里，县城海拔 1236 米。南距省会成都 146 公里，北离州府马尔康 202 公里，区位优势明显，交通便利。汶川素有"大禹故里、熊猫家园、羌绣之乡"之称，是全国四大羌族聚居县之一，也是国家羌文化生态体验区。

自汉代以来所设汶江、绵虒、汶山、汶川等县治皆因境内有岷江流经，据《元和郡县志》载：汶川县"因县西汶水为名"。古代"汶""岷"通用，故岷江亦读作汶江。

汶川县西汉时为绵虒县，西晋时改为汶山县，并为汶山郡治，北周时始名汶川县，距今已有 1400 余年历史。1952 年县城由绵虒迁威州，1958 年茂县、汶川县、理县合并成立"茂汶羌族自治县"，1962 年恢复汶川县至今。

中国人永远不会忘记 2008 年 5 月 12 日那一天，汶川发生了里氏 8.0 级大地震。短短 3 分钟，繁华的城市、美丽的校园、平静的村镇都成了一片废墟，多少人被灾难残酷地夺去了生命，美丽的山川和家园也变得满目疮痍。每当回忆起电视中那一幅幅救人于崩塌建筑的惊心画面，都不禁感到撕心裂肺的悲痛；每次目睹山峦的苍翠被破碎裸石撕裂的场景，都禁不住流泪。

"5·12"汶川大地震是中华民族的伤痛，也是对中华民族的考验。13 亿人民众志成城，没有被天灾压垮。多难兴邦，这是一个国家的心声，也是前所未有的动员令，政府投入万亿资金用以灾后重建，这更是对一个崛起大国力量的整体检验。21 个省市对口支援灾区重建，13 万官兵、14.5 万志愿者奔赴灾区，13 亿人民组成了一个共同的整体。

汶川大地震，发生于 2008 年 5 月 12 日 14 时 28 分，震中位于四川省阿坝藏族羌族自治州汶川县境内、四川省省会成都市西北偏西方向 90 公里处。

当时，我正参加天津《小说月报》的一个笔会，在福建的武夷山采风，一群作家坐在草地上歇凉。突然大家发现大地在颤动，有人说："地震了。"在手机通信便捷的时代，我们很快就知道是汶川地震了。

事后，根据中国地震局的数据，此次地震的震级为里氏 8.0 级，破坏地区超过 10 万平方公里，震中烈度达到 11 度。甘肃、陕西、宁夏、天津、青海、北京、山西、山东、河北、河南、安徽、湖北、湖南、重庆、贵州、云南、内蒙古、广西、广东、海南、西藏、江苏、上海、浙江、辽宁、福建等全国多个省（自治区、直辖市）和香港特别行政区、澳门特别行政区以及台湾地区有明显震感。就连泰国、越南、菲律宾、日本等国也有震感。

地震发生后，国家急需了解地震灾情，对地震灾情进行实地调查，并运用遥感手段进行技术评估。

2008 年 5 月 14 日，成都山地所派出了由泥石流专家崔鹏、韦方强带队的抗震救灾科技专家组，承担北川地区泥石流、滑坡等地质灾害的科学考察任务。

他们此次考察的路线为安县、北川、青川等重灾区，他们考察的对象，就是因地震引发的崩塌、泥石流、滑坡和堰塞湖等次生地质灾害，同时也为灾区灾情的综合研究和评估提供必要的科技援助。

5 月 15 日临近中午，满载着考察队员和救援物资的车队到了安县的晓坝乡，崩塌导致公路摧毁，考察组的专家和学者们不得不背上测量装备，在滑坡和崩塌的堆积体上艰难行进。在他们跋涉的途中，不断有石块从山体上滑落，脚下又到处是大小不等的巨石。经过一个多小时的跋涉，他们终于抵达了第一个测量点——肖家河堰塞湖。之后，他们开始奔赴一个又一个危险地段进行实地勘察，用相机和仪器记录下一组组现场资料。

"5·12"汶川大地震后，灾区形成了大量珠串式堰塞湖，北川湔江 9 个，青川青竹江 3 个，安县茶坪河 1 个，干河子 2 个、平武石坎河 1 个，绵竹绵远河 4 个，什邡石亭江 7 个，彭州金沙河 2 个，崇州文井江 4 个，汶川岷江 1 个……具有严重危害的堰塞湖多达 34 处，对下游人民群众的生命财产构成了严重威胁。于是，在国务院、水利部抗震救灾领导组的指挥下，抗震救灾指挥部组成了评估专家组、设计专家组和武警水电施工组，进行应急调查与风险评估及应急处置工程设计，并采取措施应急排险和避险。成都山地所的科学家主要负责应急调查与风险评估工作，崔鹏为专家组组长。

唐家山堰塞湖被评为高危堰塞湖，受到高度关注，温家宝总理先后两次亲临灾区关心和指导应急排险工作。水利抗震指挥部对危险性最大的唐家山堰塞湖组织国家著名的水利专家，投入了武警水电部队大量的兵力和大型施工机械，制定了"疏通引流，顺沟开槽，深挖控高，护坡填脚"的施工办法。

经过夜以继日的奋战，2008 年 6 月 7 日，堰塞湖泄流全部开通，6 月 8 日开始泄流，至 6 月 10 日，险情基本排除，下游 8 万多人口以及城镇、厂矿和基础设施免遭灾害。

在那段令人难以忘怀的日子里，成都山地所的考察队员们披星而出、戴月而归，甚至彻夜不眠，收集、整理和更新灾区堰塞湖的大量相关资料，对不同来源的遥感卫星图片、航拍资料进行数据处理和判读解译，并结合实地调查，对灾区堰塞湖的发展态势进行了评估和危险性分析，提出了许多应急措施和科学建议。

29 天，仅仅只有 29 天，成都山地所还完成了汶川大地震重灾区资源环境承载力评估的任务。他们不顾个人安危，深入灾区开展实地应急科学考察，开展直升机和无人机航拍，先后在 40 多个受灾区县留下了他们的脚步。

汶川大地震应急抢险和救灾工作结束了，但考察队员们的工作并未结束。作为专业从事泥石流、滑坡等山地灾害研究的国家级科研机构的科学工作者，他们还有更加长期、更加艰巨的任务。

地震对地表的强烈撼动极大地改变了滑坡、崩塌、泥石流、山洪等灾害的形成条件，使得这些灾害表现出新的活动与成灾特征，成为灾后重建最大的风险来源。然而，对于这些地震次生的地表灾害，以往的科学认识和处置技术都是极为有限的。灾后重建时间紧、任务重，科技支撑需求迫切。科技部紧急启动了地震次生灾害的基础研究项目，崔鹏为首席科学家。于是，地震灾区成了成都山地所有关科研人员的第二家园。他们用三年时间完成了"973 计划"项目"汶川地震次生山地灾害形成机理与风险机制"的研究。根据项目阶段性成果和灾区考察了解到的情况，2009 年，项目组提出了"5·12"汶川大地震灾后重建中次生地质灾害风险控制的建议，认识地震次生灾害防治的艰巨性、复杂性和长期性，提出分区域采取不同的时序和对策、加强监测预警、在实施应急工程的同时编制中长期灾害防治规划的建议。建议得到了温家宝总理的重视，温家宝和回良玉先后批示。四川省政府也非常重视，由四川省国土资源厅组织实施建议内容，调整落实灾后重建灾害治理工作计划，增加了监测预警内容，补充了地震区地质灾害防治中长期规划。他们的措施和规划在 2010 年 8 月特大降雨激发大规模泥石流期间，发挥了巨大作用，大大减少了伤亡人数和灾害程度。

我们完全可以说，在我们的西南山区，哪里有危险，哪里就有成都山地所科技工作者的足迹；哪里有灾难，哪里就有成都山地所科技工作者的身影。他们不是解放军战士，不是专业救援队，在抗震救灾的那些日子里，发生过许许多多感天动地、催人泪下的故事。在这些故事里，他们并非主角，也未留下太多有关他们的记载……

三、汶川大地震后的次生灾难

据民政部统计数据显示，截至 2008 年 9 月 25 日 24 时，汶川大地震中遇难 69227 人，受伤 374643 人，失踪 17923 人。其中四川省就有 68712 名同胞遇难，17921 名同胞失踪，共有 5335 名学生遇难或失踪，直接经济损失高达 8452 亿元。这是 1949 年中华人民共和国成立以来破坏性最强、波及范围最大的一次地震，地震的强度、烈度均超过了 1976 年的唐山大地震。

汶川大地震诱发的地质灾害、次生灾害比唐山大地震大得多。国土资源部的专家认为，唐山大地震主要发生在平原地区，汶川大地震主要发生在山区，次生灾害、地质灾害的种类都不太一样，汶川大地震引发的破坏性比较大的崩塌、滑坡、滚石加上后期的泥石流等，比唐山大地震引发的次生地质灾害要严重得多。

危害更大的，还有堰塞湖。

汶川大地震引发了大量滑坡、泥石流，摧毁公路，压埋房屋，又造成了严重的次生灾害。

堰塞湖就是河流被堵塞形成的湖泊。大地震造成的山崩、滑坡壅塞河道形成堰塞湖。也就是说，大型或特大型滑坡、泥石流进入河道后，在很短的时间内形成天然土石坝，或称之为堵塞坝，从而堵塞江河形成堰塞湖。

一段时间后，在湖水压力、管涌、溢流冲刷等作用下，堵塞坝溃决，形成规模非常大的洪水，洪峰流量甚至能达到正常洪水的数十倍甚至数百倍。如果按正常洪水流量计量，则相当于几千年、甚至上万年一遇的洪水。

如此凶猛的洪水冲击沿途村镇、耕地、公路和桥梁等，将造成下游巨大的生命财产损失，还会诱发下游新的滑坡、崩塌等灾害。这里的堰塞湖灾害是地震促发的大型滑坡、泥石流的次生灾害，彼此间具有极强的因果关系和链式扩散、放大效应，构成灾害链。

我们的决策层、权威机构应该对山区这一特殊领域有相应的应对管理。

汶川大地震发生后，《文汇报》记者江世亮专程采访了山地灾害重点实验室主任崔鹏。崔鹏认为，国内外无一例外，只要发生在山区的地震都会导致一系列灾害，如滑坡、崩塌、落石、泥石流等，规模较大的滑坡和泥石流堵塞江河、沟道，形成堰塞湖。堰塞湖会截断水流，上游不断形成回水、壅水，水位不断上涨进而形成灾害。一旦堰塞体溃决，就会在下游形成溃决洪水。这不是一个个单独的灾害,而是相互作用、相伴共生的结果。

地震是这次汶川泥石流暴发的主要因素,在经历地震之后,汶川地区的地质结构发生了明显改变。地震令当地的山体不稳定,暴雨极易诱发地质灾害。汶川震区大量难以统计的沟谷、坡面型松散的物质都增加了泥石流暴发的概率。汶川大地震震松的泥土和震裂的山石量在我国历史上可以说"前所未有",地震期间由地震触发的滑坡约 3 万处,其中巨型、大型滑坡近千处。安县就产生了迄今为止在全球都堪称规模很大的大光包滑坡,滑坡体积 7.42 亿立方米,是世界上少数体积大于 5 亿立方米的滑坡之一。高速下滑的大光包滑坡体,形成了长 4.2 公里、宽 2.2 公里的堆积体,滑坡堆积体形成的堰塞坝高 690 米,为目前世界最高天然堆积坝。

虽然相关部门在 2008 年 5 月下旬对北川县城上游的唐家山堰塞湖进行了爆破,并检测到 34 处堰塞湖,做了相应处理,从而解除了堰塞湖崩溃对灾区带来的二度灾难,但除此之外,地震之后的水利工程建设和改造并没有太大进展,震后所有的注意力都集中在人员的安置、家园的重建、物资的供给方面。

2009 年成都山地所又经过一些跟踪调查,国土部门也做了系统的隐患排查,统计地质灾害隐患点有 2.2 万多个。排查带来的问题是,震后高山区、中高山区的崩塌和滑坡是泥石流的主要物源区,调查力度还不够大。成都山地所研究员乔建平认为,应对泥石流的有效方法是建立精确的空间预警，即在灾害发生前 24 小时或更早通知，达到转移人员、财产的目的。

由于泥石流、山体滑坡等次生灾害往往是由局部强降雨引发的，因而防范这类次生灾害最重要的是进行天气预报监测，特别要关注强降水预报，尤其是局地性暴雨预报。另外滑坡、崩塌发生前常常会出现一些征兆：如在坡脚处土体凸起，堵塞多年的泉水复活或出现泉水突然干涸、井水水位突变，山坡上、房屋或地面上出现裂缝。

若出现这些情况，要立即撤离危险区。这些年来，成都山地所在有泥石流和山体滑坡的危险地区，对群众进行了科普，让他们进行自主观测，一旦有危险迅速撤离，也收到了非常好的效果。

应对泥石流的有效方法是建立精确的空间预警，不过目前的预警系统普遍存在两个问题：一是地质工作基础精度不够，二是对 24 小时或 48 小时降雨量的预报精确度有限。

在舟曲泥石流造成巨大灾难的同时，四川省绵竹市清平乡则通过预警系统和群防群测避免了大量死伤。早在灾害发生十年前，成都山地所的专家就曾经预警过舟曲地区存在泥石流危险，但并没有引起足够的重视。

汶川县和北川县是四川 30 个重灾区中仅有的两个全部地区均为次生灾害"极高、高度危险区"。在人居环境适宜性划分中，汶川的"不适宜地区"和实际人数，均位于所有灾区中的榜首。

地震后 5 年内，地震重灾区滑坡灾害将十分严重；地震后的 10 年内，汶川强震区的滑坡—泥石流灾害链将进入高度活跃期，泥石流灾害将是地震恢复重建中最严重的灾害。

四川震区特殊的地理条件是由青藏高原向盆地平原过渡，高低悬殊的地形地貌冲刷强烈，加上破碎岩体及气象水文条件形成了地震—崩塌滑坡—泥石流复合型灾害链，因此在大地震后 5～10 年为滑坡—泥石流灾害高度活跃期。

震区灾后不少山头形成大面积山体开裂和崩滑地貌，许多地方山体和堆积物处于成灾临界状态，如遇余震、汛期或工程建设活动，随时可能引发灾害。

我从资料上看到了 2011 年 8 月德茂公路上因泥石流报废的隧道。这条绵竹市清平镇通往外界的唯一公路，在汶川大地震后，多次被修复，又多次被泥石流冲断。

2010 年 8 月 12 日晚，四川龙门山地震断裂带沿线连降暴雨，汶川、都江堰、绵竹、什邡、绵阳等地发生泥石流、崩塌等地质灾害。

泥石流受灾严重的龙池、清平和映秀，像几个节点，纵向分布在龙门山中央断裂带上，当时的地震烈度全部超过 10 度。"死亡之弧"在特大地震后山体整体震裂、松动和破碎，这是造成本次强泥石流灾害最主要的原因。

在泥石流预警方面，我们可以借鉴日本和欧洲一些国家的做法。日本预警系统中使用一种导线传感器，在泥石流发生的初期，固定在警戒区域的导线被泥石流拉断，传感器随即报警。不过它一旦切断后必须重新连接，不适宜布置在泥石流多发地区。还有一种震动传感器，泥石流的震动及声波被传感器探知后发出报警信号。欧洲在治理泥石流上也卓有成效。以德国为例，所有的河流和沟谷都做了堰，每隔几百米有一个，这使得河水对河床不再下切，河岸的坡度也不会变陡。

汉川泥石流为我们敲响了警钟——次生灾害远比我们想象的更凶猛，我们的家园远比想象中脆弱。

需要特别提及的是，成都山地所泥石流项目组在"5·12"汉川大地震后做了大量工作，他们对地震形成的34个重点堰塞湖的发展态势和溃决危险性进行分析，及时确定了唐家山等高危堰塞湖，并提出了科学的应对措施与建议，为汉川地震堰塞湖的应急排险提供了必要的技术支撑，赢得了宝贵时间。科研人员还确定了39个汉川地震重灾县震后山洪泥石流的临界雨量，为预测预报泥石流提供了科学依据。他们对地震灾后60多处公路的重要泥石流进行了科学考察并提出处置意见，使灾区道路抢通、保通和恢复重建中的泥石流防治建立在了科学可靠的基础之上。

他们根据四川境内9条铁路震后泥石流沟的容重、规模、频率变化、地震对泥石流发育的影响态势进行判断，对新增坡面泥石流工点的分布做出了合理界定，提出了灾后重建中泥石流防治的对策和措施，解决了抗震救灾应急排险和灾后重建中减灾防灾的关键问题，对震区新建公路、铁路的泥石流防治发挥了重要的指导作用。

第六章　神女的背后

Chapter six

一、人间天堂

在离天很近的地方

总有一双眼睛在守望

她有着森林绚丽的梦想

她有着大海碧波的光芒

……

在离我很远的地方

总有一枝花朵在芬芳

她有着生命祈求的梦想

她有着日月轮回的沧桑

到底是谁的呼唤那样真真切切

到底是谁的心灵那样寻寻觅觅

噢　神奇的九寨　噢　人间的天堂

你把那童话的世界噢铺满高原

噢　神奇的九寨　噢　人间的天堂

你看那天下的人儿

噢　深情向往　噢　深情向往

向往……

是的，这首感人至深的歌就是《神奇的九寨》。20 世纪 90 年代，这首歌经四川阿坝州藏族歌手容中尔甲的倾情演绎，一夜之间红遍大江南北。它有着珠玉般晶莹闪烁的词句，有着彩虹般绚丽优美的旋律，它深情的颂赞和真诚的向往拨动着人们的心弦，引发了强烈的共鸣，从而在亿万听众中广为传唱。

不是竭尽全力的宣传，不是精心策划的广告，这是神奇的大自然与人类崇高艺术的完美碰撞和对接，它超强的艺术感染力仿佛一道灵光，把九寨沟这个本不为人熟知的地方照亮。

人们说，歌在哪里，心就会飞到哪里。九寨沟，已成为人们向往的童话世界，人间天堂。

九寨沟，位于四川省阿坝藏族羌族自治州九寨沟县境内，地处青藏高原向四川盆地过渡地带，因沟内有树正寨、荷叶寨、则查洼寨等九个藏族村寨坐落在高山湖泊群中而得名。沟内有泉、瀑、河、滩等 108 个海子，瀑布飞泻，峡谷幽深，古木苍翠，芳草萋萋，异兽出没，百鸟争鸣，长海、剑岩、诺日朗、树正、扎如、黑海五彩绚丽，翠海、叠瀑、彩林、雪峰、藏情、蓝冰迷人销魂。

其实，早在 1978 年，九寨沟就被划为全国自然保护区；

1982年被国务院划定为国家重点风景名胜区；1992年，九寨沟被列入《世界自然遗产名录》，堪称绝佳的自然景观。

九寨沟，宛如远古深山中的美丽神女，肤如冬雪，面若朝霞，衣袂飘飘，袅袅婷婷地向我们走来。

然而，这数以百万计、千万计的游客，在争相一睹神女风情万种的同时，却万万没有料到：在这位美丽神女的背后，潜伏着一头可怕的恶兽，随时都有可能扑出来，将美丽神女残忍地吞噬。

这头恶兽，就是泥石流。

九寨沟在拥有神话般仙境的同时，亦有着极为复杂的地质构造，交错复合的各种地质应力，足以导致以泥石流、崩塌、岩崩、倒石锥为主的山地灾害。其中遍布大小支沟的三十余条泥石流沟的破坏性更大，重点综合治理其中的灾害性泥石流沟，已成为改善和提升九寨沟生态环境质量的重中之重。

游客不了解其中的紧迫性，但当地政府已深切意识到潜在的泥石流对九寨沟风景区的开发利用和原来就很脆弱的生态系统构成的严重威胁。要想提升九寨沟的生态环境质量，保护美丽的童话世界，突破九寨沟旅游业可持续发展的瓶颈，必须尽快治理这些危害严重的山地灾害，把这头凶猛的恶兽牢牢囚禁起来。

二、九寨沟里的特殊人群

1984 年夏天，正是九寨沟满眼苍翠、生机盎然的时候。在川流不息的游人里，有这样一些人夹杂其中。他们穿着工作服，背着简单的仪器行进在丛林山道间。他们不像周围的游人那样兴奋激动，也没有举着各式照相机忙不迭地拍摄眼前的美景。他们的神情是严肃的，目光是沉静的，因为他们不是来游玩的，他们肩负着一个巨大而沉重的使命。他们的表情中，有对潜伏的严重泥石流灾害的忧虑，有面临艰难使命而抱定的坚毅。

这些人，是中科院青藏高原综合科学考察的后继科考——横断山综合科学考察中泥石流组的科技人员，唐邦兴是小组负责人。

考察组的人没有像游客那样乘兴而来，兴尽而去。他们长期驻扎下来，背着各种仪器在山道间行进，迎来了每一天的第一道晨曦，送走了每一天的最后一抹晚霞。他们走遍了九寨沟大大小小的沟坎。

他们夜以继日地工作着，白天跋山涉水，晚上挑灯夜战。他们追溯了泥石流的形成，考察了泥石流的分布，辨析了泥石流的类型，掌握了泥石流的特征。

夏季在他们身边匆匆而过。经过艰苦的努力和付出，考察组终于向四川省政府提交了《九寨沟泥石流初步考察报告》。

1984年10月，四川省政府以《九寨沟泥石流初步考察报告》为核心议题召开了专门会议，决定进行泥石流防治规划，并将此项任务交给了成都山地所。唐邦兴领受了任务后，带领课题组再次进入九寨沟，进行进一步的调查并着手设计制定泥石流防治规划。

时间进入了严冬。

入冬后的九寨沟大雪纷飞，人迹罕至。九寨沟树正沟的山坡上，一队人在陡峭的山路上爬行着。是的，是在爬行。他们迎着寒风，迎着飞雪，弯腰拱背，手脚并用，满头大汗，气喘吁吁地向上爬行……在丹祖沟的山坡上，风雷涌动，暴雨如注，山陡路滑，泥泞不堪，一队人在同样泥泞的羊肠小道上艰难行走。他们的衣服上沾满了泥浆，雨水、泥水和着汗水流淌在面庞……他们记录下了泥石流沟上游的地形地貌，测量了泥石流沟的各种数据，确定了防治工程的具体位置……他们付出了多少，也许只有他们自己知道。

翌年春季，成都山地所提出的"泥石流防治规划设计"获四川省政府批准并立项拨款，总投资高达1200多万元。

他们将对九寨沟的 14 条泥石流沟分四期进行治理：第一期有季节海子沟、日则二号沟；第二期是荷叶沟、3K 沟、4K 沟、镜海小沟、熊猫海子小沟；第三期为季节海子悬沟、克泽沟、牛紧沟、日则一号沟、丹祖沟；第四期为树正沟、诺日朗后续工程。

整个泥石流综合治理工程的计划时间是 13 年。

成都山地所从此拉开了九寨沟泥石流综合治理和提升生态环境质量研究的序幕。

三、付出总有回报

艰苦的九寨沟野外考察，给参加考察的科研人员留下了毕生难忘的印象。他们不会忘记1986年在九寨沟建立泥石流观测站的情景，不会忘记在摄氏零下二十多度的诺日朗和长海提取数据和维护仪器，甚至修补牛羊撞坏的围栏的情景。他们住的是临时搭建难挡风雪的简易棚，吃的是不见荤腥的水煮大锅菜，但他们始终奋战在工地。

20世纪80年代甚至20世纪90年代初期，科研人员的每一天就是在如此艰苦的环境里度过的。他们居住的八角木楼，在游人看来恍若置身于诗情画意中，那样浪漫，那样温馨，那样令人艳羡。可是，薄薄的木板根本无法阻隔冬天的寒意，看似严实的板缝不时刺进如刀的寒风。简陋的小水电站发出的微弱电量虽然能催红细若毛发的灯丝，却暖不了身下的那条电热毯，他们双手抱膝蜷缩在被子里，瑟瑟发抖，长夜难眠。他们乘坐着破旧的长途公共汽车往返于成都与九寨沟之间，沿途随处可见的崩塌、滑坡令人心惊胆战，有时滑坡阻断了公路，他们还得下车步行穿过灾害区，同时还要随时躲避山上的滚石……

1997年，诺日朗后续泥石流治理工程终于竣工了，它标志着我国科研人员对九寨沟的泥石流综合治理工作基本告一段落。

13年就这样匆匆而过。13年的雨雪风霜把项目组的青年人吹打成了中年人，把项目组的中年人吹打成了老年人。这里的山山水水遍布着他们的足迹，这里的一草一木浸透了他们的汗水。这13年里，他们累计修建拦沙坝、格栅坝、栅栏坝、缝隙坝、滤水坝和谷坊坝52座，排导槽500余米，停淤工程172米，公路便桥2座。

九寨沟的生态环境得到了大幅度提升。

2007年至2008年，他们又成功治理了危害严重的日则1号沟、煤炭沟和箭竹沟。

当时在九寨沟进行泥石流治理绝非易事。没有观测数据，没有基础图件，唐邦兴和柳素清就带领大家自己观测、自己调绘，工作几乎是从零开始的，有些理论认识和防治方法也是在防治工作中研究探索得来的，这个过程培养了中国第一名泥石流博士崔鹏。他们率先在诺日朗建立了水文气象观测站，在长海安装了高寒湖泊水位变化自动观测仪器设备，积累了大量的水文气象基础数据；他们在大量而系统的原始数据基础上，首次编制了统一的工作底图，进而编制了九寨沟比例尺为1∶10万的地质图，以及地貌类型、植被类型、土地利用、水系、地势、坡度、坡向、高程分级、不同角度的立体图以及卫星影像、旅游景点分布、山地灾害分布和泥石流治理现状图；他们首次精确测绘出了九寨沟自然保护区与风景名胜区的面积；他们建立了泥石流起动临界条件的三维数学模型，提出了泥石流起动的"加速效应""分离效应""连接效应"，在国际上首先形成了比较系统的泥石流起动理论，并广泛应用于我国其他地区的泥石流防治中；他们的"单沟泥石流起动的控制方法"作为一种通过维持土体稳定、抑制土体起动、控制泥石流形成的泥石流防治工程技术，获得了国家发明专利。

他们的研究成果《九寨沟自然保护区生态环境保护》于1997 年获四川省科技进步三等奖；以树正泥石流沟为原型的研究成果《基于泥石流起动机理的减灾新技术研究》于 1998 年获四川省科技进步三等奖；《世界自然遗产九寨沟泥石流综合治理研究》于 2003 年获四川省科技进步一等奖；项目组成员有关九寨沟的科技论文和科普文章，曾不间断地见诸内地和香港特别行政区的杂志与报纸。同时，他们通过举办培训班、共同承担研究课题等形式，为九寨沟培养了一批有用的专业人才。

成都山地所的项目组成员们还积极参与了九寨沟申报"世界自然遗产"的工作，以及随后的申报"世界生物圈保护区"和"绿色环球 21"的工作。他们的多项研究成果、系列图件和大量基础数据，成为申报文本的重要内容。九寨沟生态环境质量大幅度提升是泥石流综合治理的结果，这也使得九寨沟具备了申报的必要前提和条件，为九寨沟同时获得三项国际殊荣奠定了坚实的基础。在申报"世界自然遗产"过程中，九寨沟泥石流治理工程的显著效益，治理工程与自然景观密切协调、融为一体的科学设计，受到国外专家的高度赞扬并成为评审中的亮点。

泥石流的综合治理为九寨沟旅游业提供了可靠保障，树立了良好的旅游安全品牌。泥石流治理的经济效益可间接地通过协助完成的旅游收益反映出来，仅 1985 ～ 2002 年，九寨沟景区新增利润约 4.1 亿元，新增税收超过 1.6 亿元。治理工程设计使用年限为 50 年，在未来数十年中，治理工程仍将继续发挥防灾减灾效益，还将带来巨大的回避风险效益和边际效益。

从 1984 年开始，成都山地所的科研人员一代接一代地继续着他们的事业——泥石流研究与景观生态保护，三代科学家在九寨沟历时 25 年的努力，在为九寨沟做出突出贡献的同时，树立了把减灾防灾与景观生态保护融为一体的典范，也有力地促进了我国泥石流研究的发展。他们是唐邦兴、柳素清、秦保芳、赵声、崔鹏、游勇、陈晓清等。

第七章　行进在雪域高原

Chapter Seven

乱石纵横，人马路绝，艰险万状，不可名状。

这是《西藏始末纪要》（1930 年版）中对西藏交通最简约最精准的概括。1950 年以前，西藏交通运输原始而落后，120多万平方公里的广袤土地，没有一条正式公路，一切生活物资全都靠畜驮人扛，崎岖险绝的"茶马古道"就是西藏与其他地区物资传送的唯一途径。

1959 年，在层峦叠嶂的川西大地与一望无垠的雪域高原之间，贯通了一条神奇的天路，这就是川藏公路。

川藏公路原称康藏公路，东起四川成都（康藏公路东起康定），西至西藏拉萨，是世界上最为艰险的公路之一。川藏公路全线越过二郎山、折多山、雀儿山等 14 座峰峦起伏的大雪山，除二郎山海拔 3200 米外，其余雪山都高达 4000 米以上。川藏公路还横跨了大渡河、雅砻江、金沙江、澜沧江、怒江、帕隆藏布江、巴河、尼洋河、拉萨河等 10 多条奔腾咆哮的河流，架设桥梁 230 多座，修筑涵洞 3600 多个……它是中华人民共和国成立后修建里程最长、工程最艰巨、投入人力最多的一条高原公路，被誉为连接西藏与其他地区的"金桥"，强大的支援物资就是通过这条路源源不断地运入西藏的。

川藏公路沿途的景色是美丽的。它那清透湛蓝的天空，洁白如絮的云朵，宁静深幽的湖水，白雪皑皑的重山，一望无边的草原，以及神奇险绝的冰川峡谷、奔流汹涌的大江大河，曾被无数的诗人颂赞，曾被无数的歌者咏叹。它那"一天连四季，十里不同天"的奇幻景色，吸引着成千上万人沿着这条天路行进，领略其瑰丽的风采。

有人说，川藏公路是世界上最危险的公路，同时也是世界上最美丽的公路。

既然它是世界上最美丽的公路，就必定会有人前往；既然它是世界上最危险的公路，也必定会有人前往。

20世纪80年代那个冬季，就有一批人专门为了这条公路的危险而来。

他们就是成都山地所和西藏自治区交通科学研究所的科研人员。

一、珠穆朗玛峰遇见"雪人"

20 世纪 50 年代末 60 年代初，许多国家的登山队欲向世界最高峰——珠穆朗玛峰发起新的冲击。面对世界登山队，时任国家体委主任的贺龙元帅暗下决心，中国境内的世界高峰，应首先由中国人来攀登。在周恩来总理、贺龙元帅的关心下，组建国家登山队成了体委的当务之急。中国登山队迅速从部队、工厂、学校、科研单位挑选出一批优秀运动员、教师、科研人员，组成新的国家登山队。登山队从中国科学院地理研究所挑选了三名科研人员，唐邦兴等人荣幸地被选上。所党委书记李乘枢同志带着王明业、郭庆伍和唐邦兴三人到国家体委报到，受到贺龙元帅接见。

贺龙元帅认为攀登珠峰需要科学工作者，他说："我们是社会主义国家，所以登山队登山不是为登山而登山，要为社会主义建设服务，在登山的同时要填补高山地区的地理空白，你们就要承担珠峰地区的科考任务，填补珠峰地区的地理空白。"

贺龙元帅的讲话使唐邦兴深受鼓舞和教育，他决心按照贺龙元帅的要求做好珠峰地区的科考工作。当年 7 月，唐邦兴到北京香山接受体能和登山攀岩训练，从香山到鬼见愁，学习登山、攀岩，冰岩和冰雪上行走的技巧，特别是应对明暗裂缝的方法。同时，集体赴苏联攀登海拔 7134 米的列宁峰，9 月返回北京，准备好装备、食品后，10 月中旬进藏，取道北京—格尔木—拉萨。

唐邦兴到拉萨后，一方面在西藏军区进行体能训练，一方面准备战斗（当然主要依靠人民解放军）。在拉萨训练了一段时间后，登山队员一分为二，一部分主力队员开创冬季登山之先例，1959 年元月下旬决定攀登羊八井西北的念青唐古拉山，大本营海拔都在 4000 米以上。寒冬腊月是西藏气温最低的时候，这使他们登山遇到了很大的困难。他们要克服低温缺氧和高海拔的生理反应，而且队上要求男同志帮助女同志攀登，这又增加了人为的困难。

唐邦兴一开始身体上和思想上很不适应，晚上睡不着，经过四五天后慢慢地适应了。他们终于胜利地登上念青唐古拉山顶峰。登顶后抓紧时间拍照，举行登顶仪式，把登顶的名单装到一个罐头筒内，埋在碎石块下，顺利地回到大本营。这是登山队首次很有意义的登山锻炼。

到了海拔六七千米的冰川，他的心异常活跃。白天，人在活动时，没有说话声（他们不愿说话，说一句话就是在消耗一分体力），只有心脏的跳动声。到了晚上，睡在帐篷里，周围一片沉寂，只听见自己或其他人的心脏像在打机关枪似的，"嗒嗒嗒"的声音格外响亮、清脆。

在海拔很高的冰天雪地里，鼻子、耳朵、指尖等"顶尖"零件，如果血流不能到达，就会被冻掉。

冰川上横向、纵向的裂缝，像一个个张开血盆大口吞噬人类勇敢者的巨兽。进入冰川，4 人一组，一根长几十米的绳索将队员们串联在一起。

一人有难，几人明白。

每人握住一根冰杖探路，发现冰缝，可及时刹车。一次，唐邦兴没有探出冰缝来，刚跨出去，就一头栽进缝隙里，下沉的速度很快，无边无际的松软积雪向他袭来，脚下像踩着一阵风。这时的慌张只能加速自己的死亡，他迅速张开双臂，阻止下陷的速度，再拼力喊"救命"，同伴根据喊声确定他的位置，将他救了起来。

他们进入珠峰科学考察地区后，开展自然地理、地貌与第四纪地质、现代冰川、水文、植被、土壤及鸟兽等的多学科综合性科学考察及定位观测。唐邦兴参与珠峰地区地貌和冰川考察。他们要在海拔 5000～5800 米高度上建立气象、水文、冰川观测站，获得一年的观测资料。通过科考和定位观测，他们首次全面、系统地获得珠峰地区地学、生物学等的许多有价值的科学资料和新发现，填补了该地区的地理空白。

考察期间，为了安全起见，他们每人都配备了五四手枪、冲锋枪、卡宾枪、手榴弹。在珠峰地区考察，除了做好地理研究工作外，还得注意了解"雪人"的情况，藏族称"雪人"为"密柴"，"密"是人，"柴"是熊，"密柴"即"人熊"。

"雪人"冬天在山下林子里活动，七、八月就上山，他们性情粗暴，据说，能将普通人撕成两半。当地村民说，去年七、八月，他们见过"雪人"。"雪人"夫妇常带着他们还在吃奶的孩子到村子里来。村里人都躲了起来。有一次"雪人"夫妇杀了一头牛，和孩子一起喝了牛血，吃了牛肉，心满意足地在村子里住了一晚。第二天，孩子骑在雄"雪人"的肩上上山了。

1959年5月17日，他们到珠峰北坡最大的河谷扎卡曲河谷时，在绒布寺听过一个名叫扎西的喇嘛介绍他遭遇"雪人"的经历。1958年的一个晚上，9点多钟，他从古庙里走出来，借着月光看到一个"雪人"正向河谷上方走去。"雪人"全身长毛，身体比常人高大，直立行走，夏天上雪山，冬天去森林。

6月18日清晨，唐邦兴在测量海拔6000米的中绒布冰川粒雪盆时，在帐篷外边发现了许多"雪人"的脚印。脚印十分清晰，与他们的登山鞋大小相等，足见脚印之大。一行脚印在30米外的冰碛物碎石上消失了。

当天，他们到龙堆村，村民反映这里也发现过"雪人"活动的踪迹。6月24日，有村民反映卡玛河谷中游的落鸡圹村有头耗牛被"雪人"打死了。

他们走到现场，有个村民送给他们一根在被害牦牛附近找到的长约 156 厘米的棕色毛发，说一共有三个"雪人"，一男一女一孩子，女"雪人"背上背着小"雪人"，女"雪人"乳房很长，可以抛到背上给小"雪人"吃奶。

他们把棕色毛发带回北京，经中科院古脊椎古人类研究所的制片镜检，发现它与采自北京动物园的牛、猩猩、熊和恒河猴的毛都不同。但因为只有一根毛发，难以进一步测试分析，初步认为是棕熊毛发。

1959 年 7 月中旬，唐邦兴与王明业对中绒布冰川进行考察时，他们的帐篷搭在绒布冰川的终碛旁。一天晚上 8 时左右，天上下着细雨，他们回到帐篷，透过雾，突然看到一个高大的人沿着河谷上行。这使他们马上警惕起来，二人做好战斗的准备，把帐篷后边撕开，各人带的手枪子弹上膛。他们先后喊了三次，叫那人停止前进，最后他们喊道如果他再前进，他们就开枪。但那人不理睬他们，他们只好开了三枪。随着天气变暗，雪也下大了，他们又不敢前去查看、追踪。第二天他们没有找到任何线索，分析后认为最有可能是"雪人"。他们到冰川终碛边上的一个尼姑庙询问，庙里的人说有个"雪人"路过庙时停留了一下，身体在一块冰川大漂砾上摩擦了一会儿，离开时有一股狐狸的气味。藏族群众都畏惧"雪人"，往往是躲在家里，透过门缝观察"雪人"。

二、五星红旗坚定他们的信念

若干年前，重病在身的成都山地所研究员朱平一先生用极不方便的手，写下了他在雪域高原的传奇经历。

蜀道难，难于上青天。其实，由蜀进藏的道更难。在这样的高寒地带修建铁路（未来还要修建高速公路）本就不易，更不易的是沿线的泥石流、滑坡等潜在的自然灾害给工程建设带来了巨大的挑战。

出西藏波密县县城，沿318国道西行40公里，有个古乡沟。在世界山地灾害史上，古乡沟可谓"青史"留名。

1950年8月15日，察隅和墨脱交界处发生8.6级特大地震，导致古乡沟上游流域发生大规模的冰崩、雪崩，形成的堵塞堆积石坝高达几十米。之后几年，这里不断发生崩滑，哗哗流动的冰雪融水自然地往下搬运着碎屑冰碛，加上雪水和雨水的浸润，堵塞在堆石坝上游库区的淤积物处于饱和状态。

1953年夏天，古乡沟流域内的降雨量大且集中，持续的高温造成冰雪消融与洪水增大，冰川冰崩、雪崩不断。

1953 年 7 月 8 日，持续崩塌的堆积物首先堵住了冰川处的一个峡谷，积水深达 20 米，并很快出现过坝溢流。水流严重地冲刷坝面，使坝体失去稳定，最终导致突然溃决，一场特大型黏性冰川泥石流就在古乡沟突然暴发了。深达几十米的泥石流宛若一条黑色泥龙，夹带着沿河扫荡下来的树木，奔腾下泻，势不可当，无情地吞噬了来不及躲开的古乡村 140 余位村民，冲埋了 8 户民房及大片耕地。

劫后余生的人形容说，直径一二十米的巨石夹杂在汹涌的泥石流中，就似漂浮在水面上的木块。科学计算表明，古乡沟这次泥石流冲出的泥沙石块达 1100 万立方米，其中最大石块重达 200 ～ 1000 吨。泥石流冲出山口后，淤埋了川藏公路，并形成了一个宽 4 公里的泥石流冲积扇区，面积为 6 平方公里。泥石流还冲进帕隆藏布江阻断河道，形成一个堰塞湖——古乡湖。

这次特大型泥石流，先后有约 2 亿立方米的泥石流物质（这是目前世界最大的泥石流方量）从沟内流到沟口，形成堰塞湖，堵塞了帕隆藏布江。之后堰塞湖溃决，给下游造成巨大灾害。

成都山地所柳金峰研究员说，从 1953 年开始，古乡沟的泥石流活跃期和相对平静期交替出现。2008 年至今，只有中、小规模的水石流和稀性泥石流发生。"我们通过模型试验，研究了不同类型（黏性、稀性、水石流）和不同规模泥石流在古乡沟的运动和冲淤规律，为工程设计提供了可靠的依据和数据。"

朱平一走进古乡沟，是因为古乡沟沟口是川藏铁路的备选线。

对泥石流的研究不是嘴上说说就可以的，再艰难也得亲自去，不得有任何一个数据的错误。

记得有一年，古乡沟暴发特大规模泥石流，淤埋川藏公路达10公里，中断交通长达2年。朱平一和科研人员一行三人，在当地藏民带领下，最终进入古乡沟上游。他们在半坡选好一个平台作为宿营地，并搭好了自带的帐篷。营地距沟底约500米高，周围都是悬崖陡坡。他们站在高地，看着片片白云缠绕身边，又从他们身边飘移而去。然而，好景不长，眨眼的工夫，从流域源头压下来的乌云赶走了白云。一时间，狂风呼啸，暴雨倾盆。

等他们回身看时，平台上刚刚搭起的帐篷已被狂风吹得无影无踪，只剩下他们的行李浸泡在雨水中。夜幕很快降临了，眼前一片漆黑，四周的悬崖陡坡使他们一步都不敢移动。他们只能坐在原地。狂风越刮越猛，暴雨也越下越大，暴风雨中的三个人只能紧紧地挤在一处，抱成一团。如果他们想活下去，就必须坚定活下去的信念，咬牙坚持到天明。

他们不时相互用力拍一下对方，表示自己还在坚持，也表示对队友的关心和鼓励……

像古乡沟泥石流这样的铁路隐患在川藏线上还有很多。川藏交通廊道要跨越多个断裂带，强震多发，地质构造十分活跃；起伏的地形，强烈的侵蚀作用，中高山地区的高落差、大坡度为山地灾害的形成提供了能量条件和空域条件；气候差异明显，水热分布不均，雨热同期为山地灾害提供了气候条件和水源条件。

山地灾害是川藏铁路和高速公路建设面临的主要挑战之一。

为了掌握现代冰川的运动特征，需要综合分析冰湖发生溃决的环境和激发因素以及发展趋势。而研究这些课题，考察队必须深入所有流域的上游。他们翻过一道又一道冰碛陡坡，穿过一个又一个岩石崩塌区，经过艰难的长途跋涉，到达缺氧的高原目的地时，队员们都筋疲力尽瘫倒在地。但他们不能休息，他们必须咬着牙赶在天黑前整理好物品，支好帐篷。直到晚上11 点他们才吃上晚饭。

困难还不仅仅是高原反应，长途跋涉。

凌晨天上开始落雨，他们的耳边传来一阵阵巨响，那是冰块崩入湖中的响声和两岸侧碛陡坡上的滚石声。之后，纷纷大雪代替了沥沥细雨，帐篷上的积雪越来越厚，在狂风中不时发出吱吱的响声。不知过了多久，帐篷在积雪的重压和强风的摇撼下最终垮塌了。

睡梦中的朱平一拼命呐喊："快起来，帐篷垮了！"

他不停地呼喊着队员们的名字，清点队员人数。近一个小时的呼喊奔忙，考察队员们才抱着自己的被子，艰难地从雪堆中爬出来。漫天大雪仍在不停地下，朱平一和他的队员们却只能抱着被子坐在雪地上，静静等待天亮……

帕隆沟也是一个极为凶险的地方。

考察队进沟之前，一场大规模泥石流冲垮了沟口的公路大桥，堵塞主河道帕隆藏布江，回水达 25 公里，冲毁东久至通麦的公路路基 13 公里，影响交通长达 5 年之久。

因此，对帕隆沟的泥石流进行全面考察，并为综合整治提供科学依据，是考察队工作的当务之急。但要考察帕隆沟的泥石流，同样要深入流域上游。于是，考察队员们翻越了数道冰川终碛堤，跨越了 3 个崖崩区和雪崩区……然而，他们到达上游没多久，天色忽然暗了下来，铺天盖地的雪花纷纷落下，又被肆虐的狂风再次卷入空中。眼前只有漫天风雪却看不到同伴，耳畔传来的只有震耳欲聋的雪崩之声。考察队员们拼命呼喊着，摸索着，终于汇聚到了一起，互相手拉着手。他们抱定了一个共同的信念，就是一定要活着走出雪崩区。

考察队队员们从东久经帕隆考察到易贡藏布江口外的通麦。到达通麦时天已黑透了，队员们的身心才完全放松下来。这时，他们才感到浑身难受。他们聚到灯光下，脱去衣服，发现每个人浑身上下都叮满了蚂蟥。通麦的蚂蟥在西藏是出了名的厉害，在路边随意伸脚到草丛中扫一下，立马会有几十条蚂蟥叮在脚上。队员们立即开始清除蚂蟥。蚂蟥叮在肉里是根本拔不出来的，他们只能用烟头去烧。蚂蟥出来后，被叮处仍会流血不止，队员们个个浑身是血，连内衣都被鲜血染红了。善于观察和统计的队员们对一位同伴身上的蚂蟥进行了一个全面统计——整整 350 条。

帕隆藏布江流域是川藏公路水毁的重点地段。该区域靠近边境线，地形险恶，社会环境复杂。考察队员们每到一个宿营地，做的第一件事就是在营地中竖上旗杆，挂上一面五星红旗。

朝阳升起时，他们在红旗下出发；繁星满天后，他们又回归到红旗下。迎风招展的五星红旗，让他们内心感到温暖和踏实，五星红旗代表着祖国的尊严，对不法分子起到强有力的威慑作用。

一天下午，狂风夹杂着暴雨，将营地的旗杆吹断了。山上的考察队员们回到营地后，顾不上更换湿淋淋的衣服便立即行动起来，有的将沾满泥的五星红旗取下来洗干净，有的重新树起了旗杆。不久，五星红旗又在营地的上空，迎着暴风雨飘扬起来……

三、西藏留下了他们的足迹

青藏高原海拔高，自然环境恶劣，多数地区人烟稀少，有的甚至是无人区，大多数人无法走进去。但是，成都山地所的谢洪研究员不仅走进去进行了考察，还写了一本书《青藏高原记事》，这本书记录了他的一些不为人知的故事。我们来看看他眼中的古乡沟。

西藏自治区的东南部，集雪山、冰川、峡谷、瀑布、湖泊、河流、湿地、草甸等于一身，茂密的原始森林郁郁葱葱，高山牧场绿草茵茵、牛羊成群，藏族民居红色和浅蓝色相间的屋顶点缀其间，囊括了从极地雪原到热带雨林的各种美景，加之气候宜人、物产丰富，素有西藏的江南之称，常常与以秀丽风光闻名于世的瑞士相提并论，被人们称为"东方瑞士"。

波密县就位于这如画般的藏东南区域内，县城扎木镇处于雅鲁藏布江支流帕隆藏布江（藏布，藏语意为河流）中游的河谷两岸。乘车出县城往西沿着川藏公路（G318）与帕隆藏布江并行约 40 分钟，便可以看到一个宽阔的高原大湖——古乡湖。

古乡湖是泥石流堵塞帕隆藏布江后形成的堰塞湖，在古乡沟泥石流冲积扇的侧面。初次走近古乡沟泥石流冲积扇时，它给人的印象就是一片灰色、黑色的石块堆成的乱石滩，一片由石头组成的"海洋"。稀疏的小树和灌丛穿过石头的缝隙，顽强地生长着，石滩周边及山坡上则是郁郁葱葱的森林。

这一带属西南季风气候区，受来自印度洋的暖湿气流影响，降水丰沛。受地形因素影响，山下的年降水量约为 850 毫米，山上则在 1000 毫米以上，气候湿润。河谷地带气温较高，年均温度可达 8.3 摄氏度左右。因此，从河谷到山上，植被茂密，树木葱茏，山坡上时常云雾低垂，紧压树梢，景色十分秀美。

相关资料显示，在 1953 年 9 月 30 日前，古乡沟上百年都没有暴发过泥石流，沟口有村庄、农田和森林，还有一座寺庙，也是集市和交易场所。古乡沟处于近东西向延伸的念青唐古拉山东段，发育于东段余脉的南坡，系帕隆藏布江中游右侧的一级支流，源头为海拔 6336 米的雪山，当地藏族同胞尊称其为嘎朗神山。

这里的雪线（山坡上开始出现积雪的高度，其上积雪常年不化，由于其高度相对稳定，远看好似在山坡上的一条线，故称为雪线）较低，海拔一般只有 4300 米左右，山上普遍分布着冰川。不仅如此，这里还有大量的第四纪山地古冰川遗迹。

古乡沟泥石流严重威胁川藏公路的畅通和过往车辆及行人

的安全。为了掌握泥石流的形成原因和活动规律，以便采取有效的防治措施，保证川藏公路的安全和畅通，1963 年施雅风院士组织中国科学院兰州冰川冻土研究所（1978 年全国科学大会后，冰川所泥石流学科并入成都地理所，很大一部分的泥石流科研人员被调入）和西藏自治区交通厅等 11 个单位联合组成科学考察队，杜榕桓任队长，对古乡沟泥石流进行科学考察和系统的观测研究，同时对沟谷上游的冰川进行观测研究。

在此期间，作为科学考察队成员单位之一的上海科学教育电影制片厂，以古乡沟泥石流为素材，拍摄了科教片《泥石流》。

该片于 1965 年完成制作，1966 年公映，施雅风院士和杜榕桓先生等是该片的科学顾问。该片宣传了泥石流科普知识和中国在冰川泥石流研究与防治方面取得的成果，在当时影响很广，对外发行到几十个国家。

科学考察与研究表明，1953 年 9 月 30 日古乡沟暴发的特大规模泥石流为冰川泥石流。所谓冰川泥石流，就是由冰川运动而堆积在沟道上的冰川堆积物（也称冰碛物），在上游冰雪融水的作用下被起动而形成的泥石流。

这种类型的泥石流只发生在有冰川分布的高山或极高山区，因此，在我国，这种泥石流只分布在青藏高原及其边缘和天山等地。它一旦发生，往往规模巨大，数十万立方米甚至上百万立方米的泥沙石块轻易地被输送到沟口堆积，其中不乏直径十余米甚至更大的巨石，所以其冲击破坏能力和淤埋能力极强，常常造成巨大灾难。

在古乡沟上游海拔 4500 米以上的山坡上和沟谷里分布着 6 条现代冰川，总面积约 42 平方公里。在藏东南地区发育的冰川，属海洋性冰川。所谓海洋性冰川，是指受海洋性季风气候影响较大的高山或极高山的冰川分布区发育的冰川。在西藏的东南部地区，由于降水丰富，海拔高、气温低，十分有利于冰川形成，是我国海洋性冰川的主要分布区，冰峰雪岭，几乎随处可见。

冰川在重力作用下，常顺着山谷缓慢运动，将冻结的及原先冻结后来又松动的石块，不断向下方搬运。

冰川下移时，往往沿着山坡的凹部前进，挟带着大量石块。时间一长，凹处越来越深，也不断增宽，就发展成了槽谷，槽谷的横断面像英文字母的 U，故又称 U 形谷。

由于冰川的长期作用，使两条冰川之间的山脊如同利刃一般，地貌学上称之为刃脊。古乡沟的流域面积约 25 平方公里，沟内最高处山峰海拔 6336 米，最低处为汇入帕隆藏布江处的水面，海拔不足 2600 米，相对高度超过 3736 米，山口以上山坡平均坡度陡达 37 度，地形十分陡峻。由于上游山坡上雪崩、冰崩发生频繁，不断给冰川带来大量的岩块和碎屑，山上沟谷中冰碛物（冰川作用过程中所挟带和搬运的岩块等碎屑堆积物）厚度达 200～300 米，总储量约 4 亿立方米，其中约 2 亿立方米可直接参与泥石流活动。

据科学考察队的实测，1964 年 6 月 16 日～8 月 17 日，古乡沟上游两岸冰碛物发生崩塌648次，在此期间，共发生泥石流515次；同年7月22日一天就发生崩塌36次，估算崩塌量在300万立方米以上。

每年的5～9月为冰雪消融旺盛期，也是古乡沟泥石流发生最频繁的时期，尤其是6～8月，气温高，融水量大，泥石流最为活跃。据现场目击者描述，1963年7月8日暴发的泥石流，很快就堵塞帕隆藏布江，其后2小时江水水位上涨约10米，当天水位总体上涨约12米，古乡沟口沿江的川藏公路桥梁和公路等设施被冲毁和淹没，公路上来不及开走的数辆汽车也被淹没。

从水源看，古乡沟所在的藏东南地区，由于雅鲁藏布江水汽大通道的存在，来自印度洋的暖湿气流源源不断地向该区输送，形成丰沛的降水，加上高山地形极有利于冰川发育，形成大范围的海洋性冰川分布区，冰川作用强烈。在古乡沟一带的雪线附近，据推测年降水量可达1000～2000毫米，冰雪的水源补给充足；加上冰崩、雪崩活动频繁，冰川消融强烈，冰川融水量大，因此对形成泥石流的水源和松散固体物质补给都极为有利。

如今，古乡湖已经成为川藏公路上的一个著名的旅游景点。

四、易贡泥石流和易贡藏刀一样有名

易贡产的藏刀在藏区历史悠久、声名远扬。

易贡藏刀工艺历史悠久，迄今为止已有近 400 年的历史。易贡藏刀藏语称"易贡波治加玛"，此刀除了易贡以外，其他地区无法打造，因为易贡藏刀所用的原料是从当地山上开采的三种铁——"易贡妞日铁""帕根森布铁""工布扎松铁"，三者组合起来才能打造成易贡藏刀。早些年还能在市面上零星见到此类刀，现在市面上几乎绝迹了。

易贡藏刀是旧时贵族身份的象征，也是西藏文化不可或缺的一部分，它独特的打制工艺，使其与其他藏刀有所区别，是易贡铁山独特的资源产物。易贡藏刀能追溯的历史已有近 400 年，早于日喀则地区的拉孜藏刀。

据当地村民介绍，易贡藏刀当初是独立于噶厦政府之外的波密王国的显贵专用的佩刀，部分用于军队配制，但是也只有高阶层的军官才有资格佩带。古代西藏开采铁矿的技术有限，易贡藏刀曾流散到藏区各地，成为华胄显要追逐之物。相传当时的易贡藏刀是西藏上流社会的宝刀，后来为了应付边境侵扰，加强西藏戍边兵士的装备，噶厦政府一度不惜血本地采购易贡藏刀来提高军队的战斗力，然而由于铁矿石获取艰难，锻制时间长久，未能令噶厦政府得偿所愿。

有文章记载："易贡藏刀最大的特点是刀长、细、轻便、锋利无比、不容易生锈、波纹永在，其工艺技术扬名藏区。易贡藏刀摆放在家里象征着能够过上富裕的生活，带在身上能够起到辟邪作用，让人有安全感。易贡藏刀以前专供波密地区上层人士使用，明清时期，藏区的权贵人士以得到一把易贡藏刀而自豪。"

可是，易贡的藏刀并没有帮助易贡人辟邪。

2000年4月9日，易贡因发生冰崩而引起了特大崩塌—滑坡—碎屑流—泥石流。因地势陡峻，汹涌的泥石流来势猛烈，以迅雷不及掩耳的速度冲向下游，瞬间就摧毁了生长在沟岸山坡及沟口地带的大片森林，上亿立方米的松杉被输移下山，在沟口堆积成坝，阻塞了易贡藏布江。

由于堆积物中含有大量冰块，融化后在堆积物表层形成了大量凹坑，呈现出极为凹凸不平的特征。冰崩发生处海拔在5400米以上，而扎木弄巴汇入易贡藏布江处的河谷底部海拔只有2100米左右。约3300米的地形高差和陡急的坡度，使扎木弄巴崩塌—滑坡—碎屑流—泥石流的运动速度极快，流速达每秒数十米。其前端掀起涌动快速的巨大气浪，把易贡藏布江对岸（右岸）山坡上的树木顶部齐刷刷地折断。

泥石流堆积坝堵塞易贡藏布江，使原有的易贡湖湖面迅速扩大。在其后的一个月里，湖面面积由约 23 平方公里扩大到约 37 平方公里，积蓄水量约达 30 亿立方米，致使位于湖边的易贡茶场和沿湖岸边的大片耕地、牧场等被淹没，约 4000 人被迫搬迁。随着湖面水位的不断上涨，积蓄的水量不断增多，堰塞湖面临着溃坝的危险，直接威胁着易贡藏布江下游及其汇入的帕隆藏布江沿岸，以及通麦大桥和川藏公路的安全。

面对险情，西藏自治区政府紧急派出武警和解放军战士在堆积坝上开挖引水渠疏导水流。6 月 5 日引水渠贯通坝面，6 月 7 日开始泄水。但是，顺着引水渠下泄的水流水势极为凶猛，人力根本无法控制。下泄水流将引水渠越冲越宽，致使堆积坝在 6 月 10 日 19 时发生溃决。

溃决洪水沿易贡藏布江呼啸而下，势如破竹，锐不可当，将其流经区域的一切设施荡涤殆尽。

当天 21 时 30 分左右，川藏公路的咽喉——通麦大桥被冲毁，洪水荡平了帕隆藏布江下游全段的一切人工设施后进入雅鲁藏布江，其破坏力穿过雅鲁藏布江直达边界县墨脱，造成堰塞湖以下易贡藏布江、通麦大桥以下帕隆藏布江和雅鲁藏布大峡谷地区（帕隆藏布江汇口以下）的全部桥梁被冲毁（包括墨脱境内的多座跨越雅鲁藏布的吊桥、溜索等），致使该段川藏公路瘫痪半年多。

灾后新建的吊桥在使用13年后，于2013年8月2日垮塌了，一辆汽车坠入河中，4人失踪。

就在吊桥垮塌2天前的7月31日下午，成都山地所的谢洪和几个同事从波密到林芝时，乘车经过了这座桥。听到桥塌的信息，他们几个不禁感叹："好悬啊！"

在2000年4月9日特大崩塌—滑坡—碎屑流—泥石流堵江及6月10日溃坝洪水发生10多年后，扎木弄巴沟口易贡藏布江两岸仍然保留着大量的堆积物，巨大的泥石流冲积扇伸入河中，依然阻塞着河道。

2000年4月9日的泥石流，起因是冰崩，故可以称作冰川泥石流。

据资料显示，1902年（也有说1900年），在易贡也曾暴发过一次特大规模的冰川泥石流，并将易贡藏布江堵断，由此诞生了青藏高原上的一颗明珠——美丽的易贡湖。

据相关学者的研究，1902年易贡的特大规模冰川泥石流暴发，可能与1897年印度阿萨姆8.7级特大地震的地质背景有关。从1902年的特大冰川泥石流灾害，到2000年再次发生特大冰川泥石流灾害，当中间隔接近100年。这说明，此类特大规模泥石流的活动频率极低。由于其长时间不活动，往往会使当地的居民对灾害放松警惕，从而更容易形成大的灾难。

易贡的这次特大冰川泥石流及其后续的特大洪灾，当时震惊了全国。对于山地灾害研究者来说，这也是难得的山地灾害链的实例。

其灾害链过程为：冰崩（崩塌）→滑坡→碎屑流→泥石流→堰塞湖→堰塞湖溃决→山洪，真是一环扣一环。它从 2000 年 4 月 9 日开始，至 6 月 11 日结束，长达 64 天。

谢洪于 2003 年 12 月、2009 年 5 月、2009 年 9 月、2013 年 7 月四次前往该地考察，探索它的秘密。

易贡的美景与崩塌、滑坡、泥石流、山洪、堰塞湖、雪崩等多种自然灾害并存，这使其成为一个反差极大的特殊区域。此外，这里还有奇特的地质构造现象：受念青唐古拉山断裂构造的控制，由西北流向东南的易贡藏布江与由东南流向西北的帕隆藏布江近乎是在一条直线上迎头对流，形成罕见的"反向河"奇观。

至今，易贡依旧是谢洪要研究的一个谜，谜底还没有被猜出。

五、高原海子的神秘面纱一旦掀起

2005年，由《中国国家地理》主办，全国34家媒体协办的"中国最美的地方"评选活动，历时8个月后，推出中国最美的地方排行榜。10月23日，活动举办方在北京发布了评选结果。其中的"专家学会组奖"分成了山、湖泊、森林、草原、沙漠、雅丹地貌、海岛、海岸、瀑布、冰川、峡谷、城区、乡村古镇、旅游洞穴、沼泽湿地15个类型。在冰川类型中，米堆冰川被评为中国最美六大冰川之一，位列第四。

然而，在米堆冰川漂亮迷人的外表下，却隐藏着巨大的危机。

那里，雪崩、冰崩、冰滑坡时常发生，尤其是偶尔发生的冰湖溃决威力无比，不仅危害性极大，而且影响的范围也很大，既让人感到十分害怕，又让人防不胜防。

米堆冰川（当地人称贡扎冰川）因冰川脚下有一个村庄叫米堆而得名，冰川下面的米堆弄巴也叫米堆沟，米堆光谢错也称米堆冰湖。其实，在雪山脚下的米堆沟内共分布着三个宁静而美丽的小山村：米堆、古勒和俄次。俄次村和古勒村临近米堆湖，分别位于沟上游的左右两岸，位置较高；米堆村位于沟谷的中游，离湖较远，但位置较低。

1988 年 7 月 15 日，米堆冰湖溃决造成山洪泥石流灾害暴发，由于米堆村的位置低，遭灾最重，造成 5 人死亡，51 间房屋、100.5 亩农田和多处牧场被冲毁，还有 7 头家畜和大量粮食被冲走。古勒村和俄次村因位置较高，受泥石流影响较小，损失不大。

在主河，山洪使米堆沟沟口外主河下游帕隆藏布江沿岸的米美村 14 户进水，100 多人受灾，淹没和冲毁沿江两岸农田 70.5 亩，冲走牲畜 50 多头，粮食损失超过 11 吨。顺江而下的洪水铺天盖地，巨浪冲毁沿江大小桥梁 18 座，邻河而行的川藏公路约 30 公里路段水毁严重，22.8 公里路基几乎全毁，交通因此中断达半年之久。沿途的通信线路几乎全毁，沿岸的区乡交通也因洪灾中断。

远在帕隆藏布江下游距米堆沟口 90 多公里的波密县城，都受到了该次洪灾的危害，县城扎木镇东头的一座跨越帕隆藏布江的人行吊桥被洪水冲垮，给县城的交通造成直接破坏。可见这次冰湖溃决洪水灾害之严重，波及范围之大。

从大的地貌单元分析，米堆沟发育于藏东南的念青唐古拉山与伯舒拉岭的接合部位。踏上冰川后，你会发现在冰川上面存在一道道的冰裂缝，融水沿裂缝流动，像刀一样溶蚀和切割着冰川，有的已形成冰水沟。在裂缝或冰水沟的深处，融水汇入冰川下部的融水潜流中。因潜流的水量大，溶蚀和冲蚀作用很强，便形成冰洞。融水的这些作用，加速了冰川的融化，加重了整体的破坏程度。

据我国冰川学者研究，贡扎冰川为跃动冰川，其活动方式称为冰川跃动。

所谓冰川跃动，又被称为冰川波动，指冰川运动速度（缓慢与快速）呈一定规则 (律) 周期性交替变化的现象。它是冰川运动的一种特殊形式。在跃动期，冰川的运动速度要比平静期快几十倍，甚至数百倍。跃动期的冰川运动，往往会引起特大洪水，造成巨大灾害。

贡扎冰川的跃动周期大约为 50 ~ 60 年。冰川跃动引起冰层表面的裂缝和冰沟，进而使冰川断裂，随之发生快速的整体滑动、冰崩，形成灾害。

据前人研究资料，米堆冰湖大约形成于 300 多年前，1988 年 7 月 15 日溃决前，冰湖呈近似长方形，长 950 米，宽 550 米，最深处 31 米，湖面面积 0.523 平方公里。

米堆冰湖溃决灾害发生后，成都山地所的科研人员来到这里，对灾害及其成因进行了调查研究。根据调查研究，1988 年 7 月 15 日米堆冰湖的溃决过程大致如下：

受冰川跃动的影响，贡扎冰川冰舌前缘约 36.2 万立方米冰体发生冰崩，突然坠入湖中导致平静的湖水水位猛然平均上涨了 14 米。冰崩体强大的冲击力又使原本已发生渗水、稳定性较差的老冰川形成的终碛堤发生溃决，形成溃决型山洪。终碛堤，又称终碛垄，是冰碛的一种。当冰川补给与消融处于相对平衡时，冰川末端的位置比较稳定，冰川挟带的泥沙、石块不断被运至末端，围绕冰舌的前端堆积下来并形成终碛堤（垄）的物质多数是由冰川从上游搬运而来的，也有些是冰川前进过程中沿途铲刮沟床和岩壁而挟带的。

当碎屑物质来源丰富时，可完全占据沟道，形成巨大的终碛堤（垄）。一条冰川在退缩过程中若发生多次停顿，则可形成数道终碛堤（垄）。前期形成的古老冰碛常遭到后期的冰川或冰雪融水的破坏。

米堆冰湖溃决形成的洪峰流量达每秒 1270 立方米，洪峰历时约 30 分钟。冰湖原来蓄水约 640 万立方米，在 13 个小时内泄流量约 540 万立方米，溃决口几乎深至湖底。溃决洪水沿米堆沟下泄汇入帕隆藏布江，历时仅约 10 分钟。强大的溃决洪水以巨大的破坏力量冲刷沟岸和沟床，将沟岸和沟床上大量的古冰碛物等松散固体物质卷入其中，演变成泥石流。

灾害发生后，原来的米堆冰湖虽然还继续存在，但湖水已经大量下泄，并且被分隔为连通的上、下两个湖，湖面上漂浮着形态各异的浮冰，别有情趣，成为一道独特的景观。

有一天，当你来到冰川末端的米堆冰湖旁，看到两个平静而恬然的湖时，你一定要知道它一分为二的故事，它的美丽是由灾害造就的。

六、墨脱不通公路的历史已经结束了吗

2013 年 10 月 31 日，墨脱公路通车仪式在岗日嘎布山南坡海拔约 2100 米的西藏自治区墨脱县达木乡波弄贡村举行，这标志着墨脱县正式摆脱全国唯一不通公路县的历史。

墨脱公路起点为林芝市波密县县城扎木镇，终点为墨脱县城墨脱镇，所以墨脱公路又叫扎墨公路，墨脱是我国最后通公路的一个县城。虽然墨脱不通公路的历史已经结束，但由于自然条件所限，这条公路仍然不是全年全天候畅通的道路。

沿线区域依然季节性受雪崩、泥石流、滑坡、山洪等自然灾害的危害。在墨脱县及其周边，大致以马蹄形大拐弯的雅鲁藏布江为界，江南属喜马拉雅山东段 (主峰海拔 7782 米)，江北属念青唐古拉山 (主峰海拔 7111 米)，西边属冈底斯山脉东段郭喀拉日居山 (主峰海拔 6288 米)，东边属岗日嘎布山 (主峰海拔 6882 米)，受喜马拉雅山、岗日嘎布山等重重雪山峻岭和雅鲁藏布大峡谷 (包括其支流帕隆藏布峡谷) 的阻隔，墨脱的交

通历来闭塞，被形容为高原孤岛。

墨脱藏语意为花朵，因外人难以到达、对其了解不多而被称为"隐秘的花朵"。通往墨脱的道路有六条：

由米林县派镇翻多雄拉（海拔 4221 米），经背崩至墨脱。

由波密县大兴翻金珠拉（海拔约 4570 米）至墨脱。

由波密县翻索瓦拉（也叫随瓦拉，海拔约 4400 米）至墨脱。

从波密县城扎木镇沿嘎隆拉北曲口上行，翻嘎隆拉（海拔 4311 米，人行小道）、多热拉（4304 米，公路），沿嘎隆拉南曲口经波弄贡，沿金珠藏布江经冷多，沿雅鲁藏布江至墨脱。

从派镇顺雅鲁藏布进入大峡谷到白马狗熊，从白马狗熊上山，翻西兴拉（3692 米），再下到大峡谷沿江至墨脱。

沿帕隆藏布江、雅鲁藏布江至墨脱。

除了上面的六条路，1965 年，相关部门曾沿帕隆藏布江至雅鲁藏布江开工修建通往墨脱的公路，但由于山势太险，被迫停工。

前四条道路都要翻越 4200 米以上的高山隘口，由于冰雪封冻，每年只能通行三四个月；而后两条路，虽不用翻雪山，但要穿行于雅鲁藏布大峡谷之中，面对悬崖峭壁和深切的沟壑，道路更为险要。

这里的地名中常出现"拉"字，"拉"是隘口（山口、垭口）的意思。藏语中"拉"是敬辞，用在这里表示对山的尊敬、对大自然的崇敬。

从20世纪70年代起,西藏交通部门组织力量多次修建该路,终于在1993年10月将初具公路雏形的"毛路"打通至墨脱县城,实现了公路初通,并有一辆卡车开进了墨脱。

但由于泥石流、滑坡和山洪等自然灾害,初通的公路很快就大段被毁,全线又处于瘫痪状态,开进墨脱的卡车再也没有开出来。

几十年来,虽然屡屡投资,几经修建,数十人为之付出了宝贵的生命,但这条墨脱通往外界的简易道路,仍然只能每年分段、分季节勉强通行3个月左右,即每年6~9月多热拉积雪融化时,汽车可经此翻越岗日嘎布山进入墨脱。但这段时间刚好又是雨季,泥石流、滑坡、山洪等山地灾害极为活跃,时常造成道路中断。

2010年12月,全长3310米的嘎隆拉隧道顺利贯通,从此避免了半年大雪封山、雪崩等灾害对公路交通的影响,使被茫茫雪山阻隔的墨脱人能够与外界进行交流。在此以前,墨脱需要的各种物资,一是在有限的时间段内通过勉强通车的扎墨公路运进;二是从米林县派镇(海拔2950米)由人力肩背和马帮驮运,经过多雄拉(海拔4221米),翻越喜马拉雅至墨脱。此路为小道,路况差,不少路段十分危险,安全隐患大,为配合运输和接应进出墨脱的工作人员,墨脱县政府专门在派镇设立了一个转运站;三是由马帮走前述的第二条路,即翻越金珠拉(海拔4570米),至墨脱。

成都山地所的谢洪同志 2003 年 12 月第一次到波密时,曾在扎木镇扎木大桥桥头的墨脱公路初通纪念碑下留影,这是扎墨公路的起点,他由此产生了进一步了解通往墨脱之路的兴趣。

当时,墨脱虽近在咫尺,却是遥不可及的地方。后来他又几次进入墨脱进行考察。当路过嘎隆拉冰川侧碛垄时,他毫不犹豫地登了上去,站在上面能清晰地听见"咔咔"声,这个声音是冰层断裂的声音,表明脚下的冰川正在运动。站在侧碛垄上观察冰川的弧形拐弯,感觉更壮观。扎墨公路就从冰川弧形拐弯顶端的侧碛垄边缘通过。

2007 年 8 月 5 日,他们从波密出发,考察扎墨公路沿线的山地灾害时,正值盛夏,树木枝繁叶茂,从嘎隆拉北曲口至 24K,公路在茂密的原始森林中穿行,满目青翠,赏心悦目。这次到达 24K 时的感觉与上次(5 月)大不一样,冰川雪水滋润的高山湿地水草茂盛,牛群散落在茵茵的草地上吃草。24K 实际上是墨脱县在这里设置的一个接待站,主要为翻越嘎隆拉或进出墨脱的人员服务。

沿途有三个高山湖泊,都是嘎隆拉山顶冰雪融化形成的冰湖,当地人称之为嘎隆拉天池。它们像三颗晶莹透亮的蓝宝石镶嵌在山间,公路在它们边上旋绕。这是三个冰碛湖,为冰川末端消融后退时,嘎隆拉冰湖挟带的石块沙砾在地面堆积而成的四周高、中间低的积水洼地。

湖水折射出天空的蓝。湖面水平如镜,没有一丝涟漪,倒映着山岩和天空的云朵，美得令人窒息。湖的周边是高山草甸，山坡上野花艳丽夺目，远处的山坡上发育着悬冰川。

在湖边的一处山坡上，开满了雪莲花，雪莲花周围还开放着很多不知名的小黄花、小红花。高山雪莲是一种适应高山环境、具有抗寒特性的花朵，充满神秘之感。

如今嘎隆拉隧道打通后，进出墨脱再也不用翻山了，但路人也与山顶的冰湖等美景失之交臂了。公路不仅很窄，而且崎岖坎坷，外侧是悬崖。这一段属危险路段，主要危险来自陡坡急弯、雪崩及冰雪路面等。由于嘎隆拉隧道（扎木端高程约3780米，墨脱端约3650米）的贯通，从24K到52K距离缩短了约20公里，所以52K现在应为32K。进入墨脱后的另一个感觉就是瀑布多，有的路段瀑布高悬在公路上方，汽车直接穿越瀑布通过。

52K以下不远处的森林中，有成片的树木顶部都是光秃秃的，这是冬季大雪压断树枝甚至折断树木留下的痕迹。随后，进入山地灾害多发区，泥石流、滑坡、落石、山洪等成为危害公路安全的主要因素。从扎木镇到墨脱县城途中80公里的地方，里程数字比村名更响亮。

80K位于嘎隆拉南曲口右侧的一个台地上，是扎墨公路上一个很重要的地点，也是以前公路分段通车的中转站，从扎木运进墨脱的物资在这里中转。

夏天，驻扎在52K的公路抢险队从80K可以进出波密，但因为是雨季，80K 到墨脱镇的路上泥石流、滑坡、山洪等灾害频繁，道路基本不通。夏天结束，雨季过了，基本不再有泥石流等山地灾害，可以进出墨脱镇，但是嘎隆拉与多热拉又大雪封山了。

前面我写过朱平一先生谈之色变的蚂蟥。

与蚂蟥遭遇是进入墨脱或者在墨脱工作的人的新常态。

墨脱的蚂蟥为旱蚂蟥，主要生活在草和灌木的叶子上。墨脱的蚂蟥外表呈暗绿色，大的身长有 3～4 厘米，一伸一缩地行走，也会一伸一缩地弹跳，雨后特别多。

蚂蟥没有吸血时，像一根牙签般粗细，吸饱血后，最大的有人的小指般粗。它叮上人体吸血时，会先分泌一种蚂蟥素，蚂蟥素既有麻醉作用，让人感觉不到被叮，又有稀释血液稠度的作用，便于它吸食。

蚂蟥素能破坏凝血酶，使血液的凝结力显著降低，即使蚂蟥吸饱血掉下来，创口还会流好长时间的血，所以它对血小板低的人危害更大。蚂蟥身体柔软，拿在手里软绵绵的。它富含胶质，韧性很强，研究人员曾用协助工作的门巴人的腰刀去切割蚂蟥，但使劲切也没有切断。

崎岖的山路上，马作为一种运输工具，时至今日仍然是不可缺少的。

说到马，又让人想起了蚂蟥。蚂蟥不仅吸人的血，也吸牲畜的血。马要吃草，灌木草丛中蚂蟥多，蚂蟥很容易跳到马的身上。马的皮厚，蚂蟥就找马身上皮薄或没有皮的地方吸血。

他们亲眼见到蚂蟥叮在马的肛门和眼角处吸血。

墨脱马帮的马匹真的很叫人心疼，它们既要负重行走在险峻的山林之中，又要忍受蚂蟥吸血，所以那些马匹都很瘦。

成都山地所和西藏自治区交通科学研究所联合进行的雪域高原考察，虽然已过去了三十多年，但对于今天大都已步入人生暮年的考察队员们来说，一切依然历历在目，一切依然刻骨铭心，一切依然难以忘怀！

第八章　漂流在滚滚长江

Chapter Eight

你从雪山走来，春潮是你的风采；

你向东海奔去，惊涛是你的气概，

你用甘甜的乳汁，哺育各族儿女；

你用健美的臂膀，挽起高山大海，

我们赞美长江，你是无穷的源泉；

我们依恋长江，你有母亲的情怀。

你从远古走来，巨浪荡涤着尘埃；

你向未来奔去，涛声回荡在天外，

你用纯洁的清流，灌溉花的国土；

你用磅礴的力量，推动新的时代，

我们赞美长江，你是无穷的源泉；

我们依恋长江，你有母亲的情怀。

这首歌我们耳熟能详，它就是《长江之歌》。1983 年中央电视台播出了 25 集电视纪录片《话说长江》之后，央视在全国范围内为这部纪录片的主题曲广泛征集歌词。为了保证歌词优中选优，他们还成立了由著名词作家乔羽担任主任委员的应征歌词评选委员会。最终，沈阳军区歌舞团创作员胡宏伟创作的歌词《长江之歌》独占鳌头。激荡人心的《长江之歌》从此在中国的大江南北久唱不衰。

我们说它是一首诗，因为它以诗的形式播洒在我们的心间。《长江之歌》被收入了我们的教科书，影响了一代又一代中国人。

中国是一个诗的国度，在诗歌的历史长廊里，我们随手便可采撷到鲜活的有关长江的诗句。比如阮籍的"湛湛长江水，上有枫树林"（《咏怀》）；杜甫的"无边落木萧萧下，不尽长江滚滚来"（《登高》）；李白的"孤帆远影碧空尽，惟见长江天际流"（《送孟浩然之广陵》）；王维的"江流天地外，山色有无中"（《汉江临眺》）；张籍的"长江春水绿堪染，莲叶出水大如钱"（《春别曲》）；贾岛的"长江频雨后，明月众星中"（《题长江》）；刘长卿的"长江一帆远，落日五湖春"（《饯别王十一南游》）；崔季卿的"八月长江万里晴，千帆一道带风轻"（《晴江秋望》）；苏轼的"大江东去，浪淘尽，千古风流人物"（《念奴娇·赤壁怀古》）；李之仪的"我住长江头，君住长江尾。日日思君不见君，共饮长江水"（《卜算子》）；杨慎的"滚滚长江东逝水，浪花淘尽英雄"（《临江仙》）；等等。

可以说，把江河比喻成母亲，是现代人的思维。这个比喻贴切而感人。但纵观历史，我们发现一个异常奇怪的现象，人类把江河比喻为母亲，把河水比喻成乳汁，但往往又无法避免对江河生态的无情摧残、无情蹂躏。

话说远了，还是说说长江漂流的事吧。

一、长江与漂流

长江发源于"世界屋脊"青藏高原的唐古拉山脉各拉丹冬峰西南侧，干流流经青海、西藏、四川、云南、重庆、湖北、湖南、江西、安徽、江苏、上海 11 个省、直辖市、自治区，于崇明岛以东注入东海，全长约 6300 公里。长江干流自西而东横贯中国中部，数百条支流辐辏南北，延伸至贵州、甘肃、陕西、河南、广西、广东、浙江、福建 8 个省、自治区。

长江是中国第一大河，也是亚洲第一大河，它的长度仅次于非洲的尼罗河和南美洲的亚马孙河，居世界第三位。

长江由河源到河口横跨中国地形上的三级巨大阶梯，它穿过不同的地质构造和岩层，沿途接纳支流的汇入。按水文、地貌特点把干流划分为上、中、下游三段：从河源至宜昌市为上游段，宜昌市至湖口为中游段，湖口以下为下游段。

长江的上、中、下三个河段中，以上游最为险峻。长江的上游横跨两个地形阶梯，总长 4529 公里，占长江总长度的

72%。流域面积 100.6 万平方公里，占总流域面积的 55.6%。上游的沱沱河和通天河（从囊极巴陇至巴塘河口），河流流淌于第一级阶梯——青藏高原腹地。因在高原顶部，河谷开阔，河槽宽浅，一般河宽 300～1700 米，河道蜿蜒曲折，水流缓慢散乱，岔流很多。从巴塘河口到宜宾称金沙江，是第一级阶梯至第二级阶梯的过渡地段。这里地形突变，山高谷深，除局部河段为宽谷外，河流穿行于峡谷之中，比降大，河水湍急。到云南石鼓以下，突然转向东北，著名的虎跳峡就在石鼓以下 35 公里的地方。峡长 16 公里，最窄处仅 30 米。出虎跳峡后穿越云贵高原北部，到四川省新市镇以下进入第二级阶梯，在宜宾附近汇集岷江之后，才称长江。自宜宾以下至宜昌之间长 1030 公里，习惯上称川江，河道蜿蜒于四川盆地之内，河床平缓，沿途接纳沱江、嘉陵江和乌江等众多支流，水量大增，江面展宽。过奉节白帝城，长江穿行在第二级阶梯至第三级阶梯的过渡地段，切过七岳、巫山和黄陵三个背斜、两个向斜，形成举世闻名的长江三峡（瞿塘峡、巫峡、西陵峡），长约 200 公里，峡谷与宽谷相间排列……

说完长江，我们得说说漂流了。

漂流，曾是人类一种原始的涉水方式，第二次世界大战之后成为一项真正的户外运动。一些喜欢户外运动的人尝试着把退役的充气橡皮艇作为漂流工具，逐渐演变成后来的水上漂流运动。

　　而真正把长江和漂流这两个概念联系在一起，要到 20 世纪 80 年代。

二、肯·沃伦与尧茂书

肯·沃伦是闻名世界的美国探险家,漂流长江那年,肯·沃伦虽然已经 59 岁,但依然体格强壮。早在读大学时,他就极有运动天赋,获得过橄榄球和篮球双料奖学金。作为一名漂流探险家,他在 35 年数千次的漂流生涯中,总漂流里程超过 11 万公里,无重伤记录,无撤离记录。肯·沃伦作为经验丰富的职业漂流探险家,漂流过世界第一长河尼罗河、世界第二长河亚马孙河、世界第四长河密西西比河,但唯独没有漂流过世界第三长河长江。他特别希望实现这个愿望,让自己的人生完整。

早在 1983 年,肯·沃伦夫妇就来过中国成都。他花费了40 万美元,带来了整支队伍和 9 吨的漂流物资。但他等了一个月,却发现自己被一个华裔美国人骗了。于是,他几经周折,联系到了国家体委下辖的中国体育服务公司(简称"体服")。当时的计划是,肯·沃伦回国筹钱,并训练三名中方队员,组成"中美联合长江漂流队",于 1985 年 8 月正式漂流长江。

20 世纪 80 年代，正值中国改革开放之初，拨乱反正，百废待兴，人心思进，十亿人民奔"四化"的激情空前高涨。此后，"团结起来，振兴中华"的标语、女排五连冠和中国洛杉矶奥运会夺首金，便成为点燃国人热情的三把火炬。

随后就是长江漂流了！

美国人将要漂流长江的消息刺激了中国人的神经。或者说，首先刺激了一个人的神经。

这个人就是尧茂书。

尧茂书，四川乐山人，西南交通大学电教室摄影员。他要抢在肯·沃伦之前出发，成为第一个漂流长江的人。他面对新闻媒体发出了自己的声音："中国人的长江，应当由中国人完成首漂！"

江河漂流，并非奥林匹克运动项目，在中国从来就没有开展过。在长江漂流之前，中国人对漂流几乎闻所未闻，更不知道这是一个体育项目。相反，美国是现代漂流运动的发祥地，有 100 多年的发展史，民间俱乐部培育出的漂流爱好者达数十万之多，相关运动产品也已形成富有科技含量的产业链。况且，肯·沃伦率领的漂流队被称为"中美联合长江漂流队"。

1985 年 6 月 20 日，尧茂书在长江源头下水，乘着"龙的传人"号橡皮船入沱沱河。临行前，考虑到万一行动失败，小他 8 岁的妻子一个人带着孩子生活困难，他做出一个悲壮的举动：让妻子把肚子里 4 个月大的孩子打掉！

尧茂书在历时 33 天，漂了 1270 公里后，在金沙江通伽峡段触礁身亡。引用媒体的评语，他"用生命捍卫了长江的首漂权"。

1985 年 9 月，《四川日报》刊发一篇《长歌祭壮士》的文章，详细记录了尧茂书漂流遇险的经过。这篇报道引发了一百多家媒体转载。人们不禁反问："龙的传人，难道就只一个尧茂书？"

尧茂书就是以这样的方式，狠狠刺痛了中国人的自尊心。

为了抢先美国人一步，1986 年 6 月，国内自发组织的漂流队动身前往长江源头，但他们大都毫无经验，准备也不充分。一支从上海出发的队伍，到源头时只剩下一个人，这人到了沱沱河，看了一眼巨浪翻滚的河水才甘心返回。另一名武汉的漂流者，他的漂流船就是三只轮胎绑在一起，中间放一块木板，他也在源头附近被劝回。

最后终于成行的国内队伍有两支，一支是四川省政府支持的长江科学考察漂流探险队；另一支是民间自发的，队员们大多是来自河南洛阳市委和市政府大院的家属子弟。

三、长江的漂流与科考

尧茂书的死点燃了国人澎湃的爱国热情，全国青年人更是热血沸腾，他们为中华民族的荣誉喊出了"中国人的长江，应当由中国人完成首漂"的时代强音。这一宏愿在中科院成都地理研究所（今成都山地所）的青年科技人员中同样产生了强烈共鸣。他们结合本职工作，结合野外考察的实践，解放思想，提出一个大胆的设想，就是把区域性地理考察和漂流探险结合起来。中国的长江上游地区，冰川荒原，峡谷险滩，高寒缺氧，人迹罕至，很难进行深入、全面和系统的科学考察。如果把科学考察和漂流探险结合起来，长江漂流就有了更加丰富的意义。他们的设想和提议得到了本所和四川省地理学会领导的认同。随后，挂靠在成都山地所的四川省地理学会与 8 家媒体联合发起组织"中国长江科学考察漂流探险队"的倡议，全国各地的报名申请像雪片般飘向成都，活动热潮在当时的时代背景下快速升温。

长江漂流热潮引起了四川省、中科院和中科院成都分院领导的关注，他们分别要求四川省地理学会和成都山地所有关领导进行汇报。四川省有关领导认为长江漂流活动是在改革开放中发生的新鲜事，对充满爱国热情的青年给予充分肯定。时任中科院院长卢嘉锡院士在听取汇报后也给予支持。四川省省委、省政府经过详细了解后决定全力支持。考虑到这项活动是由中科院成都地理研究所和四川省地理学会发起，为了便于发挥和协调中科院成都分院系统的人力资源和物资条件，经过多次磋商，最后决定由成都分院党组书记侯惠仁担任长江漂流总指挥，并以成都地理研究所志愿人员为主要骨干，组成长江漂流领导班子。

至此，长江科考漂流便由群众自发组织转为由政府直接领导，以政府有关部门和中科院成都分院、成都地理研究所等单位为支撑并直接参与的一个大型群体活动。

长江科学考察漂流探险队（以下简称"科漂队"）是由中科院成都地理研究所、长春地理所、兰州冰川冻土所、西北高原生物所的科技人员组成，唐邦兴任队长。指挥部对上述人员也进行了严格的筛选，他们的筛选标准是：男性，身高不能低于 1.70 米，体重不能低于 50 公斤，年龄在 20～35 周岁，会游泳、会划船。除了满足上述条件外，报名者还要参加统一的体检，并持所在单位盖章、直系亲属签字同意的《志愿人员登记表》才能正式加入科漂队。这个标准当然也针对随队采访的媒体记者。

队员们肩负着繁重的科学考察任务，圆满完成了任务。他们对河源区的冰川进行了勘察，发现了冰川正在逐步退缩的依据；他们对当曲的水量、流速、长度等进行计算，提出了长江源的新观点；他们采集了近20个鱼类标本，其中有可能成为新发现的品种；他们对河源区和金沙江流域进行综合考察，发现了重要的能源与工业资源；他们在长江上游的地质灾害和中、下游河道污染成因等方面搜集了大量文字和影像资料，并提出许多有益的建议。之后，经过分析整理，出版了《长江河源区自然环境研究》论文集，全面反映了这次科学考察的研究成果。

长江的科考与漂流探险，险就险在长江上游。长江的河源区为高寒冰川，空气稀薄，水网纵横。而通天河、金沙江又悬崖峭立，险滩密布。长江源头进入沱沱河后因水网散乱，水流浅缓无险可探。但进入通天河下游河段后水量渐丰，在部分峡谷段形成急流。进入金沙江后，河流下切加剧，河流两岸成为高山峡谷，加之山崩、滑坡、泥石流频繁，落入江中的巨石和冲入江中的泥石形成无数礁石险滩，高差多在1500米以上，而谷宽只有数十米，水流湍急，跌水不断，地形极为险恶。

科漂队克服高山缺氧的困难，终于进入格拉丹冬雪山，在那里竖起了"长江之源"的标记，并开展一系列的科学考察活动。然后，科漂队从沱沱河下水，正式开漂。

科漂队进入通天河后，经过长江第一险"烟瘴挂"，只见水急浪高，船体随着浪头颠簸起伏，个别船只被浪打翻，队员落水，被急流卷入，冲向下游达数百米才被救起。所幸队员们总结经验，将船绑在一起，加强了船只的稳定性，才最终通过。

流急滩险的金沙江河段，足以慑人胆魄。科漂队经过再三考虑，最终决定挑选 10 名队员，乘坐 2 只橡皮筏漂流金沙江，其余队员加强漂前踏勘和漂后接应。

金沙江首个大滩通伽峡，也是尧茂书遇难的地方，滩中巨石犬牙交错，散立江中，水势湍急。队员们顺水撑舟，排险过滩。然而他们在卡岗处遭遇一处特大险滩，两船共 10 人全部翻船落水，经半小时的拼搏，队员们相互救援，才先后脱险上岸，而所有食品、物资装备全部落水。夜晚，队员们饥寒交迫，只能露宿江边。

此时，科漂队和来自洛阳的漂流队（以下简称"洛漂队"）不期而遇，由于双方均有船只损失，两队商议合作漂流叶巴大滩，每队各出 4 人，分别乘橡皮筏和密封船下漂。

叶巴大滩滩险水急，有多处大跌水，橡皮筏最终被打翻，密封船也被礁石撕裂，两船 8 人全部落水，密封船中 3 人遇难，剩余的 5 人分别被困山中。地处荒山僻野，他们只能以野果、昆虫充腹，夜宿岩洞、牛棚之中……

三天四夜后，他们才被当地居民发现、搭救并送回队中。

虎跳峡前有恶浪，后有峭壁，又是一个鬼门关，洛漂队乘密封船闯滩时，密封船被冲向礁石，舱门被撞开，2 名队员被甩入江中，一名队员不知去向，另一名队员侥幸脱险上岸。

老君滩是金沙江中又一特大险滩，科漂队精心组织，由3名队员乘密封船闯滩。开漂后，船只如脱缰野马般直向江心冲去。船入激流后，忽而倒立，忽而翻滚，忽而沉入江中，忽而又蹿出水面。经过惊心动魄的较量，密封船闯过老君滩，但由于水流过急，接应人员未能有效拦截，船只顺流而下，其中2人弃船上岸，队员宋元清独守密封船，夜漂50余公里，最终在下游被截住，那时他已在舱内陷入昏迷……

为了完成全程漂流长江的壮举，科漂队决定补漂因设备限制而尚未漂过的几个特大险滩。此时已是深秋，金沙江上游大雪封山，寒风刺骨……

补漂时，科漂队的3名队员——杨前明、王建军和王振遇难。

现存的文字资料显示，补漂牺牲的杨前明、王建军与王振是因为在密封舱成功漂过莫丁滩后，以为险滩已过，所以出了舱，三人呈"品"字形坐在船顶，在扎木滩撞上暗礁遇难。三名队员中有两名是成都地理研究所的干部——两次写下请战书的王建军和新婚半个月的王振。

科漂队前后共有4名队员遇难，1名记者殉职。

多年以后，当初的那些科漂队员们把长江漂流的经历以及所有的启迪和感受，作为自己一生的精神财富继承下来。为了进一步了解、认识长江，保护好母亲河，以原长江漂流副总指挥唐邦兴、队员王列诗和原科漂队副队长何平等为首，通过"绿色江河"环境保护促进会这一民间环保组织，多次组织志愿人员重返长江源，对长江源的生态环境进行反复考察、观测，为保护长江的生态环境和资源开发提出过许多具有科学价值的建议；队员杨勇、杨欣等，一直坚持对长江源头三江源地区进行综合考察，他们先后徒步考察了金沙江、雅砻江、雅鲁藏布江等河流，取得大量的第一手资料，并对南水北调西线水资源的充分利用等问题提出了极富建设性的意见；队员杨欣经多方努力，通过自筹资金和社会资助，在可可西里的荒原地区建立起第一个民间野生动物保护站——索南达杰保护站，为保护野生动物和区域生态环境做出了积极贡献。

通过长江漂流这一活动，中国的江河漂流得以普及，成为不少旅游景点的重要活动内容，产生了可观的经济效益。江河漂流也成为户外探险活动的一项重要内容，深受一些青年人的喜爱。长江漂流也已成为科漂队员们一生难忘的情结，队员宋元清在独立完成大渡河的漂流后，又创造了琼州海峡单人漂流的纪录；队员冯春等不仅积极投身普及江河漂流的工作，担任一些俱乐部的教练，还组织中美联合队在美国科罗拉多大峡谷进行了漂流；队员解晋康也组织了中英气垫船在金沙江下游的漂流活动。

在中科院成都分院各研究所，当年曾经参与和领导长江漂流活动的一些老同志，如今大多已过古稀之年，但仍情系长江漂流。在纪念长江漂流 20 周年时，在中科院成都分院原党组书记（原长江漂流总指挥）侯惠仁的倡议和组织下，他们编写了《长江漂流风云录》一书，以生动的文字和丰富的图片，全面系统地反映了当年长江漂流的盛况和艰难，留下一段极为珍贵的重要史料。

举世瞩目的长江漂流，漂程长达 6000 余公里。科漂队员们穿峡谷，战险滩，斗恶浪，九死一生，历尽危难，为中国的长江科学考察和漂流探险史留下了浓墨重彩的一章。

第九章　兄弟情　友谊路

Chapter Nine

巴基斯坦，全称巴基斯坦伊斯兰共和国。

260 年前，巴基斯坦和印度成为英国殖民地。第二次世界大战结束后，印度次大陆摆脱英国的殖民统治获得独立。1947年，英国最后一任驻印度总督蒙巴顿提出了把印度分为印度和巴基斯坦两个自治省的《蒙巴顿方案》，印巴根据《蒙巴顿方案》实行分治。同年 8 月 14 日，巴基斯坦宣告独立。1956 年 3 月 23 日，巴基斯坦伊斯兰共和国正式成立。

巴基斯坦地处南亚次大陆西北部，南濒阿拉伯海，西邻伊朗，西北与阿富汗交界，东接印度，东北邻中国。

是的，巴基斯坦是中国的邻国，而且是一个非常重要的邻国。巴基斯坦与我国的友谊十分深厚。

中巴公路即中国—巴基斯坦公路，又名喀喇昆仑公路（简称 KKH）。它地处帕米尔高原腹地，是连接中国新疆喀什和巴基斯坦北部城市塔科斯的一条国际公路。它不仅是巴基斯坦北部通往首都伊斯兰堡及南部沿海地区的交通要道，同时也是我国通往巴基斯坦、南亚次大陆、中东地区的唯一陆路通道。

喀喇昆仑公路也是一条闻名世界的高原公路。它不仅处于世界三大地震带之一的地中海—喜马拉雅地震带上，还处在欧亚板块、印度洋板块与阿拉伯板块的结合地带，地形极其复杂。该公路全长 1032 公里，其中巴基斯坦境内 616 公里。公路由海拔 4733 米的红其拉甫山口降至 460 米的塔科特，它穿越了喜马拉雅山脉、兴都库什山脉、喀喇昆仑山脉，沿红其拉甫河、洪扎河、吉尔吉特河和印度河蜿蜒而下，并 3 次横跨印度河。喀喇昆仑公路要翻越海拔 8611 米的世界第二高峰乔戈里峰，通过 100 多座超过海拔 7000 米的高峰，此外还有 5 条长度超过 50 公里的冰川，其中一条为全世界除极地区域以外最长的冰川——巴托拉冰川。

喀喇昆仑公路沿线山体险峻，河水湍急，气候垂直分布明显，地形地质复杂多样。为了修筑这条公路，中国先后派出 2.2 万工程技术人员和筑路工人（巴方派出 6000 余人），历时 12 年，于 1979 年全线通车。

喀喇昆仑公路，是一条友谊之路，也是一条鲜血凝成的路。

在这条公路的施工过程中，中方人员冒着生命危险作业。他们在悬崖峭壁上抡大锤、打眼、放炮，有的因绳断摔下深谷，有的被突发的猛烈洪水冲走，有的被汹涌的泥石流掩埋，有的被塌方砸死砸伤。在"鬼门关"水布朗沟抢修公路时，一场 10 级大风把山上一块近 3 吨重的巨石吹下山沟，当场砸死 1 人、砸伤 3 人。

在这艰苦卓绝的 12 年里，中巴双方共有 700 余名工程技术人员和施工人员献出了宝贵生命。人们将喀喇昆仑公路视为世界公路建设史上的一个奇迹，但这个奇迹是用鲜血和生命创造的。

然而，由于 30 年前修建公路的科技水平和经济条件有限，地处地震高烈度区的喀喇昆仑公路在道路病害防治与综合减灾技术上，尚存在许多缺陷和不足，也在公路选线、不良工程地质处理等方面留下了隐患。1979 年通车后，公路沿线的塌方、滑坡、雪崩、岩崩、泥石流地质灾害频发，许多路段的路面和桥梁等常常受损，险情和断道等现象时有发生，部分路段道路通行条件极为恶劣，常常因路况原因发生车毁人亡的惨剧。到了秋冬时节，因为气候原因，喀喇昆仑公路大部分时间被封闭。2005 年 11 月，巴基斯坦境内发生强烈地震，喀喇昆仑公路遭到严重破坏，虽说巴方有专业部队进行养护保通，但喀喇昆仑公路仍然处于半瘫痪状态。

尽快修复喀喇昆仑公路，已成为中巴两国迫在眉睫的首要任务。

2006 年 2 月，时任巴基斯坦总统穆沙拉夫对我国进行国事访问期间，中巴双方终于签署了《中华人民共和国交通部与巴基斯坦伊斯兰共和国交通部关于改造喀喇昆仑公路的合作谅解备忘录》和《中国进出口银行与巴基斯坦经济事务和统计部关于中华人民共和国政府向巴基斯坦伊斯兰共和国政府提供 3 亿美元优惠出口买方信贷的总协议》，确定中国提供优惠出口买方信贷对喀喇昆仑公路进行改建和扩建。2006年底，胡锦涛主席在访问巴基斯坦时与穆沙拉夫总统共同签署了《喀喇昆仑公路修复改造项目融资备忘录》及《喀喇昆仑公路雷科特至红其拉甫段改造项目合同协议书》，确定由中国援助巴基斯坦修复这条中巴两国之间的交通要道。2008年2月16日，由中国路桥工程有限责任公司负责实施的喀喇昆仑公路雷科特至红其拉甫段改扩建项目，在巴基斯坦伊斯兰堡国家会议中心举行开工典礼。

这一天，标志着喀喇昆仑公路改扩建项目工程正式启动。

喀喇昆仑公路改扩建项目的成败在于山区灾害的防治。巴基斯坦国家地质卓越中心主任阿西夫·哈恩（Asif Khan）教授清楚地意识到灾害防治对于这条公路改扩建工程的重要性，于2006年邀请成都山地所崔鹏、陈晓清等人对中巴喀喇昆仑公路巴基斯坦段进行了全线初步联合考察，从此开启了成都山地所持续十余年的喀喇昆仑公路减灾研究，先后得到交通部、科技部、国家自然科学基金委员会、中国路桥和中国科学院的项目支持，取得了系列研究成果，有效支撑了喀喇昆仑公路改扩建工程。

2006年的初步线路考察结果得到了交通部的认可，2008年立项资助"中巴喀喇昆仑公路环境保护与地质灾害防治关键技术研究"国际合作项目。作为国内泥石流学科领域权威研究机构的成都山地所，专门组织了泥石流学科的相关科技人员，在

2009 年至 2011 年间，先后对喀喇昆仑公路沿线的雷科特至红其拉甫段的泥石流灾害开展 3 次野外考察，对这条公路可能出现的自然灾害尤其是泥石流灾害的防治关键技术与环境保护进行专项研究。

喀喇昆仑公路穿越了除两极外的世界上最大的冰川集中带，沿途分布着较多的冰川，如巴托拉冰川、帕苏冰川与库尔米特冰川等等。而冰川消融型泥石流、冰崩雪崩型泥石流及冰湖溃决型泥石流这些在其他地区罕见的泥石流灾害，在这条公路沿线随时都会发生，当然，还有其他区域更为罕见的瀑布型泥石流。考察队针对这一现象，采用了 3S（GIS、RS、GPS）技术，并与现场判识相结合，通过对比三年考察研究公路沿线泥石流灾害的变化，总结了公路沿线泥石流灾害的分布特征及发育特点。他们根据水源类别将泥石流分为雨水类泥石流、冰川类泥石流和混合类泥石流；按沟所处地理环境将泥石流分为固定的沟谷型泥石流、移动的冲沟型泥石流；按泥石流形成过程将其分为沟道泥石流及坡面泥石流。

项目组对喀喇昆仑公路沿线泥石流灾害采用了现场调查、图纸审查、设计验算、工程类比等技术，对道路情况进行了灾情评估。同时，他们根据公路沿线泥石流的实际情况，提出了相应的防治工程措施与建议：一是排导槽及导流堤应该嵌入基岩内修建，在受到泥石流的运动冲击力时才能具有一定的稳定性；二是针对上游具有一定停淤空间及细粒物较多的情况，可在上游修建拦挡坝，阻拦大颗粒物质，在一定程度上减小泥石流的规模；三是修建多级拦挡坝的泥石流沟，在多级拦挡坝之间设置一定坡度的过渡排导槽，以避免物质淤积；四是将方形排导槽设置成梯字形排导槽，减少淤积；五是对公路沿线的桥墩出现明显裂缝时的加固措施；六是工程措施与生物措施相结合，在泥石流沟的上、中、下游全面考虑，山、水、林、田统一治理，并归纳了泥石流综合治理的五项基本原则。考察队的科学分析和指导，为这条公路的维护和治理提供了不可或缺的技术支撑。

同时，巴基斯坦科学家对这一地区的地质构造非常熟悉。他们与中国科学家密切协作，发挥双方优势，开展了喀喇昆仑公路巴基斯坦段地质灾害（特别是泥石流灾害）的调查和防治研究，在解决喀喇昆仑公路扩建和运行期间灾害的同时，也对拟建的中巴喀喇昆仑输油管线、中巴喀喇昆仑铁路的环境保护和地质灾害防治提供基础资料、科学依据和技术支持。

在巴基斯坦的北部城镇吉尔吉特，有一座专门为中国烈士修建的陵园。陵园按中国的方式修建，处在一片开阔地带之中，四周用围墙围了起来。陵园内长满了郁郁葱葱的苍松翠柏，使陵园显得更加幽静肃穆。这里是为修筑喀喇昆仑公路而牺牲的88位中国建设者的墓地。在陵园的中间，矗立着白色的纪念碑，红色的碑文写着"中国援助巴基斯坦建设公路光荣牺牲同志之墓"，建碑日期为1978年6月。纪念碑的后面，是88位牺牲在他乡的中国建设者的墓地，每一块墓碑上都写着他们的名字。烈士虽然已经长眠，但他们的英灵得以在这方曾经倾洒过热血的土地上安息……

直至今日，尚有许多当地的巴基斯坦人把喀喇昆仑公路建设中牺牲者墓碑的照片挂在家中，以纪念那些长眠在他们国土上的中国朋友，这是一个深知感恩的国度。

40 多年了，喀喇昆仑公路作为一条纽带，将永远维系中巴两国牢不可破的友好情谊。

下部：时空坐标上的理性焦点

第一章　东部泥石流不可小觑

Chapter One

华北平原是中国东部大平原的重要组成部分,又称黄淮海平原。它位于北纬 32°～40°,东经 114°～121°。北抵燕山南麓,南达大别山北侧,西倚太行山—伏牛山,东临渤海和黄海,跨越京、津、冀、鲁、豫、皖、苏 7 省市,面积 30 万平方公里。华北平原地势平坦,河湖众多,交通便利,经济发达,自古即为中国政治、经济、文化中心,平原人口和耕地面积约占全国的五分之一。

中国首都北京即位于华北平原北部。

华北平原是华北陆台上的新生代断陷区。晚第三纪和第四纪时期,形成连片的大平原。与此同时,平原边缘断块山地相对隆起,大平原轮廓日趋鲜明。新生代相对下沉,接受了较厚的沉积,局部沉积竟达千米。

华北平原海拔多不及百米,地势平缓倾斜。由山麓向滨海依次出现洪积倾斜平原、洪积—冲积扇形平原、冲积平原、冲积—湖积平原、海积—冲积平原、海积平原等地貌类型。黄河、淮河、海河、滦河等河流所塑造的地貌构成了华北平原的主体。

黄河在孟津以下形成了巨大的冲积扇，冲积扇的中轴部位淤积较高，成为华北平原上的"分水脊"，并将淮河、海河两大水系分隔南北。

历史上黄河频繁迁徙，北至天津、南及苏北的广大平原遍受黄河影响。

我国是多山之国，受岩层断裂等地质构造的影响，许多山体陡峭，岩石结构不稳固，森林覆盖面积不大，遇到季风气候的连绵阴雨、大暴雨天气，常发生严重的泥石流灾害。我国东部一些地区泥石流危害较为严重。

影响泥石流形成的因素很多，也很复杂。它们包括岩性构造、地形地貌、土层植被、水文条件、气候降雨等。泥石流既然是泥、沙、石块与水体组合在一起并沿一定的沟床运(流)动的流动体，那么其形成就要具备三项条件，即水体、固体碎屑物及一定的斜坡地形和沟谷，三者缺一不可。

水体主要源自暴雨、水库溃决、冰雪融化等。固体碎屑物来自山体崩塌、滑坡、岩石表层剥落、水土流失、古老泥石流的堆积物及由人类经济活动（如滥伐山林、开矿筑路等）形成的碎屑物。其地形则是自然界经长期地质构造运动形成的高差大、坡度陡的坡谷地形。

当我们认为平原地带发生泥石流的概率小时，是否想过东部地区一旦发生泥石流，造成的直接损失和山区相比是无法估量的？

一、泥石流像黄河水一样来了

2012年7月21日，北京房山区霞云岭乡庄户台村鱼骨寺，一场泥石流，让这个本就人丁寥落的山村角落更显空阔。

小河沟原来仅仅是一条有水在流动的河沟，甚至是季节性的，枯水季有时候只长一些潮湿地带的植物。谁能想到一场大雨，瞬间河沟水上涨至3米多深。

"晚一步，我也被捂在山脚了！"村民陈新忠目睹了泥石流发生的全过程。

他介绍，鱼骨寺生产一队正处在半山腰，居民以老人居多，房子也大都年久失修，多数属于危房。21日的大雨，让所有人都提心吊胆。当晚7时许，村支书任全顺等5人来到村子里，劝说陈新忠家邻居老两口撤离，但因雨势太大，老太太想等雨小一点再看看，所以没有走成。

"村支书走了20分钟，泥石流就来了。"陈新忠回忆起当时的情景，依然后怕不已。

当晚 7 时 30 分许，他想喊老夫妇去他家暂时躲避一下。"我们家位置稍微安全点。"陈新忠说。但院子的门锁着，老夫妇没让他进门，他只好顶着雨往回走。

雨势不断加大。他看见路边庙儿河沟里的水瞬间上涨至 3 米多深，"像黄河水一样来了"。

在平时只能见着沟底的一点水，此时已经涨满，呼啸着往下奔涌。突然，一声巨响，被洪水裹挟的巨型石块一下子向山脚奔来。

等陈新忠反应过来，也就是眨眼工夫，老夫妇的房子已经无影无踪。

村民李延福在自家门口，眼睁睁看着泥石流从陈新忠的身后急速冲向河沟，"山崩地裂，太恐怖了"。

泥石流将村里的供电和信号设施摧毁，山村的角落瞬间一片黑暗。手机没有信号，李延福奔到一公里外的山脚找到了唯一一部座机。所有能打的电话都打了，但连李延福自己对救援都没抱什么希望，"我们这儿太偏僻了"。

雨中，陈新忠一直没有走远，但也不敢贸然走近。心情稍稍平复，在暴雨肆虐的声响中，他听到了呼救声。"还有人活着，快来救命啊！"

这时候，李延福打完电话回到事发地，两个人叫来了 20 多名乡亲。"刚开始的时候谁也不敢上去。"李延福回忆。雨丝毫没有停的迹象，仍有石块不时从山顶急速滚下。

没有人记得是谁第一个扒着松散的石块，爬上了老夫妇房屋原来所在的地方。循着微弱的求救声，乡亲们一块块搬开砸在老人身上的石块。

近 23 时，89 岁的老汉郑修彬被众人从石堆中救出，连夜送往良乡医院。但他的老伴儿李玉书依然毫无踪迹。不愿放弃的乡亲们用双手一直挖到 22 日凌晨 4 时，老太太的遗体才在近一米深的乱石堆下被找到。

李玉书怎么也不会想到，她会以这样的方式离开人间，虽然她很早就想到了死，甚至将一间屋子专门用来放自己和老伴儿的棺材。

跟山村里许多上了年纪的农妇相似，李玉书勤劳、固执，不愿多言。

她是一个普通的农妇，年复一年，不能再像年轻时那样翻山越岭，她就在自己住了四十几年的老屋旁边开辟了一块空地，种豆角、种丝瓜。

她是一个普通的妻子，子女常年在外打拼，她打理自己和老伴儿的起居，洗衣做饭均不在话下。就连屋顶漏雨了，老太太都能自己上房补瓦。

她是一个普通的母亲，抚育三子一女长大成人，目送他们离开深山，却不肯在晚年麻烦任何一个孩子。大儿子郑天翔说，平时兄弟几个会经常接父母来一起住，但每次父母住一段时间就会吵着回山里，"那才是我们的家"。今年，多次商量之后，老太太答应孩子们中秋之后，就和老伴儿"出山"，去孩子们那儿。

即将到来的天伦之乐被突如其来的灾难切断，李玉书没能醒来。她为自己准备的棺材，也被山洪冲到了河沟深处。第二天，乡亲们在河沟中将棺材捞起，简单修理后，将老太太入殓。第三天，孩子们回来了……

山里的路已被冲毁，到处是一片泥泞，乡亲们抬着棺材深一脚浅一脚地走着。

原本能够通行小型运石车的路，被泥石流搞得扭曲变形，层层叠叠。

泥石流过后，经过专家测量，那次强降水中，房山区短时间内降水量超过了460毫米。平地半米水，放在哪里都是一件恐怖的事情，但山区地貌会把这种恐怖无限放大成一种死亡的威胁。

强降水带来短暂而剧烈的山洪是本次暴雨天气过程中的主要灾难，也是致死最多的灾难。而山洪，可以看作广义的地质灾害。

集水区、大坡降、强降水，这些东西似乎被当成雨季中常发生的现象，不足为怪，最容易被人们忽略。而那些看起来无害的美丽山谷、溪流、远处的丛山峻岭，其实都暗藏危机，所需要的只是一场特大暴雨。

山洪本身只是一个自然的集水泄水过程，虽然具有超强的冲刷力和破坏力，但它的破坏范围只会集中在河流沟谷的范围内。河流沟谷是河流两岸之间的低洼部位，平原和山区都有。

山谷不一定是水冲而成，但水冲一定会形成山谷。

山区里，我们经常会发现一些冲沟，正是这些看起来无害的冲沟，最终汇聚成一次次极具破坏力的山洪。

房山周围的山脊高度平均在 800～900 米，而北面的口儿村海拔 250～300 米，直线距离却只有短短的 1500～2000 米，平均坡降，大家可以算算。

分水岭最高处在 400 米以上，北车营村的位置恰恰是多条大小冲沟汇聚成主要冲沟后的出山口！

据北车营村村支书翟瑞生介绍，这场暴雨比 1963 年那次还要大，水最深的地方达 4 米，村里有 68 辆大小汽车被洪水冲走。

北车营村刚好位于两山夹住的沟中，这里居住着 1200 余户人家，大约 3000 多人。暴雨发生后，大约 260 户居民受灾严重。也就是说,这个村子建在一个不太适合人类聚居的山洪出山地带。

北京的山区，延庆、怀柔、密云、昌平、平谷、门头沟、房山都会发生泥石流，尤其是七、八月降雨集中，降雨强度大。因此，不要以为泥石流灾害只发生在西部地区，中东部地区发生泥石流灾害的概率也不小。

二、大自然无情时会给我们带来无法抗拒的灾难

邓拓同志曾撰写了研究历代自然灾害的学术专著《中国救荒史》。

该书介绍了我国历代自然灾害的发生情况、原因以及对社会造成的影响，探讨了历代救荒思想发展和救荒政策成效，引起广泛关注。《中国救荒史》是从全国角度论述灾害的，有关北京地区的自然灾害涉及不多。那么，北京历史上的泥石流灾害主要发生在哪里呢?

大自然可以赋予我们美好的生活环境，但它的无情也会给我们带来无法抗拒的灾难。

今天，我们在大力建设繁荣、文明、和谐、宜居的首都之际，深入研究北京地区历史上的自然灾害，了解其发生的规律，对于减少自然灾害对北京的威胁仍然具有很重要的现实意义。

关于北京地区的泥石流灾害，元代以前记载较少，也比较简略，元代以后记载才日渐增多。由史料可知，北京地区由于

地形复杂，历史上发生的自然灾害不仅次数难以统计，而且灾种繁多。比如地质灾害中就有地震、泥石流、地面塌陷、地面沉降、崩（滑）塌、滑坡、地裂缝、沙土液化、土地沙化与沙漠化、水土流失、地方病等灾害。气象灾害中有洪灾、旱灾、渍涝、大风、沙尘暴、暴雨、冰雹、高温热害、低温冻害、雷电灾害、雾凇、雨凇、雪害、凌汛等灾害。生物灾害则有虫害、鼠害、病害、草害等。

北京水灾发生的特点是多发生于夏秋两季，50% 以上与大雨、暴雨有关，而暴雨引发的洪水还可能伴生泥石流、山体滑坡等灾害。

永定河、潮白河、北运河是北京地区最著名的几条河流，其中永定河对北京城威胁最大。大水之年，河流决堤，致"民业荡尽，田禾无收"，使百姓生活陷入窘迫无助的痛苦之中。北京地区的水旱灾害还有一个显著特点就是常同年出现，水灾多出现在春旱之后，往往是旱情越重，洪涝也越严重，正是所谓的"春旱秋涝"。

元代的 18 个旱灾年当中，有 15 年发生了轻重不同的水灾。

清光绪十六年（1890 年）春季大旱，五月之后则大雨连绵，永定河、潮白河到处决口泛滥，有的地方水深将近 7 米，一片汪洋，被认为是"数年来未有之奇灾"。

同一种灾害有的地区多，有的地区少，其危害亦有大小之别。通州、大兴、丰台、顺义、石景山、房山等地应特别注意防洪；

延庆、房山、门头沟、怀柔、平谷、密云、昌平等地的山洪、泥石流、山体滑坡、冰雹灾害不容忽视。

中华人民共和国成立后，党和政府非常重视对自然灾害的防范，为保障人民生命财产安全，制定了"以防为主，防抗救相结合"和"生产自救，节约度荒，群众互助，并辅之以政府必要的救济"的减灾防灾工作方针。改革开放之后，减灾防灾工作的重要性日益突出，减灾防灾工作作为北京发展的重要目标，被列入了北京建设总体规划方案，并逐渐加大资金投入，加强气象、地震、地质、农业、林业等专业部门的监测预报与灾害科技研究，建立了一套比较完整、健全的监测队伍与减防灾队伍，使北京的减灾防灾能力大大增强。

自20世纪50年代以来，北京已建成大中小型水库85座，总库容达到93亿立方米，控制山区面积70%以上。

因为泥石流是一种动力地貌（或地质）现象（或过程），所以地质条件与泥石流发育密切相关。北京既有山地，又有平原，山地能满足泥石流发育对能量和能量转换的要求，故为泥石流活动区；反之，平原不能满足泥石流发育的要求，则为非泥石流区。因此，研究北京泥石流的发育条件，必须研究北京的地貌、地势。北京东北部、北部和西部群山叠嶂，中部和东部是一望无垠的广阔平原，地势呈由北向南、由西向东的倾斜状。西北高、东南低，从高到低地貌类型多样，由中山、低山、丘陵（包括台地）、洪积冲积扇平原、洪积冲积倾斜平原、冲积平原等多种地貌构成。

据测量，北京的山区面积占总面积的 62%，平原面积占总面积的 38%。

北京山地的高程，多在海拔 2000 米以下，仅少数山峰，如西北界的海坨山、西边的东灵山和白草畔等山峰超过 2000 米。

北京的山地分别属于燕山山脉和太行山脉两个山系。以昌平区南口镇关沟为界，以西的山地总称西山，属太行山系；以东的山地总称北山，属燕山山系。在行政区划上，西山包括了昌平区西部、门头沟区和房山区的全部山地；北山包括了昌平区东部、延庆区、怀柔区、密云区和平谷区的全部山地。

在地质构造单元上，北山和西山均属于燕山沉降带。在燕山运动时期，由于褶皱、断裂和抬升等地质作用，形成凸起的山地。但西山和北山所受地质作用方式有所不同。地质历史时期西山以褶皱作用为主，而北山则以断裂作用为主；燕山运动期间岩浆侵入活动的规模及范围，北山大于西山。

由此导致山体在地貌上有明显差别：北山山体呈块状的特征显著，西山属太行山余脉，并由大致平行排列的褶皱山脉组成。西山山脉以条带状为主，由西北向东南依次排列为：东灵山—黄草梁—笔架山山脉，白草畔—百花山—清水尖—妙峰山山脉，九龙山—香山山脉，大洼尖—猫耳山山脉。屹立在北京西部边界上的东灵山（海拔 2303 米），为北京最高峰。山地地势自西向东呈阶梯状急骤降低，从东灵山至房山区周口店，直线距离仅 54 公里，地势由 2303 米下降为 100 米，比降达 40‰。

西山在房山区南尚乐、周口店、坨里门头沟区大峪、昌平区流村、南口一线与北京平原相接。西山海拔超过 2000 米的山峰有：东灵山和白草畔（2046 米）。海拔超过 1000 米的主要山峰有：韭菜山（1922.1 米）、黄草梁（1732.7 米）、百花山（1990.7 米）、老龙窝（1646.5 米）、房山大洼尖（1209.8 米）、猫耳山（1251 米）、洼卧山（1206 米）、笔架山（1488 米）、清水尖（1527.8 米）、妙峰山（1290.5 米）等。西山的中山区主要集中分布在上述山峰周围。以海拔 100 米作为山区和平原的分界线，计算出西山的最大相对高度为 2203 米。

北山属燕山山脉，统称军都山，山脉走向与区域构造线方向一致，以北东东向为主，是镶嵌着若干山间盆地的一系列挤压单斜断块山。与西山相比，北山褶皱较为和缓，但断裂更为发育。

在地表形态上表现为不连续的断块山脉，南抵北京平原，北连蒙古高原，地势由南往北呈阶梯状增高。

延庆区西北部的海坨山，为北山地势最高处，海拔大于 2000 米的 8 座山峰全部集中于这一地带，最高峰大海坨，海拔 2241 米。

此外，其他海拔大于 1000 米的主要山峰自西向东有：八达岭（1078 米）、燕羽山（1278.3 米）、佛爷顶（1252.6 米）、暴雨顶（1252.8 米）、凤驼梁（1529.7 米）、营四路山（1555 米）、南猴顶（1476 米）、黑坨山（1534 米）、云蒙山（1414 米）、黄花顶（1209.6米）、密云大洼尖（1286.2米）、桃山（1180.4米）、四座楼山（1062.4米）等。

受地质构造线控制，山体大致成两列北东东到南西西走向的断续山岭，即暴雨顶—佛爷顶—海坨山、黑坨山—凤驼梁—燕羽山—八达岭；但又因受到北东向、北西向和南北向构造的干扰，还发育有其他走向的山脉，如近南北向的云蒙山，北东向的四干顶山，北西向的鸡冠砬山等。

因此，北山山脉走向较西山多样。

北京山区由于切割较深，相对高度较大，沟谷的纵坡大，导致坡陡流急，地质条件有利于泥石流的发育。山区的土层薄，黏粒、粉粒等细颗粒物质含量较少，物源体主要以粗颗粒为主，泥石流主要是由于高强度的降雨转化为地表径流掀揭沟床物质形成。此外，区域泥石流多集中在6~8月暴发，此段时间的降雨占全年降雨的74.9%，其他时段降雨较少。因此，泥石流受前期降雨的影响较小，与降雨过程中峰值降雨时段的高强度降雨密切相关。

如本章开头所讲到的2012年"7·21"特大暴雨中，房山（当天11:00~13:00）及河北镇（当天8:00~10:00）记录的3小时内最大雨量分别达到178毫米和247.9毫米，远远超过中央气象台制定的暴雨红色预警标准（3小时内降雨达到100毫米以上）。北京历史上18场激发泥石流的降雨过程中，3小时最大降雨量超过100毫米（红色预警）的达11场，最高为2012

年 7 月 21 日的河北镇，达 247.9 毫米。其余 7 场降雨中，3 小时雨量最小的为 1991 年 6 月 10 日的密云四合堂村，为 79.9 毫米，但四合堂村在 7 小时的降雨过程内均维持了较高水平，总累积雨量达 161 毫米。2011 年 6 月 23 日门头沟的累积雨量曲线趋于平缓，但仍然激发了泥石流。这是因为降雨突发性强，降雨过程中第 1 小时（当天 9：00）雨量达到 57.2 毫米，3 小时内累积雨量达 99 毫米。

可见，北京山区激发泥石流的降雨过程具有历时短、雨量集中、突发性强的特点。

三、人与自然的相互作用越来越频繁

未来的自然灾害趋势是越来越严峻的，这与地球活动、气候变暖，甚至经济发展都有关系。

随着工程的开发，自然平衡被打破，人类活动的地域、方式、强度发生改变，滑坡、泥石流的发展趋势总体上是大大增加的，我们将来遇到的灾害肯定也是大大增加的。

成都山地所的谢洪说："摧枯拉朽。它们会把房子、铁路、公路、农田、城镇、各种建筑物直接冲毁，把人冲走，破坏性极其严重。灾害的不同之处就是泥石流可以冲到很远，波及几十公里。"

对于人口密集的地方，我们首先要注意的是：在有条件的情况下，注意收听广播、收看电视、浏览网络上关于本地区极端气象条件和泥石流灾害的预警预报信息，增强防范意识。其次，沿山谷徒步时，一旦遭遇大雨，要迅速转移到安全的高地，不要在谷底过多停留。再次，要注意观察周围环境，如听到远处山谷传来闷雷般的轰鸣声、看到沟谷溪水断流或溪水突然上涨等，要高度警惕，这很可能是泥石流正在发生或将要发生的征兆。

野外露营时，要选择平整的高地作为营地，尽可能避开有滚石和大量堆积物的山坡下面，不要在山谷和河沟底部扎营。

发现泥石流后，要马上向与泥石流成垂直方向的两边山坡上面爬，爬得越高越好，跑得越快越好，绝对不能沿着泥石流沟谷下游方向走。

特别要提醒大家的是，要多观察，看看山坡有没有变形，鼓包、裂缝甚至坡上物体是否发生了倾斜，这些都是预兆。

从居住的角度来说，房屋不要建在泥石流的堆积区。这个地区往往是一个扇形开阔地，说明过去这里经常暴发泥石流。大家可以通过观察树木生长大小来确定泥石流的暴发位置，如果身旁的树相对于周围的树来说比较粗大，就说明发生滑坡、泥石流的时候，这里没有被冲毁。也就是说，泥石流的最高位置就到这儿了，即所谓的"泥位"。在这以上建房子，相对保险系数就大多了。

可是人的欲望已经到了填湖造田的地步。人类从穴居的山洞里走出，千百年来从未停止过营造居所、宅园的奋斗，这成为人类永远的目标。还有什么目标比此更让人类亢奋呢？

渴望完成生命传奇的成千上万的人们，谁会放弃实现眼前的欲望？城市已经是一个由钢筋混凝土铸成的钢铁森林，不同的欲望歪曲了我们与自然的相互关系。在强者的乐园里，必然有弱者的坟墓。灾难让我们发现了人类的破坏性，如果人人都懂得呵护我们的居住地，懂得敬畏，人类将活在与爱最贴近的地方，也许会活得更长久。

四、泥石流记事碑后的故事

在北京市密云县番字牌西沟的支沟——小西天沟下游的泥石流拦挡坝下，矗立着一座记事碑，记述了番字牌西沟泥石流防治的事迹，这里有成都山地所泥石流团队的科技贡献。

密云县山区位于北京北部燕山山脉的军都山，是泥石流多发区，中华人民共和国成立以来已发生过十多次泥石流灾害。众所周知，密云山区的密云水库是北京市最重要的水源地，泥石流除对山区居民的生命财产造成严重危害外，对密云水库也造成直接危害，影响到首都北京上千万人口的安全供水，进而影响社会稳定和经济发展。

走进密云山区，两侧青山连绵，林木繁茂的山坳里，叫不上名字的野花争相开放。外面的人很难想象，这与世隔绝般的山坳曾经是一个炊烟袅袅的村庄。

"以前，这是'小西天'，1989年6月，泥石流把村子冲了，近60户村民都搬到密云县城那边去了。"当地人宋家海说。

宋家海就在距此三四里处的石湖根村，村子已被列为北京市泥石流易发高度危险区之一。甘肃舟曲特大泥石流灾害发生后，村民们久远的记忆被唤醒，这里的空气变得紧张起来。

石湖根村属密云县冯家峪镇，所处的山坳西高东低，南北是几座没有名字的山包，当地人管这些没名字的山叫作"砬子山"。原来有 108 户村民的村庄，地处密云县北部深山区。民居的房屋均靠"北山"而建，坐北朝南，村中仅有一条路，路南是一条河，河水南边的空地上种着整齐的玉米，再往南，就是"南山"了。

"那家伙，柜板、窗户都从上边冲下来了。村边这条河，水都满了。山上的石头也往下滚，吓死人了。"提起 1989 年 6 月那场泥石流，石湖根村村支书沈玉芝记忆犹新，她所说的"上边"，就是指西边上游三四里的原小西天村。当时小西天村冲下来的泥石流，一路狂泄冲到了石湖根村。

泥石流后，石湖根村南侧葱绿的山上，又多了几片裸露的碎石，就像山的"斑秃"一样。当地人说："我们管这些石头叫'白马牙子'，劈也劈不开，抹泥也不沾灰，寸草不生，更别提在上面种树了，没有植被覆盖，很容易引起滑坡。"

北山虽没有这样的"斑秃"，但反而更让村民担心。因为山离最近的房子只有几米远，不要说泥石流，就是偶有大的滚石下来，也能把房子砸坏。因此 1989 年 6 月暴发泥石流后，有的村民为阻止泥石流和滚石，在房后种了许多杨树，现在已有碗口粗了。

那场泥石流灾害后，小西天村整体搬离了。21 年了，这里已荒无人烟。脚下一块块巨大的滚石，记载着当年泥石流的汹涌。每年的清明节，搬离的村民还会回来祭奠亲人。小西天村原址西侧有一块纪念碑，根据碑上记载，1989 年、1991 年两次泥石流造成包括小西天村在内的番字牌西沟 3 人死亡、176 间房屋毁坏。另外，还有 6.53 万株树木、17.5 公里公路、7 座桥梁被毁。

密云县北部属于山洪、泥石流易发区，其中 80% 处于冯家峪镇。在冯家峪镇，有 9 个行政村像石湖根村这样属于泥石流高度危险区，有 12 个行政村属于中度危险区。镇里每年都把防汛当作重中之重，村民对如何避险都已经烂熟于心了。

密云县山区各村都有专门的雨量量筒，到了中雨，就要向上级汇报。要是遇到暴雨，每隔两小时就得测量一次上报。如果有险情，日降雨量达到 50 毫米，值班村干部就要摇响警报器，组织村民撤离。村庄里每位村民都有一张"明白卡"，上面写着避险地点、逃生路线、相关部门电话等应急救生内容。

人可以逃生，村庄不可以逃生，村庄里的垃圾物更是顺着河水流往了下游。

大量有机物和污染物通过白河和白马关河流入密云水库，造成水质污染，使密云水库水质发生明显恶化，一些指标显著上升：浑浊度由 2 度左右上升至 27 度，悬浮物含量由 1 g/L 上升至 29 g/L，氨氮含量由 0.04 g/L 上升至 0.36 g/L，化学耗氧量由 1.5 g/L 上升至 2.2 g/L，生化需氧量由 2 g/L 上升至 3 g/L。

水质的这种变化，影响水库向北京安全供水。

在这样的情况下，应北京市有关单位的邀请，成都山地所泥石流研究室主任钟敦伦研究员带领科研团队，先后于 1992 年、1994 年和 1995 年，多次深入该沟、翻山越岭，开展泥石流勘查与减灾工程研究，提出泥石流综合防治方案并进行工程设计，并与密云县水利局等合作，对这条危害居民生命财产和北京水源地安全的泥石流沟实施了综合治理。

1997 年 11 月，治理工程完成，工程总投资 485.33 万元，主要工程包括三项：

1. 土建工程：修建大型骨干拦挡坝 2 座（小西天沟和罗圈厂沟各 1 座），谷坊 4 座，防洪堤和挡土墙各 1 段，护村堤（坝）2 段。

2. 生物工程：造林 1800 多公顷，包括水源涵养林 680 公顷、水保用材林 370 公顷、水保薪炭林 650 公顷、水保经济林 80 公顷、经济林 20 公顷和沟道防护林及"四旁"绿化林等。

3. 险户搬迁 10 户。

1998 年 7 月 15 日，泥石流综合治理工程通过了北京市计委和北京市水利局的验收。至今，该减灾工程已运行了 20 多年，经受了多次暴雨的考验，不仅充分发挥了防灾减灾的作用，而且林木的恢复与生长还产生了巨大的生态和经济效益，为北京市泥石流灾害治理、水源净化、环境美化和修复天然绿色屏障起到了试点示范作用，成为北京山区及华北地区治理泥石流和发展流域经济的典范，也成为成都山地所开展防灾减灾研究并服务于社会的一个亮点。

番字牌西沟既是北京山区的一条典型的暴雨型泥石流沟和灾害点，又代表着华北、东北等石质山区的暴雨泥石流类型。对其开展的研究与治理，不仅为北京山区的防灾减灾和经济建设作出了贡献，而且建立了华北、东北等石质山区暴雨泥石流灾害治理示范工程，具有推广和借鉴意义。

为此，密云县水利局在小西天沟泥石流拦挡坝前树碑记事。

附：记事碑碑文（为便于阅读，特对原文加了标点符号。）

番字牌西沟地处密云水库上游，是入密云水库白河的二级支流，流域面积一十五点四二平方公里，主沟长八千二百四十米，纵比降达千分之五十二点五三。沟内有一十二个自然村一千二百口人，历史上曾多次发生泥石流，给人民生命财产造成很大危害。一九八九年、一九九一年两次泥石流，造成三人死亡，冲毁房屋一百七十六间、林木六点五万余株、公路一十七点五公里、桥梁七座、各种线路一十五公里，直接经济损失八百四十一点零九万元。一九九四年，北京市密云县番字牌西沟泥石流减灾工程项目经国家计委批准立项，由中科院水利部成都山地灾害与环境研究所设计，市计委、水利局、密云县政府负责实施。工程历时三年，共完成主沟拦沙坝两道，固床坝四道，挡土墙、护村坝各一道，生物措施一千三百一十公顷，险户搬迁一十户。工程共动土石方一十九点四万立方米，总用工一十一点二万个，总投资四百八十五点三万元。工程竣工后，可拦挡泥石流约四十三万方，林木覆盖率达百分之八十四，防灾标准提高到五十年一遇，有效地保护了密云水库水源，取得显著的社会、生态、经济效益。在工程建设中，国家计委、财政部、地矿部、市财政局、市地矿局在资金和技术上给予了大力支持，工程达到了国际减灾项目预期的目标，对北京及华北地区泥石流灾害防治有积极的示范作用。

五、对低山丘陵区泥石流灾害治理的研究

——"岫岩满族自治县山地灾害综合防治规划研究"课题

辽宁省东北方向与吉林省接壤，西北与内蒙古自治区为邻，西南与河北省毗连，以鸭绿江为界河，与朝鲜隔江相望，南濒浩瀚的渤海和黄海。

辽宁是东北地区通往关内的交通要道，也是东北地区通向世界、连接欧亚大陆桥的重要门户和前沿地带。

辽宁，汉语意为祈愿辽河流域安宁。

汉字文化的今天不同于昨天，就是从"治愈创伤"开始的。

我们来看辽宁的地势，它的地势大体为北高南低，从陆地向海洋倾斜；山地丘陵分列于东西两侧，向中部平原倾斜。地貌可划分为三大区。

1. 东部的山地丘陵区。此为长白山脉向西南的延伸部分。这一地区以沈丹铁路为界划分为东北部低山地区和辽东半岛丘

陵区，面积约6.7万平方公里，占全省面积的46%。东北部低山区，此为长白山支脉吉林哈达岭和龙岗山之延续部分，由南北两列平行的山地组成，海拔500～800米，最高峰岗山位于抚顺市东部与吉林省交界处，主峰海拔1373米，为辽宁省最高点。辽东半岛丘陵区以千山山脉为骨干，北起本溪连山关，南至旅顺老铁山，长约340公里，构成辽东半岛的脊梁，山峰大都在海拔500米以下。区内地形破碎，山丘直通海滨，海岸曲折，港湾很多，岛屿棋布，平原狭小，河流短促。

2. 西部山地丘陵区。由东北向西南走向的努鲁儿虎山、松岭、黑山、医巫闾山组成。山间形成河谷地带，大、小凌河发源并流经于此，山势从北向南由海拔1000米向300米丘陵过渡，北部与内蒙古高原相接，南部形成海拔50米的狭长平原，与渤海相连，其间为辽西走廊。西部山地丘陵面积约为4.2万平方公里，占全省面积的29%。

3. 中部平原。由辽河及其30余条支流冲积而成，面积为3.7万平方公里，占全省面积的25%。地势从东北向西南由海拔250米向辽东湾逐渐倾斜。辽北低丘区与内蒙古接壤处有沙丘分布，辽南平原至辽东湾沿岸地势平坦，土壤肥沃，另有大面积沼泽洼地、漫滩和许多牛轭湖。

早在28万年前，人类即栖息于斯。一条大辽河，曾弹响多少狂飙壮歌。努尔哈赤新宾啸聚，弯弓射日，经九门口长城血战，清王朝的发祥，被这片龙兴之地稳稳托起。今伫立沈阳故宫、“清初三陵"（永陵、福陵、昭陵），听松涛阵阵，犹闻鼓角声声，令多少游子，沉醉不知归路。

但是，辽宁也是泥石流频发地，主要发生在辽东山区和辽东半岛，这些地区独特的地质地貌极易产生泥石流。

辽宁最早出现泥石流是在 120 多年前，中华人民共和国成立以后泥石流发生的频率逐年增加，1958 年和 1960 年发生过 2 次大规模的泥石流，1977 年到 1996 年发生 11 次。以前发生的泥石流很多都是由于人们砍伐树木或者开采矿石破坏了山体植被，这些山体涵水固土能力降低，暴雨一到，泥石流的产生就在所难免。

辽宁省是我国重要的工业基地之一，工农业生产发达，在国民经济建设中占有举足轻重的地位。而辽东地区矿产资源、水利资源、山地资源、生态资源都极其丰富，是辽宁省重要的原材料工业基地，水资源和可再生能源基地，农、林、牧、副、渔业及其产品加工业基地，在辽宁省的经济腾飞中起着十分重要的作用。

辽东地区在地貌上以低山丘陵为主，自然条件优越，降水丰沛，热量充足，土地肥沃，曾是层峦叠嶂的茫茫林海，能调节气候、保持水土、预防灾害。其巨大的生态防护作用使整个辽宁都受益。此外，它还是辽中地区保护自然环境和防范自然灾害的天然绿色屏障。

然而，随着地区经济建设的不断发展和人口的不断增加，出现了对环境索取过多、给予过少的现象，加之对生态环境的认识不足、保护不够，导致山地森林生态系统遭到严重破坏，使山地灾害愈演愈烈，泥石流、崩塌和山洪灾害不断发生发展，危害不断加重，给辽东地区国民经济建设和人民生命财产造成重大损失。

任其发展，将给辽宁省的国民经济建设和人民群众的生产、生活带来严重威胁和危害。

由此可见，开展辽东地区山地灾害的研究和防治具有重要意义。

辽宁省委、省政府于 1988 年 5 月主持召开了"辽宁省东部山区水土保持工作座谈会"，会上根据辽宁省东部山区水土保持工作座谈会精神，辽宁省水利电力厅和成都山地所经过协商，成立了"岫岩满族自治县山地灾害综合防治规划研究"领导小组，并组成了以辽宁省水资源与水土保持工作领导小组水土保持办公室主办，成都山地所主持，辽宁省水利水电科学研究所、辽宁省水文总站、丹东水文勘测大队、丹东市水土保持工作站、岫岩满族自治县水利水产局参加的课题组。

该课题组于 1989～1991 年对岫岩满族自治县的山地灾害进行了深入考察，成都山地所由吴积善担任课题组长，钟敦伦、罗家骥、谢洪、程尊兰、王保泽、李春生、张殿勤、王兴泽、余承源、赵国相、冯水志、吴永璞、孙兵为课题组成员。他们全面搜集了有关资料和文献，对考察资料和文献资料等进行系统的分析、整理，在此基础上对山地灾害形成的环境背景、活动概况、形成因素、分布规律和发展趋势、危险度分区、防治原则、防治措施和防治实例等，进行全面、系统的分析论证。

岫岩县位于辽东半岛北部，长白山南延余脉南端。境内地形起伏，河川纵横，千山山脉从北东向南西和南东延伸，总体地势北、东高，南、西低，最高峰为东部帽盔山，海拔1141.5米，最低为大洋河出县境处，仅16米。境内海拔大于1000米的陆地面积为0.11平方公里，500～1000米的陆地面积为4059平方公里，全县以山地、丘陵为主，中间夹小块冲积平原和山间盆地。

县西部及北部的汤沟、哈达碑、朝阳、大营子、大房身、石庙子和前营子几个乡镇处于各河流中上游的低洼地带。

他们经过实地调查发现，这一带沟壑密布，地形起伏变化较大，地质地貌条件十分不好；注入水系的小型河流多，长度短，积水方向集中、径流迅远，夏季易受气旋、高空槽、低压冷锋的侵犯，多发局部暴雨，洪水活动频繁。

尤其是近年来，这一带多次发生山地灾害。汤沟、龙潭、哈达碑三个乡镇地形高差大于900米，已经发生山洪泥石流沟(坡)204条，占全县总数的24%。

经过对122处崩塌点的查看，发现泥石流均发生在坡度23°～70°的山坡上，其中30°以上坡度的泥石流发生率为88%。

岫岩县中部地带的红旗营子、兴隆、岫岩镇及前营子乡一带近年发生山地灾害比较多。20 世纪 80 年代发生的灾害形成了泥石流沟坡 72 条，崩塌 5236 处。此处紧邻县城，开发较早，经济发展较快，人口密集，人类经济活动活跃；储蕴各种岩矿的地方无计划开采、盲目投入工程建设、乱伐树木导致大面积植被破坏；河道采沙弃渣拥堵严重，沟渠被挤占，地面侵蚀严重。这些都是形成山地灾害的原因。

民间有一句话形容说，岫岩满族自治县是个"八山半水一分田，半分道路和庄园"的县。意思就是它的地理环境绝大部分是山，小部分是水、田地和道路庄园。

岫岩又是东三省开放的前沿，其得天独厚的地理优势和自然资源享誉海内外，已探明储量的矿藏有 42 种，其中菱镁石、玉石、理石、滑石、花岗石、硅石量多而质好，享有岫岩"六大宝石"之美誉。

在工农业生产获得迅速发展的同时，独特的自然环境和大规模的经济生产，使岫岩的生态环境遭到严重破坏，山地灾害频繁发生。因此，在岫岩满族自治县开展山地灾害综合防治试点示范研究工作是十分必要且迫切的。这对整个辽东地区山地灾害的整治，进一步开发和发展辽东地区的经济和保护辽宁省东部的天然绿色屏障都具有重大、深远的意义。

课题组通过对岫岩满族自治县山地灾害的深入研究，发现了山地灾害不仅在高、中山区十分发育，危害严重，而且在环境背景条件适宜的低山丘陵区也十分发育。由于低山丘陵区工农业生产比较发达，人口密集，灾害所造成的损失往往比高、中山区更为严重。

如岫岩满族自治县 1982 年 8 月 8 日、1987 年 8 月 19 日和 1989 年 7 月 18 日发生的三次大规模山地灾害，共造成 138 人死亡，4 人失踪，直接经济损失 3.15 亿元。

再如辽东南地区从 1969 年以来，仅丹东、大连、营口就发生了 6 次大规模山地灾害。据不完全统计，这 6 次灾害共造成 800 余人死亡，1.3 万多公顷良田被冲毁或埋压，在短期内无法复耕，公私财产直接损失 11 亿元以上。

通过对岫岩满族自治县山地灾害的深入研究，成都山地所对低山丘陵区山地灾害的危害、类型、形成背景、形成因素、活动特征、分布规律和发展趋势进行了剖析，提出了山地灾害危险度分区的原则、指标（标志）和分区方案，同时根据整个区域和各危险区的特征，制定了各类山地灾害和区域性山地灾害的综合防治规划原则与生物措施、工程措施和行政管理措施，做出了各类山地灾害和区域性山地灾害的防治规划实例。

同时，课题组还完成了《岫岩满族自治县山地灾害综合防治研究总结报告》《岫岩满族自治县山地灾害分布图》《岫岩满族自治县山地灾害危险度分区及综合防治规划图》《岫岩满族自治县重点泥石流沟编目》《岫岩满族自治县泥石流沟名录》等 9 项成果。

在成果初稿完成后，主办单位组织验收组对成果进行了验收。验收组全面审阅了全部资料和成果，听取了课题组的汇报和说明，认为该项成果资料丰富、完备，数据可靠，论点明确，分析论述全面深刻，可以说对辽宁东部山区，尤其是低山丘陵区的山地灾害防治和山区经济建设具有指导意义。

第二章　成都山地所的演变与发展

Chapter Two

一、中科院地理研究所西南地理室

我们需要一个专业的山区地理机构，根据我们所处的地理状况设置机构，对我国的地学研究力量进行一个合理的区域配置。这是中国科学院出于国家经济建设战略部署和西南地区建设提出的需要。

1963 年的 2 月 24 日，中科院下达了第 1005 号文件，文件内容是责成中科院地理研究所协助中科院西南分院（成都分院前身）在成都筹建地理机构，要求在三至五年内建成一个独立的西南地理研究所。在筹建期间，暂作为地理研究所的一个分支机构，定名为"中国科学院地理研究所西南地理室"。同年 4 月，开始与中科院地理研究所和几所高校商调科技人员事宜。1963 年 4 月 29 日，首批商调的 4 名科技人员到达成都。

1964 年 3 月 23 日，西南地理室正式成立，办公地点在当时中科院西南分院所在地——成都市锣锅巷 80 号，中科院委派历史地理学家孙承烈任研究室主任，由部队转业军人安勇志担任研究室副主任。

1965 年，西南地理室扩充为 58 人，并建立了党支部和团支部。

西南地理室的科技人员，一是来自中科院地理研究所（包括西藏考察队）的人员，二是当年或此前几届从全国综合性大学地理和地质系分来的大学毕业生，三是从院内兰州冰川冻土研究所等单位调入的科技人员，四是从南京大学、北京大学、北京师范大学等院校调来的专业人员。

西南地理室的行政人员主要来自当地，或是部队转业干部。

二、 中科院地理研究所西南分所

20 世纪 60 年代中后期，国家经济建设实施战略大转移。为了加强西南"三线"建设，实行了全国的工业、国防部署以及高教、科研大调整。四川不仅是全国的腹地，也是"三线"建设的要地。许多高校和科研机构搬到了四川，许多工厂内迁至四川，许多大型企业包括攀钢等在四川大批兴建。根据上述形势，国家科委经过认真考量，将北京地理研究所的自然、地貌、经济地理、地图等研究部门一分为二，约 150 人与原西南地理室合并（实到人数仅为三分之一），正式成立"中国科学院西南地理研究所"。

1966 年 2 月 7 日，经国家科委批准，决定将中国科学院西南地理研究所改为中国科学院地理研究所的一个分支机构，更名为"中国科学院地理研究所西南分所"。

同年 4 月，西南分所的工作正式启动。

当初，西南分所是以综合性发展为方向，以学科为基础建所的，其方向和任务基本与中国科学院地理所相同。研究所在原西南地理室的基础上，将工作任务扩展成 8 个方向：一是地区的自然条件、自然资源和经济发展状况研究；二是工业基地和综合运输网合理布局研究；三是自然区划、农业区划和经济区划的研究；四是山地和丘陵合理利用调查研究；五是热带作物和经济作物地区综合开发利用研究；六是喀斯特地貌、流水地貌和工程地貌调查研究；七是山地航空照片综合制图实验研究及其在工农业生产中的运用，以及制图新技术的探索；八是西藏高原自然条件、自然资源和经济开发调查研究。

西南分所在具体项目上，与北京地理所有个大致分工。较为明确的方面有，凡在西南地区的项目，基本上由西南分所负责实施；凡面向全国其他地区的，由北京地理所负责牵头和实施，西南分所在有力量的情况下派人参加。

当时，西南分所负责的项目，基本上都与当地需要和"三线"建设密不可分。这些项目也主要体现在八个方面：一是农业区划试点县工作；二是农业规划试点工作；三是继续进行锦屏电站地貌研究；四是西南地区山崩泥石流调查，其中包括成昆铁路沿线和凉山黑沙河、渡口以及云南东川、禄劝等；五是川渝线岩溶地貌考察以及岩溶和水文地质研究；六是继续进行川滇黔接壤地区综合考察；七是编制 1 ： 150 万的云、贵、川西南三省地图；八是编写四川和西南地区普通地图说明书。

在上述工作中，四川凉山黑沙河泥石流的调查、观测和防治的研究课题为一大项目。1967 ～ 1968 年间，成都山地所负责的中国科学院泥石流调查二队曾进行过考察和治理规划。1970年又重新组织过考察队，并提出了综合治理方案。1971年，科研人员开始在现场奋战，前后历时8年之久，最终完成综合治理，从而使黑沙河主沟30多年未暴发泥石流，确保了铁路、公路、农田、工厂及房舍的安全，下游耕地有了更大面积的扩展，还建立了凉山州第一个蚕种场。

1966年下半年，"文化大革命"开始，刚刚成立的西南分所的建设与发展受到影响。有些科研项目，包括四川内江和贵州凯里农业区划、四川泸县农业规划、渡口综合考察的野外工作以及西南三省地图的室内编制工作均被迫停止。

1968年4月20日，四川省革命委员会正式发文，批准西南分所成立革命委员会。

革命委员会撤销了原有的科研单元，设立了五个革命小组：撤销原地貌室，设立第一革命小组；撤销原经济地理室、图书资料室，设立第二革命小组；撤销原自然地理室、实验室，设立第三革命小组；撤销原地图室、人保科，设立第四革命小组；撤销原行政科、器材科、财务科、基建科，设立第五革命小组。之后，还专门设立了"一打三反"办公室。

三、四川省地理研究所

1970 年 7 月 22 日，中科院发文，将中国科学院地理研究所西南分所划归给四川省。

1971 年 1 月 5 日，四川省科技局将西南分所正式定名为"四川省地理研究所"。

1973 年，四川省科技局将四川地理研究所的机构设置进行了大调整，撤销了原革命小组建制，设立了 4 个研究室和 1 个研究组，即应用地貌研究室、泥石流研究室、区域地理研究室、地图研究室和化学地理研究组。

1970 年以后，在全国"抓革命、促生产"的口号下，四川省地理研究所的部分科研工作开始恢复。鉴于承担的"三线"任务和西南地区的特点，将原本以综合性发展为方向、以学科为基础的指导思想，逐步向分支学科和专业化的方向发展，尤其是将滑坡泥石流这样的多发性山区灾害作为主攻方向之一。

四川省地理研究所承担的科研任务大致有以下几个方面：

一是泥石流调查及防治研究，范围包括成昆铁路沿线，四川渡口（现攀枝花市）、泸沽、喜德、汉源、冕宁、大渡河两岸，云南大盈江、易门铜矿以及青藏高原地区；二是滑坡考察及防治研究，包括内宜铁路、成昆铁路某些地段；三是地震及其引发的山崩滑坡泥石流形成的调查研究，包括四川炉霍、云南大关—永善和龙陵、河北唐山以及四川松潘—平武等大地震地区；四是四川省荒地资源、棉花等经济作物布局以及甘孜阿坝自然条件和资源调查研究；五是克山病的环境病因研究；六是四川土壤微量元素锌硼及其肥效实验研究；七是各种比例尺普通地图和专题地图的编制。

四、中科院成都地理研究所

1976年，随着"四人帮"被粉碎，"文化大革命"宣告结束，科技工作者终于告别了动乱岁月，迎来了科学的春天。

1978年，经国务院批准，中科院成都分院正式成立。这年1月，中科院正式下文，决定将四川省地理研究所收回，改为由中科院和四川省双重领导，以中科院为主，并将该所定为地师级单位。

1978年7月20日，中科院再次下文，将"四川省地理研究所"正式更名为"中国科学院成都地理研究所"。

同年7月，中科院下文，将中科院兰州冰川冻土研究所泥石流研究室的部分科技人员调整到成都地理研究所；10月，又将重庆市的土壤研究室并入成都地理研究所。

成都地理研究所在科技力量不断增强的同时，科技事业也得到了稳步发展。该所的科研项目和完成成果主要体现在以下几个方面：一是面向全国，在继续对西南及西北青海龙羊峡开展工作的同时，逐步扩展到对东北、北京等地区的泥石流滑坡分布状况、形成机制、危害程度进行广泛调查和定点研究，并在此基础上提出了防治规划和对策措施；二是对四川省的地貌区划、综合农业区划、四川经济地理等进行资料搜集、研究和撰写工作；三是对腾冲地区火山地貌及地下水等进行遥感研究，并编制出《腾冲航空遥感地图集》；四是继续对四川的土壤和主要农作物进行微量元素及增产潜力的实验研究；五是编制和出版了《四川省地图集》《四川 1 ：50 万土地利用图》《西藏自治区地图》等，研制出了 JY 型彩色合像仪和 YZH-1 型遥感图像转绘仪。

五、中科院成都山地灾害与环境研究所

1987 年 10 月 27 日，中国科学院发文，将"中国科学院成都地理研究所"正式更名为"中国科学院成都山地灾害与环境研究所"，简称"成都山地所"。

这次更名不仅仅是一个名称的简单转换，它进一步明确了研究所的主攻方向，也就是围绕"山"字这个主题，作好两篇文章："灾害"与"环境"。这标志着研究所的科技工作将进一步发挥其学科特色和区域优势，沿着这一主脉向前发展。

更名后的成都山地所，在业务建设上又进行了以下四项工作：

1988 年，成都山地所成立了水土保持研究室。1992 年，建立了云南元谋水土保持生态试验站（即现在的元谋干热河谷沟蚀崩塌观测研究站），主要承担云南干热河谷生态环境综合整治与退化土地合理开发利用示范试验。

1988 年 11 月，建立了中国科学院贡嘎山高山生态系统观测试验站。该站是在成都山地所前期大量工作的基础上建立的。

它既为中国生态网络积累了宝贵数据，也为当地旅游资源开发、景区建设规划与灾害防治提供了科学依据。"八五"期间，它被选入国家大中型建设项目中的"中国生态系统网络工程"和世界银行的"环境技术援助"项目，还被联合国环境规划署的全球陆地监测系统预选为基本观测站。该站于 2006 年正式成为国家重点野外科学观测研究站。

1991 年 6 月，中科院成都分院土壤研究室并入成都山地所，主要进行以紫色土为主的山地土壤资源、土壤退化与防治、农田生态系统与环境关系，以及提高生产潜力等方向的研究，从而成为成都山地所山地研究领域的主要内容之一。

1989 年底，泥石流动力学模拟实验装置负载试车成功，1990 年 6 月通过中科院专家组验收，这是成都山地所科技事业的一项重大建设，也是泥石流科研人员十多年来艰苦奋斗取得的一项重要成果。

经中科院和水利部共同商定，1989 年 8 月 14 日中科院下文，决定成都山地所实行中科院和水利部双重领导，并更名为"中国科学院、水利部成都山地灾害与环境研究所"，一直使用至今。

不断深化的结构性调整和科学有序的体制改革，有力地促进了成都山地所的可持续发展，20 世纪 90 年代中后期，成都山地所的科研经费每年都在增长，1999 年首次突破了千万元大关。它先后承担了国家科技攻关，国家自然科学基金，中国科学院重大、重点、专项、特别支持，以及国际合作、部门和地方委托等一批科研项目。

　　1999 年 12 月底，中科院发文，认定成都山地所为资源环境基地型研究所。这也标志着成都山地所在前进的道路上又迈出了划时代的一步。

　　成都山地所虽然几次更换所名，但建所 50 多年来，把研究泥石流作为研究特色和研究主线的坚守始终没有丝毫动摇。几代泥石流工作者的辛勤付出换来的是一系列创新性和高实用性的科技成果，泥石流研究水平和成果产出稳居世界前列。

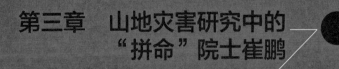

第三章　山地灾害研究中的
"拼命"院士崔鹏

Chapter Three

采访成都山地所泥石流研究专家时，他们不约而同地提到，多写写他们年轻的院士崔鹏吧，山地所出一个院士不容易，而且他是他们山地所土生土长的院士。

崔鹏是成都山地所泥石流研究专家一步一个脚印带出来的。一路走来，他的成功之路看似按部就班，其实每一个阶段他都不曾马虎过。

见到崔鹏院士是 2017 年 12 月某天的下午 4 点，在那之前，采访过的专家就告诉我，崔鹏从事泥石流研究一直都是"拼命三郎"。

崔鹏一进门就说："跟你采访过的专家比，我只是赶上了好时候。你要多写写我们所里的老一辈泥石流研究专家。恐怕这样采访下来你也成为泥石流专家了，你应该明白泥石流是什么了吧？"

我笑着说："泥石流是指发生在山区的一种含有大量泥沙、石块的暂时性急流现象。山区大量泥沙和石块，被水浸润饱和达到流态后，在重力作用下突然暴发，形成沿着沟道的含有大量泥沙和石块的洪流，称为泥石流。"

崔鹏补充："一般在上游有个汇水的地方，到达一定程度后，把土石泡软了，达到液化状态了，沿着一个沟道，直冲山口，像把扇子一样，冲出山口破坏其前进道路上的财产和生命。"

接下来的谈话中，我知道了崔鹏是在聆听了成都山地所唐邦兴老师的一场学术报告时，被其所讲的内容深深吸引，为此，他毅然报考了唐老师的研究生。而在这之前，崔鹏的本科专业是地理。地理学是一门古老的学科，也是一门不断发展变化的学科，尤其在中国，近 30 年来地理学的发展日新月异。然而，随着分支学科越来越多，崔鹏在地理学的学习中也产生了不少疑惑。他认为自己只有与其他学科优势互补，学习和科研才会有后劲。但是在科学研究中，任何一项成功的探索都绝非偶然，那必定是一种理想与信念的升华，一种志向与抱负的体现。

一、归国入选"百人计划"，继续泥石流研究

早在 20 世纪 80 年代早期，崔鹏就跟随中科院成都地理研究所（成都山地所的前身）唐邦兴研究员攻读自然地理学硕士，毕业后直接留所工作。当时，国家经济刚刚开始复苏，社会发展步伐悄然加快，对科学技术的需求也不断加大，但受制于整体经济的影响，科技资金投入上的不足严重影响了科研工作者的需求，一些特殊的实验研究根本做不了。特别是山地灾害研究，因为难度较大且存在一定的风险性，短时间内很难取得创新性成果，所以很少有人愿意从事这类工作。加之当时"留学潮"的兴起，去国外科研机构从事自己感兴趣的工作非常有吸引力。

对于已经在成都山地所工作了近十年又在国外留学了好几年的崔鹏来说，国内的科研环境和基础条件，可以说是了然于胸；而当时国内科学研究的不足和缺陷，他也是"心头敞亮"。

老一辈有经验的科学家大多面临退休，中坚力量在当时非常缺乏，年轻人大多又刚从学校毕业，还不能独当一面，后继

乏人直接影响到山地灾害学科的继承和发展。可以说，山地灾害学科那时已经面临一个很严重的发展瓶颈。

正是这种"了然于胸"和"内心敞亮"，使得崔鹏更加坚定了归国之心——回到祖国继续开展泥石流系列研究。

1997年崔鹏在完成博士后研究工作后，回到成都山地所工作，并入选了当年的中国科学院"百人计划"。

从改革开放到1994年，中科院的年轻科技队伍在数量上得到较大发展，在质量上也有很大提高。但在这支队伍中，真正一流的、在国际上有一定知名度的年轻科学家还是寥寥无几。因此，加快吸引、培养和造就一大批优秀的跨世纪的年轻学术带头人成为20世纪90年代中科院科技队伍建设的重要任务。正是在这样的历史条件下，中科院启动了"百人计划"。

"百人计划"给优秀人才以经费支持，其中主要包括科研经费、仪器设备费和住房补贴费。应该说当年推出的这个计划是国内支持力度最大的一项人才计划。尽管它在个人待遇上可能比不上目前新实行的一些人才计划，也可能比不上某个单位为吸引高端人才给出的几百万甚至上千万资金，但是作为一个整体的计划，中科院的"百人计划"依然可以说是支持力度非常大的，而且它已成为中科院的一个品牌。

二、培养青年人才，解决学科发展人才断层

崔鹏说，通过"百人计划"，自己得到了培养。

"百人计划"执行伊始，科研经费相对不足，缺乏大规模项目支撑，一些年轻的科研人员心不定。崔鹏带领科研小组，以 B 类"百人计划"投入的 18 万元启动经费为基础，积极争取科研项目，三年共争取到国家自然科学基金重点项目、国家杰出青年基金项目、国家石油管道局项目、交通部第一勘察设计院项目、科技部重大国际合作项目、科技部国家级野外台站试点经费、院知识创新项目及云南省地方合作等项目，累计争取科研经费 1120 万元。

项目和经费的增加，改善了研究条件，稳定了一批青年科研骨干。

经费到位后，研究组根据学科发展的需求，首先创建了山地灾害信息平台，接着又添置了一套主—支沟交汇水槽，委托河海大学研制了一套三维摄影测量系统，购买了一套用于原位

实验的土体水分和孔隙水压力测试系统，改善了实验研究条件，保障了研究工作的开展。

崔鹏的团队紧密围绕山地灾害的学科前沿和国家需求，在深入系统研究泥石流起动条件与起动机理的基础上，提出了通过调控准泥石流体起动达到未灾先治的主动治灾新方法。同时，他组织项目组编写了《泥石流防治工程设计手册》初稿，全面、系统、科学地总结了国内外现有的防治技术，内容涵盖了泥石流防治工程设计的各个方面，为泥石流减灾提供了一套完整的技术参考，还系统地研究了泥石流的形成条件、成灾规律、危险度区划、潜在危害区的危险性评价、灾情评估理论与指标体系、泥石流减灾优化决策，构成了一套相对完整的泥石流减灾非工程体系的理论与方法，并利用 GIS 平台开发出泥石流减灾决策支持系统。

同时，该团队还瞄准国家需求，利用研究成果，进行了中国—尼泊尔公路改建工程的泥石流防治、忠县—武汉管道线路防护等工作，取得了较好的减灾效益。对委内瑞拉 1999 年特大规模泥石流灾害进行了减灾援助，其减灾咨询和泥石流灾后重建减灾规划及设计获得委内瑞拉国会通过，受到委内瑞拉政府和科学家的好评。

成都山地所还有另一名研究员胡凯衡，他自硕士研究生开始就在崔鹏的指导下进行泥石流研究。对于胡凯衡进所的经过，崔鹏记忆犹新。由于泥石流研究经常会用到数值计算和模拟的知识，这使崔鹏有了要招一个专门学习计算数学的人才到团队里来的想法，于是他便前往一墙之隔的四川大学数学系面试毕业生。当时胡凯衡正好应届毕业，机缘巧合，胡凯衡也有研究泥石流的兴趣。

正是为了这次面试，崔鹏刚买的一辆自行车丢了，但也得到了胡凯衡这样一个优秀人才。

此后，胡凯衡从事泥石流动力学与数值计算等工作，并跟随崔鹏攻读自然地理学的硕士学位。根据学科需要和青年人才发展规划，胡凯衡把泥石流动力学定为了自己的研究方向，并提出要接着读崔鹏的博士研究生。崔鹏考虑到胡凯衡本科掌握了数学知识，硕士学习了地学知识，还应该补充力学知识，便从课题经费中出资（委培费），鼓励他去北京大学湍流力学研究国家重点实验室攻读在职博士。

"团队是科研的根本，只有青年人一个一个成长起来，我们的事业才能继续，研究工作才能做得越来越好。"崔鹏说。

这些让团队青年人独立开展研究的措施，既保证了项目的高质量完成，又培养锻炼了队伍，形成了一支由十多位青年学者组成的学科结构合理、基础扎实、年富力强、团结协作、勇于创新的研究群体，为山地灾害学科发展做了人才与知识储备，为青年人才的深造和能力培养提供了机会，就像引流槽一样，把泥石流研究的触角尽可能地延伸、铺展开来。三年中，依托该计划共培养博士 3 名、硕士 9 名。崔鹏本人也于 1999 年被遴选为四川省学术技术带头人，2000 年获国家杰出青年基金。

胡凯衡说，崔鹏工作很拼命，"只要人在成都，我们几乎没有看到他晚上 12 点之前睡过觉，他总是在办公室分析数据或撰写文章。他每年有三分之一的时间在野外考察"。

三、"拼"是时代符号，只有"拼"才能带来生机

几十年的山地灾害研究生涯中，每次出现大的灾害险情，崔鹏都第一时间和团队成员前去科考，获取第一手资料，开展各种研究，为后期的灾害工程防治提供专业意见。

每次野外科考，包括相机、冰镐、GPS 定位仪在内的专业装备，每个人都要背上 10 多公斤，加上沿途收集的各类地质标本，多的时候，崔鹏的背包里要塞进 20 多公斤的东西。他们行走的地方，都是山地灾害发生后的泥泞道路，更多时候是没有路的泥地，险情数不胜数。

崔鹏的学生，防灾室主任陈晓清还记得，2008 年 11 月底，崔鹏和几名同事从北川禹里乡返回擂鼓镇的路上，由于道路狭窄又遭遇冰雪天气，他们乘坐的越野车险情不断，一滑就是十几米。当时司机看不清右边车轮的情况，所有人都下车步行，崔鹏坐在车上，一边给司机鼓劲一边帮司机看路，穿越了危险

路段。

山地所研究员葛永刚还记得，2010年在金沙江上游干流进行植被保护野外科考时，所有的陆路都走不通了，崔鹏和同事们只能乘坐汽艇从云南元谋到四川攀枝花去，一路穿越无数激流险滩。抵达攀枝花时，有些同事腿都软了，崔鹏还谈笑风生给大家鼓劲。

崔鹏是陕西人，1982年从西北大学毕业后，一直在成都生活、工作。虽然入川已经30多年了，但崔鹏还是喜欢吃面，野外考察有时候要在路边吃饭，他经常是一碗面解决问题。

工作之余，崔鹏其他爱好不多，学生和同事们印象最深的是他喜欢打羽毛球和看各种古文书籍。2009年之前，崔鹏还很少打羽毛球，后来中科院系统不少熟人劝他"不要只顾着工作，还是要多锻炼身体"。现在，他的学生说："崔老师的羽毛球技术在山地所是数一数二的，我们这些比他小一二十岁的人打得还不如他好。"

山地所副研究员苏凤环说，工作之余，崔鹏喜欢看古文书籍，"一次我看他捧着一本书看得津津有味，好奇地拿过来一看，原来是《战国策》"。

《战国策》是一部国别体史书，主要记述了战国时期纵横家的政治主张和策略，展示了战国时代的历史特点和社会风貌，是研究战国历史的重要典籍。

奇谋在中国的历史上，从春秋时期到唐代经常发挥出巨大的作用。

我想起了《战国策》中的"行百里者半九十"。

走一百里路，走了九十里才算是一半。崔鹏或许认为做事愈接近成功愈困难，愈要认真对待。他的"拼命"也是做事善始善终的体现。

崔鹏说："我们做的山地灾害研究是应用性比较强的学科，不能只写论文。国家真正遇到问题了我们拿不出解决办法，这也是不合适的。所以我们在认识其过程机理的基础上，也要不断研发减灾防灾的方法技术，还要不断地应用到实际工作当中去验证。而有些方法在验证的过程中还会出现一些问题，就为理论研究提出了新的问题，基础研究的新进展又进一步支撑方法和技术的不断改进。正是不断进行'理论—技术方法—应用验证'的螺旋式循环，才使得学科发展和国家减灾工作协同发展。我们科学院的研究还是侧重于理论，因为只有理论研究好了，才会在技术方法上有独到的东西。基础理论扎实了，技术创新才有动力。"

20 世纪 80 年代国家就比较重视减灾，有很多值得借鉴的成果。但是当时的条件没这么好，从事相关工作的单位也比较少。随着国家的经济发展和科技进步，减灾也越来越受到重视。2000 年后，政府、社会和科学界都非常重视，国家的支持力度提高，对学科的发展有很大的促进作用，也为人才培养提供了更有利的条件。以前减灾只是个行业，现在可以说是个产业，参与的单位和公司都多了起来。

总结多年工作经验，他说："这么多年工作下来，我们发现科学的积累很重要，什么都不是一蹴而就的。在汶川地震等震惊全球的灾害事件中，我们科学院还是发挥了一定的作用，得到政府、社会和学术层面的高度认可，就说明了这个问题。科学院按照学科布局，即使在没有项目或者项目很少时也能够坚持学科方向，能稳住基本队伍，不断积累，才能厚积薄发，在关键时刻发挥作用。国家有需要时就能够形成一个突击队冲上去，不仅能冲上去，而且还能把山头拿下来。做科研不要怕坐冷板凳，认准了一个方向就要坚持把它做下去。"

作为科学家，崔鹏一直强调社会责任感，他认为科学家的贡献在于两方面："一方面是科学知识的认识、知识的创造与分享，原来没有这样的认识，你提出这样的认识就是贡献；另一方面就是国家需要的时候能够解决问题。任何一个方面能做好就是成功的。"

四、向付出毕生精力研究泥石流的科学家致敬

回顾自己的成长经历，崔鹏一直强调着导师的重要性，因为好的老师能从最重要的思路上给予点拨。"我的硕士导师唐邦兴老师有丰富的野外经验，基本知识功底也很扎实，研究泥石流的一些基本功我都是从他那里学来的。"

关君蔚院士是崔鹏的博士生导师，"关君蔚老师创立了我国第一个水土保持专业。他对前瞻性的课题把握很好，善于把科学问题和国家需求结合起来，解决科学问题的同时解决国家需求，这让我们资源环境专业的学生受益匪浅。"

这是一个特殊的行业，因为这个行业打交道的对象是浩茫无际的山川旷野，是难以预测的地表岩石。因为这个群体终日面对的是寂寞，是艰辛，是居无定所，是家庭温情的缺失。

试想在那茫茫的戈壁大漠上，在渺无人烟的深山旷野里，在陡峭险奇的山崖上，在炎炎的烈日下，当你遇上恶劣天气，当你迷了路，当你没了食品没了水，当你遇上豺狼虎豹和毒蛇

的袭击，你就会明白，对于科学考察来说，凶险与科学发现是相伴而生的。恶劣环境对人的生理机能和心理状态都是极限的挑战。那席卷而下的威力，那转眼即至的速度，真是恐怖至极。如果反应稍迟缓，就会被汹涌的泥石流吞噬。如果不是工作在这个行业，如果不是身临其境，真难以想象泥石流研究专家的生活环境是如此之差。

他们每个人心里都有一张方位确切的"活地图"，那是用脚步丈量出来的。在市场经济大潮中，他们没有失衡，没有彷徨。尽管工作环境极其恶劣，他们也不怨天尤人，而是靠着非凡的毅力和智慧，以少见的坚忍和乐观去迎战地质灾害，千难万险勇敢面对。在大多数人眼里，灾害研究仍然是一个比较冷门的领域，却不知它在艰苦卓绝的科研环境下，能够带来的无限生机。"随着国家的经济发展和科技进步，我们减灾防灾科研工作越来越受到重视，出现了一批值得借鉴的成果。"几十年来，崔鹏见证了我国灾害研究的变化，"学科进一步发展，把单一灾害防治朝着综合减灾纵深推进，做到对灾害风险的把控和预防，这不仅要求我们在科学上对灾害规律有更深的认识，还要与其他学科交叉结合，提供可操作的技术解决办法，这也对科研工作提出了更高的要求。"

灾难召唤责任，许多前辈用行动践行了使命。然而，因为过去信息不发达，能够留下来的记录太少了。

采访结束后，崔鹏在一张白纸上写下了他们的名字：施雅风、陈述彭、关君蔚、吴积善、唐邦兴、李德基、章书成、杜榕桓、丁锡祉、钟祥浩、康志成、周必凡、程尊兰、李械、钟敦伦、王裕宜、张信宝、罗德富、朱平一、田连权、张有富……

沉默片刻后，他说："这些前辈在进行灾害研究的同时，也进行灾害治理，在社会经济发展中做出了重大贡献。后来者不能忘记他们。"

有些专家的信息竟然在网络上都找不到。

过去的日子永远走远了，在创作本书的充实日子里，我突然想到一句话：走惯了山中弯弯的路，征服了不正不直和不平，就会走稳天下大路。

这些研究泥石流的科学家就像秋天的树，把叶子送给土地，就像江河把水输送进海洋。他们的本色人生是寂寞的，也是平凡的，更是伟大的。

第四章　态度决定高度

Chapter Four

一、国门开启的时候

1978 年 11 月，中国社会发生了一个具有重大意义的历史转折，中国共产党第十一届中央委员会第三次全体会议召开了。这个转折的重大标志是中国将实行改革开放，以经济建设为中心。

20 世纪 70 年代的国际政治领域，最为引人注目的事件之一便是中美关系的解冻和正常化。1972 年，中美两国在上海签署了《联合公报》，中美关系开始缓和，并开始了两国在政治、经济、文化领域的交流。中美关系解冻七年后，两国于 1979 年 1 月 1 日正式建交。

与美国关系正常化是中国实行对外开放政策、迈向世界关键性的第一步。中国实施对外开放与现代化战略需要良好的国际环境，需要与包括美国在内的更多国家的关系正常化。中国从 1978 年开始的战略转移和实现经济现代化的努力，意味着中国要吸收更多国外的先进科技成果。

　　成都山地所的唐邦兴先生，有幸成为 1978 年中国地理代表团访问美国的代表之一，他也是改革开放后成都山地所第一位出国访问的科学家。

　　在美国进行学术交流和参观考察期间，唐邦兴非常重视与山地所研究内容和方向接近或相似的单位的考察，他重点参观和考察了美国内务部地质调查局和美国科罗拉多州落基山高山研究所等。我们不得不承认，西方国家在同行业的研究内容、学科发展和应用等方面，都走在了我们前面。这是一个铁的事实，只有正视现实，我们才能取长补短，奋起直追。

　　1978 年的这次访问和学术交流活动，受到中美两国科学院的高度重视。两国科学院共同拟定了《中美科技合作协定》（1980 年双方又签订了《地学合作补充议定书》），其中就有中美两国科学家互访考察的内容。

　　1985 年 6 月，成都山地所科学家吴积善、李天池访美，着手实行中美科技合作协议第 15B 项计划——泥石流、滑坡作用和类型研究。这是一项具有重大意义的合作，中美互派科学家组成联合研究小组，中方由中国科学院指定吴积善、李天池参加，美方指定地质调查所著名的滑坡泥石流专家 D. 瓦恩斯和 R.L. 舒斯特参加。经过 1984 年和 1985 年的互访考察，科学家们对两国泥石流、滑坡的分布，以及成因类型和防治研究水平有了全面了解，促进并推动了双方泥石流、滑坡的研究和治理。此后，中美两国的泥石流、滑坡方面的科学家不断互访，进一步促进了两国泥石流和滑坡观测、试验研究与防治工作的进程。

中国地理学家访美开展学术交流，使中国的科学家们对美国在泥石流、滑坡研究和防治上的科学性、先进性等加深了了解，从而坚定了他们从事泥石流研究和防治工作的信心。

二、忧患，是充满知性的思虑和远瞻

欧美国家泥石流系统研究始于 19 世纪中叶。苏联的研究深度和广度，以及防治工程的系统配置居世界前列。1947 年苏联科学院泥石流研究委员会成立，标志其泥石流研究已进入一个新阶段，同时也对世界其他国家的研究产生了较大影响。在有泥石流发生的其他国家，如德国、英国、南斯拉夫、罗马尼亚、加拿大、挪威、澳大利亚、新西兰、印度尼西亚等，都先后开展了泥石流的系统研究。亚洲国家泥石流研究起步于 20 世纪中叶，其中，日本的泥石流研究始于 20 世纪 60 年代，起步虽晚，但进展较快，在泥石流水力学特性、预测预报和防治基础理论研究方面取得了较大成就。

泥石流研究作为一门学科，迄今已有一个半世纪的发展历史。20 世纪 30 年代以前，是以简单治理为主旨、定性描述为主要特征的泥石流线路调查及宏观工程防治时期；20 世纪 30 年代到 20 世纪 70 年代，是以区域泥石流研究为基础的认识泥石流区域分布规律、实地设立观测站，进行观测资料的累积分析时期；20 世纪 70 年代到 20 世纪 90 年代，是以过程为目标，形成机理为主旨的大规模泥石流模型试验和人工泥石流试验为研究方法的泥石流动力学和运动学机制研究时期；20 世纪 90 年代到现在，是全面开展泥石流系统预测预报和综合治理的全新时期。

我国与泥石流危险度直接有关的研究最早见于 1986 年谭炳炎对泥石流严重度的综合评判。这一问题的提出，主要有两个目的：一是怎样判别自然沟是洪水沟还是泥石流沟；二是根据哪些条件来评判泥石流活动的严重程度，即试图解决泥石流调查勘测中的错判、漏判和轻判等问题。

人类应该是地球的守护者，不能将地球视为自己的财产随意处置，要心怀敬畏地守好属于大家和未来的资源，用虔敬的心小心呵护我们的居住地。人类因短视干出不少焚琴煮鹤的蠢事，许多后果难以料及，这不仅仅是研究和防治，还需要城市的建设者一起配合。

三、亟待完善的立法

目前，我国灾害防治方面的单项法律法规较多，在灾害防治方面发挥了很大的作用，但总体而言，现行的灾害法律覆盖面单一，缺乏综合灾害对策思路，相互协调性差，甚至有冲突之处，不利于灾后重建。从当前我国的地质灾害专门政策法规角度来看，地质灾害防治立法层次较低，地质灾害政策法规制定者基本上集中在国务院及自然资源、住建、应急管理等部门。我国虽然在地质灾害应急处置上取得了一定的成绩，但在应急救援方面还有很多不足，特别是在地质灾害应急跨境救援法律制度方面仍存在很多空白。地方规章中关于地质灾害救援的规定十分抽象，有的仅仅是简单提及，缺乏具体的法律保障。美、日、俄等国的先进经验对完善我国地质灾害防治法制建设有借鉴价值，对解决我国地质灾害防治法制中存在的缺乏灾害对策基本法统领、立法层次过低、灾后重建规定不足、应急救援不力等问题，有很大的启示。

第五章　科学的平台

Chapter Five

一、一个系统的新概念

科学是运用范畴、定理、定律等思维形式反映现实世界各种现象的本质和规律的知识体系。它是关于发现发明和创造实践的学问，也是人类探索研究感悟宇宙万物变化规律的知识体系的总称。

万物皆有根，万事皆有因。对于成都山地所的科学家们来说，认识泥石流的形成和起动机理，是防治泥石流的一个重要前提。

泥石流灾害形成机理是研究泥石流形成的各种条件和阐述泥石流发生发展规律的基本问题，是泥石流灾害防治工程系统的科学依据。泥石流形成条件极为复杂，影响因素更是繁多。可以说，泥石流除提供作剪切运动能量的地形（坡度）条件相对稳定外，水文条件和固体物质补给条件都是变量。也就是说，它们随时随地都会有所变化。或者说，它们的变化既有周期性，也有随机性，尤其是固体物质的形成和补给。崔鹏院士在实验研究中发现了其中的关键一环，这就是泥石流的起动机理。

泥石流的起动机理是这样的：泥石流在初始运动时，规模小，破坏力弱，但在流动过程中随着固体物质的增补，规模不断扩大，动力不断加大，进而发展成为灾害性泥石流。如果泥石流不起动，或者它没有最初的运动，就不会形成泥石流，也就不会形成灾害。因此，通过调节和控制泥石流起动条件，阻止其起动，达到灾害治理的实效，实现泥石流灾害防患于未然，就是泥石流研究的新思路、新途径。泥石流起动机理的研究，为泥石流灾害预测预报、危险度判定和防治工程创建了理论基础，也是泥石流科学研究领域的一个重大突破。

那么，泥石流灾害究竟该如何防治呢？

为了达到这个目的，科学家们首先进行了科学研究的第一步，就是对中国的泥石流开展灾害危险区划研究。

科学家们在对我国泥石流分布、发生发展规律和区域特征进行研究的基础上，根据泥石流危险程度和灾害状况确定了危险等级以及高层次的综合危险区划研究。

1985 年，成都山地所首次对四川阿坝藏族羌族自治州进行了泥石流综合危险区划。然后，在国家自然科学基金重点项目支持下，项目负责人唐邦兴带领项目组在全国范围内开展了系统的考察，又首创了中国泥石流危险区划，提出了区划原则、方法、定量指标及其权重。他们在我国划分出 4 个泥石流灾害危险大区、15 个亚区，同时编制出版了首幅《中国泥石流危险区划图》（1 ：600 万）和说明书，填补了我国在该领域的空白。

该项成果不仅推动了我国区域泥石流研究，而且为泥石流治理提供了科学依据，对我国区域规划、经济建设和防灾减灾，均有重要的实用价值。

在长期的探索和实践中，唐邦兴率先提出了泥石流防治是一个系统的新概念。为什么这么说呢？

泥石流虽然危及的是流域的中下游及汇入的主河地带，但它产生的源头均在流域的上游，危害也有直接和间接之分，因此，泥石流的发生危害呈一个系统。基于此，在泥石流的治理上，也应先上后下，全面治理，成为一个完整系统。也就是说，泥石流不但在发生、发展、时间、空间上为一个系统，连防治措施也必须具有一套整体系统。

这是一个具有中国特色的泥石流灾害防治系统。该系统分为预防和治理系统，分别包括生物措施、工程防治和社会防治三个子系统。这一系统建立之后，先后应用于40余处泥石流灾害治理工程，均取得了显著的社会、生态和经济效益。如1986年唐邦兴将该系统应用到九寨沟生态环境保护和泥石流灾害防治中，治理了15条灾害性泥石流沟，完成了60余项减灾防灾的拦挡和排导工程，其工程形式、工程结构和类型都居国内领先水平。它不仅减轻了泥石流危害，保护了生态环境和游客的安全，而且为九寨沟申报世界自然遗产提供了重要的科学依据，为九寨沟列入《世界自然遗产名录》做出了贡献。

"山地灾害"一词起始于1984年。当时中国科学院地学部为成都山地所申请开办《山地研究》杂志，由施雅风、杨生组织召开地学部所属北京地理所、南京地理所、长春地理所、兰州冰川冻土所、新疆地理所、综考会和有关学术刊物编辑等讨论《山地研究》办刊的重要性，会上讨论了办刊方针和内容。包括唐邦兴在内的科学家经过讨论，确定《山地研究》刊发山地灾害及防治、山地环境和山地资源开发研究等方面的内容，进一步明确了"百花齐放、百家争鸣"的学术方针。经中科院地学部批准，成都山地所第一本刊物于 1984 年问世。

就在这一年的《山地研究》上，唐邦兴与柳素清、刘世建等共同发表了《我国山地灾害的研究》一文，首次探讨了山地灾害包含水土流失、泥石流、滑坡、崩塌、冰雪、冻土以及发生在山区的地震、冰雹等问题，重点论述了泥石流、滑坡与崩塌等山地灾害的研究。

他们在谈及自然灾害时，首先谈及的是人为灾害。多年来，人们在山区的经济活动与资源开发日益加剧，在没有做好全面规划和统筹管理的情况下，各种活动破坏了山区生态环境，加重了山地灾害，使山地生态环境不断恶化，导致近些年来我国山地灾害十分严重。唐邦兴等人认为山地灾害研究的目的，不仅是摸清山地灾害的分布和发展规律，更重要的是抑制其发生条件，消除其危害，修复山地生态环境。

二、一个模拟实验室

我们需要一个实验室。

就是说,我们要让种种形态的自然泥石流在我们的室内流动起来,这样科学家们才方便随时进行相关的科研和攻关。

但是,在 20 世纪 80 代中期,我国还缺乏一个开展大型泥石流动力学模拟实验的实验室。

于是,成都山地所将它作为一项科研任务,专门设立了泥石流动力学模拟实验室科研工程课题。这一工程课题的具体任务是进行科学构思、提出实验室的工艺流程和技术指标,并负责建设过程中成都山地所要做的技术工作。

担任泥石流动力学模拟实验室科研工程课题负责人的,是周必凡先生。

然而,周必凡先生和课题组的成员们都十分清楚,建立泥石流动力学模拟实验室,是一个十分困难的命题,因为它是一个处于学科前沿的研究命题。

与野外原型观测和区域考察结合起来，在室内进行可控的泥石流运动力学实验，探讨泥石流的机理和各因子间的定量关系，是泥石流研究的前沿课题之一，也是难点之一。课题组在成立之初就面临着巨大困难。因为中国当时已有的实验室都难以进行泥石流实验。但是，对是否要建设泥石流动力学实验室，以及能不能建成泥石流动力学实验室，专家们意见不一，存在着严重分歧。不主张建立的人，认为失败的概率太高，一旦失败将造成大量的人力财力资源的浪费；主张建立的人认为目标明确方向正确，大家要具有勇于探索的精神。为此，研究室和党支部组织了充分的学术讨论，但多次讨论争论都十分激烈，最终并未形成一致意见。还是在成都山地所领导的支持下，在得到中科院的认可后，模拟实验室才开始立项建设。不过，关于这一课题的可行性研究，争论一直没有停止。到 1986 年，该实验室已处在土建工程中，还有人提出这个项目不可行，要求下令停建。可见当时课题组承受的压力有多大。

泥石流是一种特殊的流体，让泥石流在室内流动起来也决非易事。从东川观测站获取的有关统计资料中我们可以看出，黏性泥石流的容重达每立方米 2.3 吨，土体含量占 76%，水体仅占 24%，却能在坡度仅为千分之六的沟道中流动自如，速度可达每秒 15 米，而在停积后很快就变成土体。即使是土体含量较少的稀性泥石流或水石流，一旦停积下来，水土就会分离，发生沉积。如何使这样的物料在实验室流动起来，形成各类泥石流以便进行运动力学实验研究，是建设实验室必须攻破的难关。

于是，课题组的科研人员尽最大可能，搜集了国内外的相关资料，并调查了国内有关的实验室。他们重点解剖了铁道设计院西南铁科所的泥石流实验室。但该实验室以沙泵和管路构成的封闭式输送系统运送物料，实验结果表明不可行，因为即使输送容重小于每立方米 1.4 吨的泥浆或细颗粒泥石流，一旦停机就会造成管道堵塞，清理非常困难，更不用说输送容重较大、含有较粗颗粒的泥石流了。同时，在池中将物料搅拌成泥石流也是一个难题。

课题组进行了多次讨论，并带着问题到有类似物料输送的地方去调研。最终，他们在上海见到了挖泥船的工作过程，联想到自动扶梯的输送方式，提出了开放式输送系统的设想，这就是最终采用的整体提升输送方案。该系统以链斗机和明渠组成的开放式系统输送物料，工艺流程简单，适合泥石流物料的特点，布置紧凑，能源节约，既能做各类泥石流实验，亦可做挟沙水流实验，适用范围十分广泛……

这个方案终于使他们攻克了面前的难关。

然而，难关虽然攻克了，但可行性试验如果行不通，一切都将归零。中科院在该项目的初步设计审批文中，也是这样指示的：该实验室的某些设备和工艺流程属于研究设计性质，需要进行试验。

试验需要仪器。当时，中科院环资局资助了课题组 20 万元经费。于是，课题组自行设计，修建简易试验装置。他们通过小型链斗提升机喂料、运转、卸料，利用物料自身重力搅拌，形成了最大超过每立方米 2 吨容量的各类泥石流。

1985 年 9 月，成都山地所召开了鉴定会，对可行性验证给予了肯定。

鉴定验收证明，该实验室能做各类泥石流动力学实验和模型试验。实验泥石流流量最大可达每秒 160 升，最高容重达每立方米 2.18 吨，流体中的最大颗粒粒径可达 100 毫米；实验槽长 30 米，可以自动变坡，变坡范围 0% ～ 17%；测量方法采用计算机图像解析法，采用两向力传感器测量底面拖动力和垂直压力。与同类实验室比较，其规模、工艺水平、技术指标、测量方法和可以开展的实验项目等综合指标，均属于国际领先水平。

1985 年 10 月，泥石流动力学模拟实验室土建工程正式开始，由冶金部第五建筑安装公司四公司承担施工，至 1988 年 4 月竣工，经成都市建筑工程质量监督站检验合格，土建工程建筑面积 2621 平方米，实际支出 150 多万元，耗用钢材 400 多吨、原木 300 立方米、水泥 1100 吨。

1989 年 7 月，由中科院光电技术研究所承担的实验室的工艺设备及非标件的加工安装正式完成。接着进行试车检验和技术性能试验，直至通过专家鉴定验收。

1990 年 6 月，泥石流动力学模拟实验室在中国科学院组织、院资环局主持召开的专家鉴定会上鉴定通过。

成都山地所建成了世界上第一座大型泥石流动力学模拟实验室，在泥石流科学研究和防灾减灾方面起到了巨大作用。在学科理论方面，实验室完成了国家自然科学基金资助课题"黏性泥石流力学模型与运动方程及其验证""黏性泥石流阻力和运动方程及其验证"的实验研究；在灾害防治方面，先后为西昌卫星发射中心的某泥石流沟、川藏公路的古乡沟、北京地区的柯太沟、东川市小江取水口等处的泥石流防治工程完成了模型试验，其研究成果通过专家鉴定被采用。实验室还为诸多课题完成了物料样品的物理力学及胶化特征实验分析任务。

泥石流动力学模拟实验室的建成，大大提升了成都山地所的知名度，得到了许多外国专家的赞赏，美国泥沙专家姜达博士参观后说这个实验室很壮观，很有泥石流实验室的特色；日本著名泥石流专家水山高久和高桥保祝贺世界一流的泥石流实验室建成，后来又在中日合作研究过程中，在实验室进行了泥石流动力学实验。

三、一个勇于攀登的团体

和崔鹏一起工作的成都山地所及其合作单位的科研人员开展的"西部山区道路泥石流减灾理论与技术"研究，对道路泥石流研究领域和减灾技术的发展具有显著的促进作用。他们所取得的相关成果已被广泛应用于我国西部山区的新建道路和既有线路改建工程中，节约工程建设投资和灾害治理成本达30亿元。同时，他们的相关研究成果还在汶川大地震震后道路抢通和道路恢复重建中发挥了极其重要的作用。

马克思曾有这样一段名言："在科学上没有平坦的大道，只有不畏劳苦，沿着陡峭山路攀登的人，才有希望达到光辉的顶点。"

成都山地所的泥石流项目组的科研人员，就是这样一批不畏劳苦、勇于攀登的人。他们经过多年协力攻关，提出了道路泥石流减灾模式和主动减灾方法，改进了泥石流防治工程设计参数计算方法和工程结构设计，发展了重灾区道路选线技术，开发了具有自主知识产权的单沟泥石流起动控制方法、翼型墩汇流结构、消能混凝土等 16 种道路泥石流防治新技术，构建了道路泥石流减灾辅助决策支持系统，形成了比较系统的山区道路泥石流减灾理论与技术。其研究成果被云、贵、川、藏、渝等十多个省、区、市广泛应用后，有效地减少了西部山区交通工程建设期间和道路运营期间的灾害，在工程安全和运力发挥、确保国防公路交通运输、推动民族地区社会经济发展等方面做出了贡献，节约了大量工程建设投资和灾害治理成本，并产生了显著的社会、生态与防灾效益。如，该项成果在川藏公路改建和道路灾害治理中，从以前每年断道 2～3 个月改善为全年基本保通；西昌—攀枝花高速公路、雅安—泸沽高速公路、新藏公路等在改扩建中，运用了项目中的泥石流勘察和防治新技术，提出了安全、科学、经济的泥石流减灾方案，共节约工程投资 6.7 亿元。

中国铁路约有五分之二分布于山区，而山区的泥石流、滑坡、山洪等灾害对铁路行车安全构成了极为严重的威胁，每年汛期的防洪减灾已成为确保安全行车的重中之重。成都山地所项目组合作单位西南交通大学姚令侃课题组研发的铁路防洪行车安全警戒体系，已应用在川、渝、贵三省（市）近 5000 公里干线铁路的运营防灾管理中，从而成功防止了近百起灾害行车事故。他们构建了成昆、川黔等 11 条干线铁路雨量远程监测网络系统，为保证汛期行车安全和灾害性天气下运输组织决策提供了技术支持。据统计，仅成都铁路局利用该系统，就在 2001 年至 2005年有效拦（扣）客货列车 171 列，与之前的 5 年相比较，年均中断行车时间下降了 85%，有效提高了汛期铁路运输的效率。

铁路防洪行车安全警戒体系在减少铁路水害、行车重大事故和恶性灾害事故中也功不可没，相关科学理念和有效措施已在全线推广应用，起到了良好的示范作用。随着中国铁路提速、客运专线和快速铁路的建设，这一体系将在提高行车安全度、缩短封锁时间、保障运输生产连续性等方面发挥作用。

与此同时，成都山地所泥石流项目组在山区城镇和水电开发工程的泥石流减灾中也做出了重大贡献。数十年来，泥石流对金沙江、大渡河、澜沧江等西南江河干流及其主要支流的水电开发工程同样造成了严重威胁。泥石流项目组根据 60 多个水电开发项目中不同类型的泥石流及其危害，运用泥石流防治工程设计参数计算新方法和设计防治工程新结构，制定不同治理方案，解决了水电开发中的泥石流防治问题。同时，他们的理论与技术在山区城镇泥石流减灾中同样有很大作用。他们成功治理了一些典型山区城镇泥石流，有效保障了四川九寨沟、黑水、金川等地的人民生命和财产安全。在"四川县（市）地质灾害调查与区划""四川省地质灾害易发区群众防灾避险搬迁安置工程调查与区划"研究中，成都山地所泥石流项目组采用了潜在泥石流判识技术、动量分区方法等，保证了选址的安全性，有效地避免了因选址不当造成的二次搬迁等资源浪费。

中国西部山区公路铁路、水利水电、输油输气管道、城镇等重大工程和矿产资源开发等的建设与运行，均涉及大量的泥石流防治问题。成都山地所的泥石流研究成果，除对山区交通领域的泥石流灾害防治有良好的示范作用外，还能在山区的重大工程灾害防治、工程安全保障、节约投资等方面发挥较大作用。相关资料显示，除甘肃、云南、贵州、陕西、四川、重庆等省、直辖市有大量的公路建设面临泥石流威胁外，新疆、西藏还有许多边防公路将修建在条件恶劣的泥石流多发区，也有大量边远县区山区公路急需改扩建。随着西部大开发的纵深发展和基础设施建设的不断推进，成都山地所研究的理论与技术有着广阔的应用前景。同时，通过国际合作，他们也将研究成果推广应用于南美洲、中亚和南亚等泥石流多发区。

1999年12月，委内瑞拉北部阿维拉山区加勒比海沿岸的8个州连降特大暴雨，造成山体大面积滑塌，数十条沟谷同时暴发大规模的泥石流。在这场灾害防治中，成都山地所运用泥石流危险性动量分区方法和主动减灾新技术，为其制定了科学、经济的综合治理方案。这一治理方案，与美国、日本、法国等国外同行的设计方案相比，节约投资约50%，获该国国会通过。为此，委内瑞拉科技部部长专门致函成都山地所表示感谢，委内瑞拉科技部副部长、驻华大使相继莅临山地所当面致谢。委内瑞拉总统2001年访华期间，高度赞扬了我国的泥石流研究水平，并感谢中国政府派遣泥石流专家到委内瑞拉提供技术援助。

此外，在援建的喀喇昆仑公路巴基斯坦段的改扩建工程泥石流防治设计中，他们应用泥石流判别模式、防治工程参数计算新方法、减灾决策辅助支持系统等，解决了在地形艰险、灾害多发区修建公路遇到的减灾难题……成都山地所的泥石流研究，赢得了良好的国际声誉。

第六章　中国的泥石流

Chapter Six

一、中国的泥石流防治概览

在青藏高原隆升和季风气候的背景下，我国地质构造复杂，地形起伏大，降雨集中，泥石流分布广，暴发频繁，危害严重，我国 20 世纪五六十年代开始着手考察、研究和防治泥石流。

1950 年，在京西原宛平县（现门头沟区）清水河流域暴发了山洪和泥石流。北京林学院（现北京林业大学）关君蔚先生带队考察后，对灾情较重的田寺东沟泥石流进行了系统的考察和观测，在此基础上制定了治理工程设计方案，采用以工代赈的形式修筑治理工程，取得了良好的效果，经受了 3 次相似暴雨的考验，历经半个多世纪仍然安然无恙，这是中华人民共和国成立以后最早的泥石流研究和治理工程。

云南东川蒋家沟继 1954 年发生泥石流堵江断流后，1961 年 6 月至 9 月相继堵江 10 次，最严重的一次堵断小江 3 年，水位上涨 8 米，造成涝灾。海西农场和新塘选矿厂被淹，公路铁路路基和小江桥受到不同程度的破坏，交通中断 3 年。此后，东川矿务局开始了对蒋家沟泥石流的观测研究和灾害治理。这应是我国最早开展的泥石流观测工作。

1964 年，施雅风应西藏自治区公路局的要求，组织泥石流考察队，由杜榕桓任队长，考察川藏公路沿线的泥石流，并对古乡沟泥石流进行了综合观测研究，开辟了我国泥石流研究的新阶段。为了配合当时的西南"三线"建设，中国科学院于 1966 年上半年组建了以施雅风为队长，杜榕桓和唐邦兴为副队长的西南泥石流考察队，主要任务是解决成昆铁路通过西昌泥石流区的问题，提出了铁路通过线路的修改意见，被铁路部门采纳。此后，陆续开展了一系列区域性泥石流综合科学考察，如西藏泥石流考察、横断山泥石流考察、云南小江泥石流考察、大西南自然灾害考察（包括泥石流）、辽宁泥石流考察等等。通过上述泥石流综合科学考察，认识了中国泥石流的危害特征、活动性质、区域规律，提出了适合相应区域泥石流形成和灾害特点的防治对策，为各地泥石流减灾工作提供了科学支撑。此外，在首批国家自然科学基金重点项目的支持下，在全国范围内进一步开展了泥石流补充考察，结合以往的区域考察研究成果，编制了 1∶600 万的《中国泥石流分布与危险区区划图》，在中国科学院泥石流滑坡专项基金的支持下，建立了中国泥石流滑坡数据库。

在《山河作证》一书中，杜榕恒说："1977 年召开全国自然科学规划会议，我写书面意见请所长带到会上去。1978 年，中国科学院决定把整个泥石流研究中心搬到成都，成为中国科学院新的泥石流研究中心，面向全国，承担全国的任务，原来冰川所搞的东川的项目，由成都中国科学院泥石流研究中心负责。

"山地所的泥石流研究专家是见过山崩的，在金沙江沿岸这样的事多得很，有时甚至这边的山峰会飞到对岸去！你说那个力得有多大？那时候科学考察，远看像逃难的，近看像要饭的，仔细一看是科学院的。穿着破衣服，戴着烂草帽，有的挂着镐，有的挂根棍，全都背着个被刮破或擦破的工作包。

"考察小江不像在观测站定位观察，有房子住，还有饭吃。考察队要么在泥石流荒滩里面，要么去泥石流的源头。第一个是苦；第二个是险，随时有被泥石流卷走的可能；第三个是难，它的难度大。

"苦、险、难也是治理泥石流工作的三个特点。

"搞泥石流没点冒险精神可不行，有时考察队就是个探险队啊，随时要到虎口拔牙。泥石流形成区的源头就是虎口，我们要到虎口把它的牙拔掉。我们那个年代的人啊，说老实话，也真能吃苦。有时到老乡家去吃一顿饭，人家也没什么东西给你吃，就煮一锅土豆给你端上来了。煮一锅土豆，搞一小盘盐，放点辣椒，蘸着吃。大概就给五毛钱，那时候土豆很便宜。当时小江的温度高，我们考察最热的时候地面温度达到摄氏 40 多度，我当时考察西北的戈壁荒漠，几千公里几百公里，一棵草都不长，全都是石头滩。"

就是这样一群坚持研究泥石流的科学家，为了认识泥石流的物理性质和基本特征，先后在全国各地建立了 10 多个观测站点，获取不同地区、不同类型泥石流的原型资料，主要有西藏自治区波密古乡沟、加玛其美沟，四川省西昌黑沙河，云南省东川蒋家沟、大白泥沟、老干沟、大桥河、大盈江浑水沟、成昆铁路三滩沟，甘肃武都年家沟、火烧沟、天水云龙镇泥石流沟、兰州大洪沟，北京市妙峰山拉拉水沟。其中以西藏古乡沟、云南蒋家沟和浑水沟、四川黑沙河、甘肃武都火烧沟的观测项目较全，系列较长，精度较好。

20 世纪 60 年代以来，不少观测站还开展了人工控制的间歇模型实验，一些泥石流治理工程项目还开展了现场模拟实验研究。成都山地所于 20 世纪 80 年代中后期建成了亚洲最大的泥石流动力学模拟系统，开展了西昌卫星发射基地泥石流防治工程等一系列实验。这些实验不仅为泥石流防治实践提供了科学依据，而且使人们进一步认识了泥石流的运动机制，建立了泥石流运动方程，并在此基础上发展了一系列泥石流防治技术。

20 世纪 60 年代，针对山区公路、铁路、航道、矿山、城镇、农田、水电工程、风景区等的建设与保护中的减灾需求，上述有关部门包括高校、中科院等相继开展了泥石流调查、研究和防治工作，积累了丰富的经验，总结出了"以防为主、防治结合、因地制宜、因害设防、突出重点、综合治理"的灾害防治原则，形成了"预防与治理相结合、工程措施与生物措施相结合、灾害治理与资源利用相结合"的成套减灾技术。其中，在公路、铁路、城镇、农田、风景区等泥石流防治方面建成了大量具有推广示范作用的典型泥石流治理工程，如四川西昌黑沙河、云南东川大桥河、陕西凤县红花铺车站等，建立了满足不同类型受灾和保护对象减灾需求的泥石流减灾模式，逐步形成了中国的泥石流防治特色。

二、中国的泥石流防治成果

系统归纳中国泥石流防治工作，几十年来，我们取得的成果主要体现在以下几个方面。

1. 泥石流的观测和预报

我国泥石流灾害量大面广，泥石流监测预报是经济实用的减灾方法，受到了政府和科技人员的重视，取得了长足进步。

20 世纪 60 年代，在广泛开展泥石流定点观测的同时，借鉴水文观测方法，发展了一系列泥石流断面观测技术，实测泥石流的泥位、流速、流量，采集流动过程中的样品进行物质组成和流变特性分析，调查推求泥石流的量大流速、峰值流量和弯道超高等运动参数。在此基础上，于 20 世纪 80 年代相继研发了泥石流自动采样系统、CL-810 型测速雷达仪、压电陶瓷式地声传感器和 NJ-2 型遥测地声警报器等一系列泥石流监测仪器。20 世纪 90 年代到 21 世纪初，又研制出了模拟泥石流浆体流动剪切状态的平板式泥石流流变仪、泥石流降雨监测系统、泥石流次声警报器以及泥石流运动观测的近景摄影观测系统和结构光栅观测系统。这些仪器在中国科学院东川泥石流观测研究站得到应用，使该站成为中国第一个半自动化泥石流观测站，在国际上享有较高的地位。

从 2003 年开始，国土资源部和中国气象局把泥石流滑坡形成的地面条件和气象降雨预报业务相结合，发展了中国泥石流滑坡气象预报系统，在每年汛期开展基于降雨为主要诱发因素的全国地质灾害气象预报预警工作，起到了地质灾害防治知识的社会宣传和普及作用。中国科学院和国家气象局联合开发出了空间和时间分辨率更高的地质灾害气象预报平台，在西南四省区省级和地级市普及使用。

20 世纪 90 年代，在成都山地所的技术支持下，长江水利委员会水土保持局建立了由中心站、一级站、二级站和监测点组成的长江上游滑坡泥石流监测预警系统，实现了专业监测和群测联防相结合的灾害监测预警。

2. 泥石流危险性评估和风险管理

中国的灾害风险评价是 1987 年联合国开展"国际减灾十年"活动以来兴起的。我国从 20 世纪 80 年代末开始开展泥石流和滑坡的危险度评价研究。刘希林等在泥石流危险度评价和风险评价方面做了系统研究，建立了单沟和区域泥石流危险度评价模型、泥石流易损性模型，并引用联合国对自然灾害风险的定义及其数学表达式，测算了典型泥石流沟谷的风险度。罗元华通过实验分析了泥石流冲积扇的危险范围，提出了灾害风险评价方法。韦方强等利用泥石流运动数值模拟和 GIS 技术，确定了泥石流最大流深和最大流速在扇形地上的分布，进而根据其动量分布进行泥石流的危险性动量分区，使得危险度分区具有了明确的物理意义。崔鹏等通过分析大量灾害实例，建立了泥石流灾害评估指标体系和评估模型。

3. 泥石流灾害的治理技术

在几十年的泥石流防治实践中，中国泥石流科技人员逐步形成和发展了岩土工程措施和生态工程措施相结合、上下游统筹考虑、沟坡兼治的泥石流综合治理技术，对泥石流流域进行了全面整治，以逐步控制泥石流的发生和发展，达到除害兴利的目的。泥石流综合治理措施主要有三种：山坡整治、沟谷整治和堆积区整治。

山坡整治主要布置在泥石流流域水土流失严重的上游形成区，包括：一是生态修复措施，主要是在上游清水区营建水源涵养林，在裸露坡面进行生态修复，在侵蚀性沟道种植沟道防护林，起到调节汇流、保护坡面、控制沟道侵蚀、稳定山坡的作用；二是截流措施，在泥石流形成区和清水区修建小型截流引水工程，可以汇集暴雨径流，然后导入稳定的沟谷，以减轻形成区的侵蚀作用；三是谷坊工程，在泥石流形成区内支毛小沟中修建一至三米高的小型拦沙坝群，起到抬高侵蚀基准、保护坡脚免受冲刷、稳定沟坡的作用。

沟谷整治是指在泥石流流通段修建各种类型的拦沙坝，其作用是防止下切，稳定沟床和岸坡，对防治边岸滑坡崩塌的继续发展有明显效果，同时可以起到拦蓄部分泥沙、平缓纵坡、减小泥石流规模的作用。在个别重要地段，为了保护边岸的崩塌，也可专门修建护岸工程，如护坡和挡土墙等。

堆积区整治是改造和利用冲积扇的重要工程措施，修建在泥石流下游的堆积区，将泥石流按照人为的意愿进行排泄、导流和停淤，防止对下游居民区、厂矿企业、道路交通等的危害。其主要工程措施，一是排导槽，控制泥石流流路，防止泥石流在冲积扇上漫流泛滥成灾；二是导流堤，把泥石流导向一定地段，从而保护需要利用和开发的地段；三是停淤场，在冲积扇上修建停淤泥石流物质的场所，减轻泥石流对下游工程的压力和负担，保护受灾对象。

泥石流治理技术与泥石流的监测和风险评估方法，共同构成了泥石流综合防治技术体系。

4. 我国泥石流的防治模式

我国根据不同的泥石流危害情况，开发出了相应的泥石流防治模式，如城镇泥石流防治模式、道路泥石流防治模式、农田泥石流防治模式、矿山泥石流防治模式、风景区泥石流防治模式等。这些模式已经全部应用于实际减灾工程中。

城镇泥石流防治模式：城镇人口和经济密度大，对泥石流防治的标准要求高，一般采取综合防治技术，即采取工程措施进行减灾治理，同时布置监测预警措施。近年来，已经开始重视风险分析和风险管理等非工程措施。

道路泥石流防治模式：主要是减轻、减少泥石流对车辆与道路设施的冲毁和淤埋。由于路域空间尺度的限制，道路泥石流防治工程一般布设在路域范围内，上、中、下游统筹兼顾的综合治理措施应用比较困难。针对道路泥石流的这些防治特点，公路部门、铁路部门和专业研究单位提出了以"排"为主的道路泥石流防治设想，开发出了一系列减灾技术，形成了道路泥石流防治模式。主要技术为：以减灾为主的从选线源头减灾的线路选线原则、区段选线技术和跨沟设计技术，以渡槽跨越泥石流沟的立体减灾技术，增大排泄能力的 V 型排导槽，以及保护路基和车辆安全的明洞技术。

风景区泥石流防治模式：为了保护景观和生态，要求治理工程与景观生态协调，尽量减少灾害治理工程对景观的影响。针对风景区泥石流防治的特殊要求，提出了风景区泥石流防治的原则和灾害治理工程与景观相融合的布设理念，发展了滤水结构和预制件装配结构等新型结构，利用生态系统的减灾功能，有机结合生态工程措施与岩土工程措施，形成了风景区泥石流防治模式。

三、中国的泥石流防治亟待解决的问题

泥石流发育于占我国陆地面积三分之二的山地，分布广泛，活动频繁，每年暴发数百处以上，直接成灾的泥石流就多达数十处，造成巨大的人员伤亡和财产损失，严重影响了山区居民生命财产安全、山区资源开发和可持续发展，以及山区工程建设及其安全运行。防治泥石流灾害是国家减灾和山区发展的战略需求。随着山区社会经济的发展，人口密度和经济密度急剧增加，山区人类活动范围不断扩展，全球变暖导致的气温升高和极端降雨增多，环境向着易于发生泥石流的方向发展，泥石流的活动性增大，泥石流的防治任务任重道远。

我国泥石流的防治需求主要表现在：进一步加强山区城镇泥石流监测预警、灾害防治和风险管理，有效减轻人员伤亡和财产损失，提高山区城镇这一区域发展中心的安全保障；加强水电、道路、矿山等重大工程建设的减灾防灾工作，根据工程安全需求，针对性地发展减灾技术，制定相应的技术规范和减灾标准，更加有效地开展重大工程减灾工作；进一步加强民众的减灾知识和科学普及，建立和完善灾害群策群防体系，扩大减灾实效和范围；进一步加强泥石流风险分析、风险评估和风险管理方法的理论研究，开展泥石流风险分区和风险制图，服务区域发展和工程建设。

可以说，我国已经针对不同危害对象的特点建立了相应的适合欠发达地区的泥石流综合防治模式和配套技术。然而，泥石流形成条件、运动规律和成灾机制十分复杂，泥石流研究历史较短，对泥石流物理性质和基本规律的认识还有待进一步深入。

目前，泥石流防治工作中存在的主要问题有：泥石流预测预报基本上是基于"雨—地"关系的模型，尚未脱离统计预报的范畴，预报精度不高，有待进一步提高；泥石流防治工程设计参数计算方法具有一定的经验性，不同科研人员计算结果差异较大，需要进一步完善；几十年来我国对泥石流灾害风险分析和风险管理重视不够，泥石流灾害风险分析和风险管理需要进一步加强；尽管我们在泥石流滩地开发利用方面做了一定的探索，但这方面的工作还只是刚刚起步，需要进一步加强泥石流灾害资源化利用的技术研发，充分利用泥石流灾害的资源属性。

深入认识泥石流形成发育和运动成灾的规律，是研发防治泥石流灾害新技术的基础。中国泥石流类型多样，暴发频繁，研究案例和素材丰富。加强泥石流基础性研究，深入认识泥石流形成机制、运动规律和成灾机制，在新认识和新理论的基础上开发出适合中国需求、具有中国特色的泥石流减灾技术体系，提出泥石流资源化利用的技术方法，实现泥石流灾害的科学管理，既有效地减轻灾害，又开发利用泥石流资源性特质，达到科学管理和利用灾害的目的，人与自然科学、和谐地发展，是中国泥石流防治工作的重中之重。

山地，是指具有一定海拔、相对高度和坡度的陆地，一般为海拔 500 米以上的高地。坡度陡峭、沟壑幽深，是它典型的地貌特征。中国是一个山地大国，约有山地面积 666 万平方公里，占国土总面积的 69.4%。

就面积而言，中国堪称世界瞩目的山地大国。

然而，也就是这个大国，迄今还没有一个专门针对山区这一特殊板块的发展战略。

早在 2004 年，中国科学院院士、时任国家自然科学基金委员会主任陈宜瑜就曾撰文指出：山地是中国平原和城市的重要生态屏障，是河流发源地和水源涵养区，是生物多样性、生态系统多样性和景观多样性的汇集区，是风景名胜荟萃区。同时，山地也是全球变化的敏感区，是生态脆弱区。

成都山地所原所长邓伟也曾指出，山地的重要不仅体现在生态屏障功能上，更体现在它对社会经济发展的影响上。

2009 年 8 月 26 日，郑千里在《科学时报》上专门撰文呼吁"山区振兴关乎中华伟大复兴"。他指出，无论山区（山地）巨大的资源环境承载力本身，还是面向世界科学前沿的山地科学基础研究水平，都必须有力地支撑国家经济社会的建设与发展。但非常遗憾的是，上述这两个"支撑"，无论力度还是广度，在我国全面建设小康社会的今天，都显得困顿疲乏，力不从心。所以，"关注山区、支撑未来"这个严峻的命题，毫无疑问必须尽快成为国家的战略构想。

中国有三分之二以上的国土是山区，中国有大约二分之一的人口生活在山区，其中有相当一部分生活在西部山区。有关数据显示，从我国经济发展的阶段来看，大部分山区仍处于传统农业和工业化初期阶段，山区两极分化相当严重，个别发达山区县人均 GDP 是欠发达山区县人均 GDP 的 30 倍以上，山地是全国工业化过程推进的难点区、低谷区，更是全国工业化战略推进的最大阻力区。

2008 年 9 月，中国科学院和国务院发展研究中心在北京联合举行了"中国山区发展战略研讨会"，时任中国科学院院长路甬祥在会上明确指出：实现山区可持续发展与国家整体发展的统筹与协调，是全面建设小康社会的必然要求，这就需要我们以更加开阔和长远的战略视野，分析和把握好山区与国家协调可持续发展的大局。希望通过专家们的研讨，进一步理清山区发展战略，推动研究工作走向深入，为我国新山区建设和发展提供正确的战略思想和有力的科技支撑。

中国科学院及国务院发展研究中心组织调研的专家们认为，必须通过山区发展振兴规划，明确中国山区未来发展的方向、路线，明确山区发展如何与全国发展相协调，正确处理山区生存、资源开发（无偿或低价）和经济社会发展之间的制约关系，科学进行全国山区区划，创新山区文化和山区发展理念，合理进行山区开发的空间布局，有步骤地建设中国山地生态屏障，依靠制定山区发展的扶持政策，加大对全国山区发展的支持力度。

通过制定山区发展振兴规划，还可以解决中国山区贫困问题，为整体构建和谐社会奠定基础——这是消除贫富两极分化的重要工作，是解决"三农"问题的实质性步骤，也是城乡统筹的重要内容，更是我国各民族团结的社会基础。

我们应该认识到解决中国山区聚落重构与移民问题的重要性，应该确定中国山区人口容量，重点解决因山区聚落分散而导致的社会经济资源浪费；要解决不利于基础设施建设与效益发挥，不利于建设现代农村社会服务体系、社会保障体系和现代生产体系，不利于防灾减灾和生态建设的诸多问题。

解决山区生态补偿问题，是山区生态功能的重要经济手段，是一种生态经济行为，是山区与受益区的公平交易。有关专家强调，通过中央政府补偿、区域补偿、企业补偿，及对山区生态环境服务功能、公共资源（如水资源等）、为山区其他地区生态安全而牺牲发展的补偿等，全面推动山区的发展和小康社会建设。

山区发展战略制定和实施的缺失，会制约全面实现小康社会建设目标的历史进程。我国的山区发展战略必须优先关注民生，我国山区的资源开发必须强化可持续管理能力。我国山区抵御自然灾害风险的应对能力还比较薄弱，山区的发展研究亟待提高系统性和整体性。山区观念的滞后性将制约新山区、新农村的创新发展。

以上，是中国科学院及国务院发展研究中心组织专家们调研后得出的结论。

中国人口与经济的快速增长，凸显出了山区土地利用、水资源、矿产资源、森林资源等开发强度日益增加与山区脆弱的生态环境难以承受的尖锐矛盾，频发的山地灾害对国家重大工程的影响和对山区城镇的威胁，将严重影响未来经济和生态环境。

因此，必须全面加强山地科学综合研究，不断破解山地开发和山区发展面临的重大基础性、应用性科学问题，必须尽快建立可持续发展的山区人—地关系协调机制，推动山区发展理论与技术的创新和突破。

在全球变化和人类活动的影响下，山地系统演化已经深刻影响了现代陆地表层过程，山地对全球变化的响应与影响都具有放大作用。

正因如此，国外的国际地圈生物圈计划、全球环境变化人文因素计划、全球陆地观测系统等重大研究计划都非常重视山地重大科学问题的研究与探索，山地研究已经成为国际热点和科研前沿。

我们需要特别明确一点：全球有 65% 的高山分布在中国！

因此，保护好山地生态环境，不仅仅是对自己负责，对中国人民负责，也是对全世界负责，对全人类负责。

"5·12"汶川大地震带给中国的灾难，不能说不沉痛；"5·12"汶川大地震给中国的警示，不能说不巨大。据统计，汶川大地震引发了约3万处的次生山地灾害点。并且，这种危害将会长期存在，制约着灾区的恢复。

联合国粮农组织也曾在十几年前指出：山地包容了最多的少数民族，包含了不同的传统文化遗迹和环境知识，以及人类栖息地适应性变化的信息。山地展示了巨大而多姿多彩的地貌景观和传统文化……这些宝贵的山地资源和旅游服务，对人类的未来具有十分重要的意义。

我们要加强全球变化与中国山地的研究，使山地科学研究与国家可持续发展的目标相适应，还要加强中国山地与国家生态环境安全等基础性、应用性研究。我们要不断深入认识山地形成、演化规律和山地格局、过程和功能机制，促进山地科学体系建设，服务和支撑山区的可持续发展，进一步提高中国在国际山地科学研究领域的作用。

随着经济建设的发展，人类经济活动日趋频繁，尤其是在山区，诸如森林集中过伐、毁林开荒、陡坡垦殖、修路开山炸石、矿山开采乱弃废渣、过度放牧索取生物能源及不合理的城镇建设等等，违背自然规律，使山地局部生态环境遭受一定程度的影响和破坏，从而改变地表原有结构，扰动土体，造成山坡水土流失，产生崩塌、滑坡。

人类经济活动对泥石流形成的影响程度究竟有多大，目前国内外这方面的研究还较少。但有人认为，人类活动导致泥石流等山地灾害与自然作用引起的山地灾害各占一半，更有甚者认为人为因素造成的山地灾害占 80%。

对岷江上游泥石流形成的若干最主要的自然与人为因素进行综合调查和分析研究后，科学家发现，人类对泥石流形成和综合影响起了 40% 的作用。如四川会理炭山沟为一条老泥石流沟，在自然状态下，泥石流暴发频率较低，规模和危害较小；但在人类强烈的经济活动作用下，松散碎屑物质剧增，极大地增加了泥石流形成的概率，使泥石流的形成因素由自然型转化为人为型，泥石流活动随着采煤弃渣等松散物质的积累而增强。1990 年 5 月 31 日，炭山沟暴发了灾害性泥石流，造成了惊人的损失。这一事实告诉我们，即便该沟的自然因素是泥石流形成的基础，人为因素也会促进泥石流的发生发展，扩大泥石流的规模，加重泥石流灾害的程度。

可见，人为因素在泥石流发生发展中起到了重要作用。下面，我就导致泥石流的几项重要人为因素从轻到重进行一些讨论：

一、能源过量需求

山区农村能源匮乏的问题十分突出，为此人们需要索取生物能源，破坏山地森林植被，导致泥石流等山地灾害不断发生。

例如,四川攀西地区多以生物能源为主,水能利用相对较差。尤其在山地农村,彝族多分散居住于山上,水能的利用更为困难,以生物能源为主。普格县威胁县城安全的泥石流,主要是为了满足能源需求乱砍滥伐后山的森林植被而造成的。此外,一些条件较好的城镇和山村虽修了小水电用于生活,但由于修水电站挖渠,破坏山体或弃土不当,水渠渗漏,雨季形成泥石流。如木里县原博凹公社1980年8月5日的一次泥石流,是因为修水电站破坏了山坡稳定性及施工弃土不当,由暴雨引起滑坡堵塞渠道,导致渠水漫流,汇同弃土酿成泥石流。

二、修筑公路和铁路

成昆铁路在修建和运营中,泥石流灾害十分严重。成昆铁路自通车以来,年年雨季都会因泥石流而不同程度地阻断交通,仅1984年就有6条沟发生泥石流,中断铁路运输26天。这些泥石流的发生,多因破坏森林。公路因泥石流灾害而中断交通的现象更为严重,尤其是县级公路,在修路养路时,往往只顾开挖取土方便,忽视山坡的稳定,破坏公路的上下边坡山体,造成山坡失稳,引起滑坡和崩塌,导致泥石流发生。

三、矿山开采与弃渣

我国山区的矿产资源极其丰富,资源丰富是好事,但一味开采不去保护,就变成了坏事。一些地区的矿产资源,国家、地方、个人都在开采，据成都山地所的统计，全国20多处露采矿山都发生过泥石流。

下面，我们对一些省份露采矿山中泥石流有活动、已暴发或已多次暴发的沟作一不完全统计：

四川省：泸沽铁矿盐井沟；太和铁矿泡石头沟；石棉石棉矿后沟；新康石棉矿大洪沟；彭州蛇纹矿胥家沟。

云南省：东川汤丹矿小菜园沟；东川因民矿大水沟；东川落雪矿大水沟；东川烂泥坪矿黄水箐；易门铜矿菜园河。

江西省：德兴铜矿杨桃坞沟；永平铜矿废石沟；海南铁矿的七条小沟。

福建省：潘洛铁矿暂沟。

矿山生产中的大量弃渣不作合理处理，矿区乱挖乱采破坏山林，都是泥石流生成的主要原因。前面提及的四川泸沽铁矿盐井沟，就是因为采矿的弃渣填于沟中，导致河道堵塞，在暴雨激发下暴发泥石流，造成了百余人丧生的重大生命财产损失。在此情况下，有关部门投入500余万元进行治理，但付出大量的人力财力却仍无法控制泥石流的发生，至今此地的泥石流依然十分活跃，直接威胁着成昆铁路的运行安全。会理县在1981年雨季，有15个采矿区因山洪泥石流暴发造成停产，损失矿石无以计数，冲毁公路数十条。宁南县的银厂沟，因当地一些人开采锡矿，年年发生泥石流，淤埋附近大片农田，危害下游公路约800米。

四、毁林开荒，陡坡种植

我国一些中高山地区，由于农业挤占林业用地和落后的耕作方式，破坏了森林生态系统。例如，四川攀西地区随着人口增长，带来了粮食问题，靠毁林开荒、坡地垦殖来扩大耕地，加上传统落后的耕作方式，毁林，毁灌，从而破坏了山地植被。此外，发展农田水利、开山挖石，修环山渠道，弃渣不当，防渗措施差或无防渗设施，会造成水土流失、崩塌、滑坡，为泥石流的形成提供了条件，每遇暴雨，泥石流就会暴发，不仅将山地农田一扫而光，而且给山下造成极大危害。有的地区因为溪沟源头水源涵养林区毁林种田和环山渠道渗漏，致使滑坡出现，在暴雨的激发下，导致灾害性泥石流的发生。

五、看似不经意的集材方式

一般串坡集材或串坡断洪集材都会严重破坏地表，使集材道逐渐扩展成冲沟。机械化集材的拖拉机、绞盘机同样会破坏地表，造成土壤侵蚀，给泥石流形成提供固体物质与地形条件。

阿坝州的理县，串坡集材道密布，有的寸草不生，已经发育成为泥石流沟。

过去，四川林区的运材方式有陆运和水运两种。水运方式主要有：堵水设施抢洪流送，修建水堰渠道流送，小河修闸堵水单漂流送，大河诱导码搓工程单漂流送，等等。这几种方式都会由于修筑工程质量差和措施不完善而引起木材撞击河岸，加剧河岸侵蚀。如：

1. 岷江上游水运的木材，由于诱导设施不完善，大量林材冲击河岸，于 1982 年 6 月造成茂县周仓坪大滑坡，并造成堵江溃决后冲毁公路长达 300 余米，断道达两个多月之久。至今该滑坡活动仍未停止，每年雨季都多次阻断车道，危害极大，迫使公路改走对岸。

2. 阿坝州马尔康林区"303 林场"第 14 采伐沟与第 17 采伐沟，1981 年 8～9 月，因将枝桠堆积于山坡而引发了泥石流。川西林业局伐区内梭罗沟支沟塔子沟 1979 年 7 月也因此暴发过泥石流。

3. 茂县至北川之间的宝鼎山下神溪沟，因当地群众大面积砍伐山坡上的林木，破坏了地面结构和生态环境，于 1981 年雨季发生泥石流，把山坡上的原木汇同泥石流一并冲下，损失原木约 2 万立方米。

六、过量采伐森林

森林具有多方面效益，有涵养水源、保持水土等作用，在少林的山区，森林的防护与保水作用更为突出。森林虽然可以采伐，但不能过量采伐。历史的教训告诉我们：森林生态系统破坏乃至毁灭，导致灾害，都是由于乱砍滥伐和过量采伐引起的。

四川西部亚高山针叶林区与盆地南缘松栎林区是四川省主要用材林生产基地，也是四川主要森林分布区域。其中岷江流域占 16.1%、雅砻江流域占 15.7%、大渡河流域占 13.3%、金沙江流域占 13.5%。用材林中以针叶林比例最大，约占 85.3%。由于更新跟不上采伐，森林覆盖率日趋下降。例如岷江上游理县、松潘、黑水、汶川、茂县五县，在元朝时森林覆盖率为 50% 左右，20 世纪 50 年代初为 30%，20 世纪 70 年代降至 18.8%。

据阿坝州林业部门介绍，该州森林覆盖率为 14%，由于开采方式不合理，集材方式落后，造成迹地自然更新条件差，而人工造林需 30 年方可进入采伐期，人工更新难以为继，木材面临枯竭，森林生态系统难以恢复。

凉山州雅砻江流域采伐时间虽短，但采伐强度大，安宁河流域飞播的云南松林，抚育管理粗放，毁林开荒严重，泥石流灾害频繁。

会理林场采伐区，从 20 世纪 60 年代开始采伐，20 多年的时间便将 10 平方公里的林木砍伐殆尽，不但不及时更新，还在迹地上种粮食，1981 年，暴发了山洪泥石流。

阿坝州川西林业局某采伐区，1978 年在 45 度以上的坡地禁伐区采伐，1979 年的雨季就暴发了泥石流。据测定，不同的采伐方式会导致迹地含沙量不同程度地增强，一般为每升 0.3～0.8 克，其中皆伐迹地可达每升 0.73 克。

岷江上游森林资源极为丰富，是四川西北部的主要林区，新中国成立以来，尤其是 20 世纪 50 年代的大规模采伐，使森林覆盖率锐减。由于过度砍伐森林，破坏地面覆盖，使坡面裸露，加强了地表风化侵蚀作用，形成冲沟，使山体失稳而导致泥石流发生。据调查，米亚罗林区，20世纪50年代较大泥石流仅发生过一次，20世纪六七十年代已发生10次以上，1981年四川特大洪灾中杂谷脑河发生泥石流100多处，到20世纪90年代增加到了380多处。

在与大自然动植物近距离接触的过程中，只要用心就会发现，人类与自然界的动植物等不同生命体紧密联系、相互依存发展。

森林就像一个巨大的宝藏，它孕育着植物、动物、微生物等生物群落，生物多样性丰富；它更发挥着涵养水源、保持水土、调节气候等生态服务功能。如果这个"宝藏"遭受破坏，温室效应、土地沙漠化、泥石流……这些影响着人类生存的环境问题将愈发严重。恢复森林，并不是简单地进行植被恢复，而是需要像盖房子一样，一层一层地恢复。根据不同海拔规划种上适宜生长的树，才能有效地恢复生态，让森林真正"活过来"。

回头省视人与自然的关系，人类与自然怕是早已签下可持续发展的天人之约。智慧可以创造经济的奇迹，但我们不希望无知与贪婪留下可怕的恶果。周围的一切无不在提醒着我们：环境保护迫在眉睫！

"积土成山，风雨兴焉；积水成渊，蛟龙生焉；积善成德，而神明自得，圣心备焉。"回归我们的自然本性，保护环境，从你我做起。

1978年前后，在方毅同志的支持下，《哥德巴赫猜想》《小木屋》《胡杨泪》等一批反映科学家和科技创新的报告文学作品相继问世，引起了强烈的社会反响。这些被人们认为反映了"科学的春天"到来的激越文字，已经或依然在影响着很多人的人生选择。

　　2013年5月，中国科学院启动了新一轮机关管理体制改革，成立了科学传播局。在传播局的战略规划中，明确提出创作一批反映科技创新、歌颂科技工作者的高质量文化产品，争取可以传世。在中国作家协会副主席白庚胜同志、中国科学院文联主席（现任名誉主席）郭日方同志、中国科学院科学传播局局长周德进同志的倡议下，这一想法明确为创作出版一套反映新中国科技成就的报告文学作品。由此，中国科学院、中国作家协会、中国科学技术协会三方达成联合创作一套大型报告文学作品的高度合作共识。2015年1月，中国科学院、中国作家协会、中国科学技术协会主要领导联合会签工作方案，正式将其定名为"'创新报国70年'大型报告文学丛书"。

　　知易行难。经选题遴选、作家推荐、研究所对接，到2015年11月13日，"创新报国70年"大型报告文学丛书项目举行第一批选题签约仪式，6项选题正式开始创作。其后，项目进入稳步有序的推进阶段，先后组织了4批选题的编创工作。

　　这是一个跨部门、大联合、大协作的项目，从工作设想到一字一句落墨定稿，数百人为之操劳奔走，为之辛苦不眠，为之拈断髭须。在选题、作家遴选阶段，中国科学院12个分院近60家院属单位提交了选题方向建议，多家研究所主动联系项目办公室，希望承担选题创作支撑任务；白春礼、侯建国、钱小芊、白庚胜、谭铁牛、王春法、袁亚湘、杨国桢、万立骏、陈润生、周忠和、林惠民、顾逸东、王扬宗、彭学明等20余位院士、专家直接参与统筹指导、选题遴选工作，为从根源上保障丛书水准出谋划策；中国作家协会、中国科学技术协会给予项目高度支持，细心考虑多方因素，源源不断地推荐最合适的优秀作家，提供强有力的支撑。

　　在调研创作阶段，30余位作家舟车劳顿，不辞辛劳深入科研一线调研采访，深挖一人一事。以"青藏高原科学考察项目""东亚飞蝗灾害综合治理""顺丁橡胶工业生产新技术""灾后心理援助十周年纪实""从人工全合成牛胰岛素研究到人工全合成核糖核酸研究""从'黄淮海战役'到'渤海粮仓'""包头、攀枝花、金川综合开发项目""中国植物分类学发展与植物志书编纂""中国科大'少年班'""李佩先生相关事迹"为代表的选题，因涉及年代较为久远，跨越了一代甚至几代人的时光，部分重大工程参与单位遍布全国，部分中国科学院外单位甚至已经取消或重组，探访困难。纪红建、陈应松、薛媛媛、秦岭、铁流、李鸣生、杨献平、彭程、李燕燕、冯秋子等作家，在选题依托单位的支持下，以科研成果为中心，不囿于门户，尽最大可能遍访相关单位和亲历者，尊重历史、尊重科学的初心始终如一。以"从'望洋兴叹'到'走向深海大洋'""从无缆水下机器人研究到'蛟龙'号载人深潜器""猕猴桃属植物资源保护、种质创新及新品种产业化""我国两栖动物资源'国情报告'""中国泥石流研究""文章写在大地上——植物学家蔡希陶""中国北方沙漠化过程及其防治""冻土与沙漠地区工程建设支持西部发展""唤醒盐湖'沉睡'锂资源""澄江生物群和寒武纪大爆发"为代表的选题，采访、调研的客观条件较为恶劣。许晨、徐剑、李青松、裘山山、葛水平、李朝全、毛眉、李春雷、马步升、董立勃等作家，出远海、访林间、探深山、翻石冈、巡雨林、穿沙漠、过盐湖，亲历一线采风，与科研人员同吃同住同工作，以自己的亲身见闻，撰写出最生动的文章。而以"北京正负电子对撞机及二期改造工程""核聚变领跑记：中国的'人造太阳'""从黄土到季风""载人航天工程空间科学与应用""大气灰霾的追因与控制""高福院士和他的病毒免疫学团队""强激光技术""'中国天眼'及南仁东先生事迹"为代表的选题，涉及大量晦涩难懂的基础科学研究及其前沿进展。叶梅、武歆、冯捷、周建新、哲夫、张子影、蒋巍、王宏甲等作家克服极大困难，"跨界"学习自己所不熟悉的科学知识，甚至成了相关领域的"半个专家"。与此同时，中国科学院下属30余家科研院所逾百位分管领导和工作人员任劳任怨、尽职尽责，为作家创作提供支撑保障。如西北生态环境资源研究院办公室副主任岳晓，曾十余次陪同作家前往一线采访，包括环境艰苦恶劣的青海格尔木站和北麓河站（海拔4800米）、宁夏中卫沙坡头站、新疆天山冰川站和阿勒泰站等。

在审读定稿阶段，科学界、文学界近150位专家参与审读工作，为高质量作品的诞生提供有力保障。"冯康先生及其家族对中国科学技术的贡献"选题作家宁肯在书稿初稿创作完成后，秉着精益求精的态度，充分尊重各方建议，先后进行了三次重大调整，所付出的精力与调研创作时不相上下。"周立三先生对我国国情研究的贡献"选题作家杜怀超对作品精雕细琢，根据审读意见不断修改完善，对笔误也一一审校订正，力争做到尽善尽美。

"创新报国70年"大型报告文学丛书的创作出版工作，已历时五年。这五年中，科学与文学相互激荡、科学家与文学家激情碰撞。这些"碰撞"，也成为开展工作的难点所在。例如，书稿标题的拟定，是应当更平实，还是更富文学性？一项科研工作，是应当尽可能全面展示，还是选取最具可读性的片段施以浓墨重彩？一个或多个工作团队中，应当展现什么人物？又该重点展示这些人物的哪些方面？凡此种种，在成稿之前，作家和科研人员都展开了无数轮"激烈"讨论，经过多方考虑才达成一致。这些或大或小的"碰撞"，在编写过程中，是大家的焦虑所在；在最终呈现给大家的这套书中，也许将是最精华之所在。处理或有不周，但作为一种"跨界"的磨合，相信读者会读出不一样的精彩。

"创新报国70年"大型报告文学丛书项目办公室设在中国科学院科学传播局，联合中国作家协会创联部、中国科学技术协会调宣部共同开展统筹协调工作。项目执行单位先后设在中国科学院计算机网络信息中心、中国科学院文献情报中心。前前后后，数十人为之操劳奔忙，他们是中国科学院的杨琳、胡卉、储姗姗、李爽、陈雪、崔珞、王峥、孙凌筱、张颖敏、岳洋，中国作家协会的高伟、范党辉、孟英杰，中国科学技术协会的孟令耘等。这个团队持续跟踪选题创作和审读进展，及时发现问题、解决问题，付出了大量的时间和精力，保障了丛书的顺利出版。

感谢中国作家协会、中国科学技术协会、中国科学院以及浙江教育出版社的精诚合作，感谢各位专家、作家和工作人员对此项工作的辛勤付出，相信"创新报国70年"大型报告文学丛书的出版能够有力地传承科学文化，推进科技与人文融合发展，弘扬社会主义核心价值观和新时代科学家精神，为实现中华民族伟大复兴的中国梦发挥出独特作用。

"创新报国70年"大型报告文学丛书项目组

2019 年 6 月

图书在版编目（ＣＩＰ）数据

泥沙中的石头 / 葛水平著. -- 杭州 ：浙江教育出版社，2019.9（2019.12重印）
（"创新报国70年"大型报告文学丛书）
ISBN 978-7-5536-9353-8

Ⅰ．①泥… Ⅱ．①葛… Ⅲ．①报告文学－中国－当代 Ⅳ．①I25

中国版本图书馆CIP数据核字(2019)第162146号

"创新报国70年"大型报告文学丛书

泥沙中的石头
NISHA ZHONG DE SHITOU

葛水平　著

策　　划：周　俊
责任编辑：蔡　耘　余盈帆
责任校对：余理阳　戴正泉
责任印务：沈久凌
出版发行：浙江教育出版社（杭州市天目山路40号　邮编：310013）
图文制作：杭州林智广告有限公司
印刷装订：浙江海虹彩色印务有限公司
开　　本：635 mm×965 mm　1/16
印　　张：22.75
字　　数：247 000
版　　次：2019 年 9 月第 1 版
印　　次：2019 年 12 月第 2 次印刷
标准书号：ISBN 978-7-5536-9353-8
定　　价：68.00 元
联系电话：0571-85170300-80928
网　　址：www.zjeph.com